高建群全集

我在北方收割思想

高建群 著

陕西师范大学出版总社

图书代号：WX21N2174

图书在版编目（CIP）数据

我在北方收割思想/高建群著.—西安：陕西师范大学出版总社有限公司，2022.1
（高建群全集）
ISBN 978-7-5695-2737-7

Ⅰ.①我… Ⅱ.①高… Ⅲ.①散文集—中国—当代 Ⅳ.①I267

中国版本图书馆CIP数据核字（2021）第260083号

我在北方收割思想
WO ZAI BEIFANG SHOUGE SIXIANG

高建群　著

出 版 人	刘东风
总 策 划	孙留伟
责任编辑	张旭升
责任校对	杨　杰
出版发行	陕西师范大学出版总社
	（西安市长安南路199号　邮编710062）
网　　址	http://www.snupg.com
印　　刷	北京天宇万达印刷有限公司
开　　本	880mm×1230mm　1/32
印　　张	10.75
插　　页	2
字　　数	255千
版　　次	2022年1月第1版
印　　次	2022年1月第1次印刷
书　　号	ISBN 978-7-5695-2737-7
定　　价	68.00元

读者购书、书店添货或发现印刷装订问题，请与本公司营销部联系、调换。
电话：（029）85307864　85303629　传真：（029）85303879

写　给

所有在凡庸生活中

折腾的人

总　　序

　　文稿一旦变成铅字，一旦成为一本装帧得或粗糙或精美的书本，那它就是一个独立的存在了。它将离你而去。它将行走于世间。它将开始它自己的宿命。它或被读者供之于殿堂，视为经典，视为对这个时代的一份备忘录；或被读者弃之于茅厕；或被垃圾处理厂重新化为纸浆，以期待新的人在上面书写新的东西。凡此种种，那就看这本书它自己的命运了。

　　这时，于作者本人来说，倒是没有太大的干系了。于是他成了一个旁观者。他和这本书唯一的联系是，那书本的额头上，还顶着他卑微的名字。知道《一千零一夜》中的《渔夫和魔鬼的故事》吗？渔夫打开铅封的所罗门王的瓶子，于是一缕青烟腾起，魔鬼从瓶子里走出来，开始在世界上游荡，开始在暗夜里敲打你的门扉。渔夫这时候唯一能做的事情，是一手拿着空瓶子，一手捏着瓶子盖儿，傻乎乎地看着他放出的魔鬼，横行于世界。

　　此一刻，在这二十五卷本的《高建群全集》即将付梓出版之际，我感到我的已日渐衰老的身躯，便宛如那个已经被掏空的——或者换言之——魔鬼已经离你而去的空瓶子一样。此一刻，我是多么虚弱而疲惫呀。

人生一场大梦，世事几度秋凉。一想到这个名叫高建群的写作者，在有限的人生岁月中，竟然写出这么多的文字，我就有些惊讶。一切都宛如一场梦魇！这是一笔一画写出来的呀！如果我不援笔写出，它们将胎死腹中。但是很好，我把它们写出来了，把它们落实到了纸上。

那每一本书的写作过程，都是作者的一部精神受难史。

建于西安航空学院的高建群文学艺术馆，要我给一进馆的墙壁上写一段话，于是我思忖了一个星期，最后选定帕乌斯托夫斯基《金蔷薇》中的一段话，写在那上面。那么请允许我，也将这一段话写在这里：

是什么东西迫使一个作家，从事这种庄严的但却又是异常艰辛的劳动呢？首先是心灵的震撼，是良心的声音。不允许一个写作者在这块土地上，像谎花一样虚度一生，而不把洋溢在他心中的，那种庞杂的感情，慷慨地献给人类。

谎花是一种虽然开放得十分艳丽，但是花落之后底部不会坐上果实的花。植物学上叫它"雄花"，民间则叫它"谎花"。

我们光荣的乡贤，以大半辈子的人生履历，驰骋于京华批评界，晚年则琴书卒岁，归老北方的阎纲老先生说：

相形于当代其他作家，高建群是一个马拉松式的长跑者，他以六十年为一个单元，在自己的斗室里，像小孩子玩积木一样，一砖一石地建筑着自己的艺术帝国。他有耐性，有定力。喧嚣的世界在他面前，徒唤其何。

当我听到阎老的这段话时,我在那一刻真的很感动。感动的原因是世界上还有人在关注着这个不善经营不懂交际的我。诗人殷夫说:"我在无数人的心灵中摸索,摸索到的是一颗颗冷酷的心!"现在我知道了,长者们一直作为艺术良心站在那里,为当代中国文学保留着它最后的尊严。

　　"有些故事还没讲完那就算了吧!"这是一首流行歌曲里的话,如果这个名叫《总序》的文字,需要拿出来单独发表的话,建议用这句话作为标题。

　　我们这一代人行将老去,这场宴席将接待下一批饕餮客!人在吃完宴席后,要懂得把碗放下,是不是这样?!

2020年10月11日早晨6点
写于西安

写在前面

这是我最新奉献给读者的一本书。这本书收录了我近五年来的散文随笔中的精华。这些散文随笔见诸报刊后,都曾经产生过很大的影响。

这本书中的文章,当然可以拆开来单篇去读。那么,这每一篇便是叙述者的一段人生感悟,一段世态摹写。当然,我更希望读者将这本书当作一个整体来读,那么,纷繁、斑斓、万花筒般的中国现阶段便会呈现在你面前。

生活在一个变革的年代,经历过许多闻所未闻的事情,我感到幸福和满足!——这是俄罗斯天才诗人阿赫玛托娃生前说过的话。这话要是我说的该多好呀!因为我面对身边斑斓的新生活,常常有类似的感触。

我今年四十七岁了。一个四十七岁的人,说话应当拣重要的说,因为生命于他已经不多了。这是其一。其二,一个四十七岁的人,应当诚实地说话,因为到了这个年龄,你已经没有必要去顾忌许多了。

这是我在这本书中所要求自己的。

而我的这种想法,则是受了战国时期那个著名的复仇者伍子胥将军的影响。伍子胥破楚以后，将楚怀王鞭尸三百，旁边人说，你要注意影响。伍子胥听了，摸着自己的满头白发，长叹一声说：我都这一把年纪了，要影响干什么，别人爱怎么说就怎么说去吧！

在中国文坛，我一直是一个独行者，一个边缘人。我不爱钱，我不爱奖，我不爱凑热闹，对文坛的各种小圈子，我也是敬鬼神而远之。性格使然，没有法子的事情。江湖居士闲处者，落落乾坤大布衣，大约也算一种境界。

在这春天的日子里，我将我的一本新书献给读者。此刻我有一种节日的感觉。我曾经在一篇文章中说，我是为千百万热爱我的读者而活着和写作的，唯其如此，我的式微的生命才有了意义。

这里我还想说一句，在未来的某个年代里，当人们从尘封的书架上偶然拿起这本小书时，他们会看到我们这一代人是如何思考和如何前行的，他们因此而不敢小觑这个时代，不敢小觑这一茬人。

本书的责编是作家兼编辑家林文询先生。林先生是世家子弟，旷达沉郁。我们一见如故，遂成为气味相投的朋友。"交三五个知心朋友，写一西部传世之作"是我一贯的想法。年近五十，传世之作大约还没有，而知心朋友却有好些了。老实说，因了林先生，连成都这座城市，也让我感情上亲近了许多。

本书除四川文艺出版社出版外，台湾金安出版社另出一个繁体字竖排版本，面对港台及东南亚地区发行。

2000年3月12日凌晨5时
写于西安唐大明宫旧址
贵妃研墨力士脱靴李太白醉写吓蛮书处

目录
CONTENTS

第一章　简单是一种境界

简单地活着，这是一种人生境界。
能做到这一点，就叫高人了。
你看那一棵树站在那里，一块石头卧在那里，
一匹马在草原上悠闲地甩着尾巴，
它们多么简单呀！

钱袋 / 003

眼镜 / 007

旧物 / 009

四十而杖 / 013

简单地活着 / 015

五种重要和四种丧失 / 017

我有铠甲十二副 / 020

我的五大恶习 / 027

八个不如 / 030

吃肉 / 033

洗澡 / 038

抽烟 / 042

马马虎虎我的脸 / 045

四十岁时的十大不惑 / 048

从太空之吻说开去 / 052

余生只做三件事 / 055

我如何个死法 / 058

第二章　像白天鹅般歌唱生活

因为歌唱着生活，
所以生活让人觉得如此美好。
或者不妨这样说：
因为生活如此美好，
所以我们歌唱着生活。

以笑为旗 / 065

做人宜粗 / 068

幸福种种 / 070

拒绝平庸 / 072

远山的树 / 074

白杨礼赞 / 076

好大一棵树 / 078

歌唱着生活 / 080

营造 / 083

期待 / 086

爱不能言 / 088

人的动物性 / 090

没有电的夜晚 / 096

我的乾坤挪移大法 / 100

音乐是人类至高的智慧 / 103

让我像白天鹅歌尽而亡 / 106

第三章　读书是桩幸福的事

搜天下好书读之，不求甚解，
但求片刻之乐，也是一桩美事。
不过我想说的是，生活是一本常读常新的大书。
碑载文化中许多民间智慧是没有的，
它得靠你向生活学习。

小说家 / 111

书籍与我 / 113

东西方文学 / 116

无聊才读书 / 118

有书真富贵 / 121

我的读书生活 / 124

影响我人生的书 / 127

谁买书谁不买书 / 130

西西弗斯与桂树吴刚 / 132

六朝文人 / 135

四大美人 / 137

不再读书 / 139

幽默是一种病 / 141

雪藏的王小波 / 143

中国文坛的悲哀 / 146

与舒婷谈朦胧诗 / 148

树个明星当猴耍 / 150

我没有遇到过一支好钢笔 / 153

第四章　上帝或许是女性

她们让我们的城市、
我们的生活变得温馨和美丽，
让世界四处充满了风景；
如果有一天，连女人也不再打扮了，
那就该是世界的末日了。

卡拉妹 / 159

寄一位白领丽人 / 162

现代圣女三例 / 164

红头发 / 166

女人是巫 / 168

丢失子宫的女人 / 171

姊妹们去南方 / 175

女人的要塞 / 178

重归伊甸园 / 184

女人写的书和写女人的书 / 192

好男人是好女人培养出来的 / 196

罗布荒原上的重庆妹 / 201

偶像高红十 / 204

青春的洪小平 / 208

上帝真的是女性 / 213

生我之门 / 216

第五章　漂泊是生命的常态

他们固执，他们天真善良，
他们心比天高命比纸薄，
他们自命不凡以至目空天下，
他们大约有些神经质，
他们世世代代做着英雄梦，
并且用自身创造传说。

储医生 / 221

作家张敏 / 225

阳阳五岁 / 228

给漂泊者 / 230

我的朋友爱琴海 / 232

一件文化衫 / 235

我的樱桃树 / 238

我的北京知青朋友 / 241

从知青走来的臧若华 / 244

和张贤亮先生比书法 / 249

白世锦的书法 / 255

怀念路遥（节选）/ 257

第六章　大地上的故事

我常常喜欢在日暮黄昏之时，
去那块地方转悠，每每恍惚之间，
会觉得玉佩叮咚，暗香浮动，
光艳了一千多年的杨贵妃，
会从某一个石础后边旋风般转出来。

感觉西安 / 269

说说陕人 / 274

日暮乡关何处是 / 277

龙首塬 / 280

都市里的村庄 / 283

我的大学生邻居 / 286

吃在西安 / 289

宽松的大环境 / 292

西安的书商 / 295

阿房宫未央宫大明宫凭吊 / 298

西安满地是故事 / 301

过临潼山 / 303

榆林城记 / 306

陕北的黄土地 / 311

高建群小传 / 317

高建群履历 / 318

高建群创作年表 / 319

社会评价 / 325

第一章 简单是一种境界

钱　　袋

　　有一次,我摸了摸口袋,发现口袋里只有一块钱了。确实只有一块钱了,而不可能比它更多。据说杰克·伦敦经常给他的鞋底垫上几十美元,以备不时之需。我没有这种习惯,我的鞋底什么也没有,我确实只有一块钱了。

　　该怎么支配这一块钱呢?我想我得买个饼子,因为肚子正咕咕地叫着。买饼子花去四角,这样说还有六角。烟不抽是不行的,那么就买最劣等的烟草吧!很好,只花去了一角多一点。叼着烟,作为一个男人,你会有一种男人感。你还得坐公共汽车。短距离你可以徒步,长距离你是非坐车不可的。坐在公共汽车上,你的第一个念头是逃票,第二个念头是你是一个文明人,你应当遵守规则。

　　下了汽车,走在大街上,你突然感到下身不舒服。你想小便。公厕也是收费,这事突然使你感到很愤懑。我决心破坏一次规则。我越过厕所,径直向前走去。在一个有着垂柳的僻静去处,你一手扶着树木,假装在欣赏这棵树,另一只手解开了裤扣。一会儿工夫,一股水顺着树身流下来,一点声息都没有(幸亏你是男人)。在撒尿的那一刻你有一种快感,你还希望会发生点什么,比如地震。这样大家突然都会变得和你一样一无所有。

在街头，你肯定会遇到那些团坐在地上，向你伸手的人。这时你会苦笑一声，你说，我比你更贫穷，你贫穷虽贫穷矣，但是抹下了脸，丢掉了自尊和虚荣这些赘物，而西装革履的我，还得拖着这些重负，人模狗样地在街上行走。你徘徊了很久，终于掏出一张或者两张毛票给伸手的人，最后，你只剩下五分硬币了。

我的手塞在口袋里，而这五分硬币攥在手心里。硬币被攥出了水。余下的这一段时间，你得用这五分硬币来抵挡。

如果我口袋里有一百块钱——这样的事情在我常常有。那么我这一天人生凄凉感会少一点，心情会愉快一点。不到万不得已，我不出门，老虎不出洞。我想打麻将，但我绝不事先张口，等到被朋友硬拉到牌桌上以后，我会说"囊中羞涩"，没有准备打。在这种情况下，我往往把输赢看得很重。很好，我没有赢，也没有输，一百块钱仍然在我的口袋里。

我会买最好的烟抽，在这件事上我绝不委屈自己。如果请朋友们吃饭，我会请他们吃"水盆羊肉"——五块钱一份。走在大街上，我会有些心虚，我生怕碰到熟人，这样口袋里的钱抵挡不住。当从那些豪华商店的门口走过时，我目不斜视；它们对我也没有诱惑力，因为我明白它们不是属于我的。"我是一个无足轻重的人，一个游离于这座城市之外的陌生客！"——我常常会有这种感觉。

那么，一千块钱意味着什么呢？意味着这一天的阳光很灿烂，城市很亲切，路边的行人是你的兄弟姐妹。你急切地想出门，到街道上去兜兜风。你必须打的，因为会想，公共车上太拥挤，钱如果让小偷偷去，哪个多，哪个少？！况且，打的确实很舒服。

你的话突然多起来。你的脸上容光焕发。朋友们好像突然都从地底下钻出来一样，一个个笑眯眯地站在你的面前。你请朋友们吃饭，你打麻将，你请朋友们洗桑拿上歌舞厅，给小费时你作大款状，给五十还是一百,视你当时心情而定;不过给过之后你有些心疼。

你突然意识到自己的衣着有些寒酸,皮鞋的后跟也磨得只剩下倾斜的一半,于是,你想到了豪华商店。门庭站着的小姐立即意识到你会是一个买主,于是笑脸相迎。货物的价格会令你瞠目结舌,会提醒你仍然是一个穷人,于是你知趣地从门庭退出,当重新走到大街上的时候,你的脑子里一片空白,只剩下门庭小姐那南瓜状的或者茄子状的胸脯。

这样游历了很久以后,你突然意识到自己是在浪费自己,或者用鲁迅先生的话来说是在虚掷生命,于是你重新踅回自己的斗室里,操起有些陌生的笔。但是钱不让你安宁,它在经过许多次的宛如"一个黄豆的旅行"的经历之后,最后落入你的袋中。但是它的功能是流通,它现在在你口袋里"蹦蹦"地跳着,渴望着它的新的游历。于是你重新走向大街。

一千块钱根本不经花。终于,你发现你囊中突然空空如洗了。你仿佛变了一个人一样,哭丧着脸,佝偻着腰回到你的家,贫穷又像影子一样地跟着你。"千金散尽还复来",你用李太白的这句话,宽慰自己。"我应当做事了!"你说。

一万块钱可是个大数目。那么几次,我的口袋里确实装过一万块钱,而且这一万块钱可以由我自由支配。

我想我做的第一件事情,是戒烟。一万块钱在兜,我突然觉得自己很重要,我的命很值钱。这样重要的人物可不能让他有个三灾六病,那将是人类整体利益的损失。

"再好的烟也是烟!"——告诫现在起了作用。我有些怜悯地望着那些吞云吐雾的瘾君子,觉得他们太不珍惜自己了。我庆幸和他们划清了界线。

我想我做的第二件事情,是给臆想中的情人打电话,约她吃饭。

每一个对生活还抱有些微希望的男人,其实骨子里都有一种堂·吉诃德情绪,而每一个堂·吉诃德,又都会有自己一厢情愿的杜尔西内亚。我大约也不能免俗。我请我的杜尔西内亚吃饭,我还会送礼物给她。饭她们会吃的,但礼物不会要——她们会在吃完饭后,用餐巾纸抹抹嘴,然后便从你面前转眼消失了。

你想要一身好一点的衣服,但是当站在橱窗前时,你突然改变了主意。那些衣着华丽、举止得体、有一股女气的绅士们的派头令你反感,你担心自己被同化,或与这个城市的这一群人混淆起来,于是你毅然走出。

巴尔扎克说:培养一个贵族需要三代!而我,仅仅属于这个城市的第二代!我更希望自己再过一阵子野蛮人的生活!你对自己说。

钱将很快花光,虽然是一万元。需要钱的地方真多,这个世界诱惑你的地方真多,而大把往出撒钱简直是一种帝王式的享乐。

终于有一天,你的钱袋瘪了下来。它曾经鼓过,但现在瘪了!——这个句式有点像一部小说中的话:一个老年人问自己,我曾经年轻过吗?哦,年轻过!

没有了钱的你,于是,膨胀的身体迅速萎缩和猥琐,迅速变得无足轻重。而膨胀过的欲望,现在亦随之萎缩,眼前,只剩下一片破灭的肥皂泡。你又得匍匐在地上,为生计奔忙了。

写这篇游戏文字的时候,我摸了摸自己的口袋。袋里有二百四十块钱(前天还是五百,请朋友吃饭花了五十,打麻将输了一百,借给朋友了一百,打的花了十块),这就是说,比一千少一些,比一百多一些。因此我现在的心态在一千与一百之间。这种心态大约最适宜于写作。我想,这篇短文的润笔费,大约可以凑够那个五百之数,让我回到前天的状态吧!

眼　　镜

酒场上有一句话，叫作三种人不能小看。哪三种人呢？一种是喝酒脸红的人，第二种是戴眼镜的人，第三种是女人。那么戴眼镜的人就为什么不能小看呢，我不知道。不过我酒场上遇到的戴眼镜的人，大都是能喝酒的人。这是一条经验，这经验由阅历而得。

我自己不戴眼镜。我的眼睛不知道为什么这么好。按说，我的笔下已经写过有一千万字了吧，而我阅读过的书大约可以开一个小型图书馆，但是我的眼睛不近视，也不花。只是有时候早上起来，眼前会模糊上一阵，这是用脑过度所致。卖眼镜的听了我这话，大约会气死的。

年轻时羡慕那些戴眼镜的人：他们看起来多有文化，多有风度！于是我去眼镜行里，配了个二百度的近视镜（那时我眼睛有些近视）。父亲看不惯我的样子。他挑剔说，戴着眼镜和别人握手不礼貌，要我在握手时将眼镜摘下来。我反驳说，那么那些戴近视眼镜的人，每握一次手就得卸一次眼镜么。我的话是站得住脚的，父亲不言语了。不过我后来也就取下了眼镜，不戴它了。很奇怪，眼镜取下来之后，眼睛很快也就不近视了。

近视镜我不戴，不过墨镜我是戴的。我们无法改变夏日的赤日炎炎,不过我们可以凭一副墨镜自保,为自己眼前形成一片小气候。当你乘着越野车,在中国北方昏黄的天地之间行走时,太阳镜为你造成的假象,可以少许地减少这无边无沿的凄凉,给你一种错觉。

我戴过的太阳镜大约有一箩筐。国产的、韩国的、日本的,都戴过。光今年我就扔掉两副。一副是我喜欢的那种老式的黑框镜子,我去参加一个老朋友梅开二度的婚礼,酒喝得高兴了,就将镜子丢到饭桌上了。另一副镜子,则是我送给了一位司机朋友。

那镜子好像是台湾出的,很大的两张镜片,浅蓝色,细细的黑镜腿。我去新疆的罗布泊探险,幸亏这眼镜,不使我面对这死亡之海时,过于压抑和悲哀。后来出罗布泊时,我突然觉得,接送我的地质队的司机老任,也许更需要这眼镜,天生一物为竟一物之用,于是我就将它送给老任了。老任戴着眼镜,开着三菱越野,在沙丘上横冲直撞,帅极了,活像骑着烈马的西部牛仔。

搜刮关于眼镜的记忆,记得曾经有朋友送过我一副石头镜,我转手又将它送人了。我还记得,故世的父亲好像曾经给乡下的爷爷买过一副石头镜。爷爷将那镜子像宝贝一样看重,晚上睡觉时,两只布鞋一扣,将眼镜捂在里面,他说这样可以保养眼镜。爷爷死后,有一个识货的看了看这眼镜,说是假的,两片人造水晶而已。这话令父亲嗟叹了很久。

明年街面上又会流行什么眼镜呢?我不知道。不过我现在是一副眼镜也没有了,所以明年开春,能心安理得地买上一副。买了再丢,丢了再买。俗话说"爱哭的孩子有奶吃",那么允许我将这话变通一下:"爱丢镜子的常有新镜子戴。"

旧　物

我有一件皮大衣,是我当兵时的留念。它现在就躺在我的箱底。每年夏天,我都要把它翻出来,晾一晾,晒一晒,以防生虫。妻子说,将它送给农村亲戚吧,我说你可以把房间里的任何东西送人,但是不要动我的大衣。我有一天回新疆,而恰好又是冬天,我还要穿它哩!

大衣的十个扣子中,有三个掉了。我曾经在一篇小说中,动情地说,这三个扣子,一个掉在伊犁草原上,一个掉在塔城草原上,一个掉在阿尔泰草原上。这说法有点趋于浪漫,我之所以这么说,是因为我本人和我的大衣曾经到过那些地方。

在每年夏天的晾晒中,从大衣的皮毛的深处,总是蹦出几个苍耳。将这毛茸茸的苍耳捧在手心,我会想起许多旧事,我还会遗憾地觉得,这些苍耳本该是属于草原的,这些年,我耽搁了它们多少次开花与结果。我令远方那一片蓝天下失去了一道多么美的风景。我将苍耳收藏起来,准备有一天重返草原时,让它们回归母体。

"哦,假如种子不死"——这是《圣经》里的话,纪德用它做过小说标题。

我有一条皮带,是马镫革做的。马镫革是马鞍上的一件物什,是马鞍连接马镫的一条皮质的带子。每一个当过骑兵的人,大约都会给自己的腰里,偷偷系上这么一根马镫革,因为它是那么适宜于做腰带。

这根马镫革在我腰里拎了许多年。后来,一位出国的朋友给我送了一条美国产的名牌皮带,我就将它换下了。再后来,一位县委书记给我送了条带窟窿眼睛的日本皮带,说它能够治病,结果我又拎上了它。再以后,有一天当我拉开抽屉的时候,发现我的马镫革盘成一团,正凄凉地躲在抽屉的最里面。这一刻我突然明白了,最适合于我的,正是这根马镫革。于是我将已经变得发黑的它,重新系在腰上,并决定从此以后不再卸下来。

当年我第一次系它时,我的腰很细,没奈何,只得用火钳给上面烙了三个眼儿。后来,随着我的腰越来越粗,这眼就一个一个往外放,眼下,已经放到第十个眼上了。写文章的这一刻,我量了一下,眼与眼之间的距离是一寸。这么说,这二十多年中,我的腰围整整增加了一尺。

在最近的一次系它时,那些我当兵时候的事情和人物,突然因为这个马镫革,而纷纷走出来。这样,我写了一部叫《马镫革》的中篇。有朋友说,这是我写得最好的中篇。

我有张旧书桌,是结婚那年置办的。《最后一个匈奴》这部书,就是我趴在这张桌上,整整趴了十年完成的。中央电视台在给我录像时,摄像机对着书桌,记者旁白说:让我们记住这张简陋的书桌。

从延安往西安搬家时,我丢弃了所有的家具,只带了这张书桌。尽管它已经那么旧,那么沧桑了,上面被我用指甲剜下了许多的窟窿和沟渠。尽管我一看见这桌子,心里就是一阵酸楚——是它把我从一个青年变成一个半大老汉的,但是我舍不得它离我而去。我感觉到它已经成为一个有灵性的东西了,能体味我的忧伤和欢乐。

我有一个旧相册,上面全是黑白照片。尽管后来我又有一大摞彩色的相册,但是我感觉中,那些彩色的我好像都不是真实的,独有这些黑白照片中的我——忧伤的我,孤独的我,沉思的我,青春的我,才是真实的。

那里有我四岁的时候,头发梳得光溜溜的,胸前挂一个擦鼻涕的手绢,手指噙在嘴里的照片,有我当兵年月的那些照片,有我当记者时,采访那些文学界前辈的照片。

有一天晚上翻照片时,翻到和贺敬之在延安宝塔山那张照片。我突然想起,贺敬之当时说,延安鲁艺有一架钢琴,冼星海的《黄河大合唱》,就是在这架钢琴上弹出来的,后来胡宗南1947年进攻延安,这架钢琴被卸成零件,埋在哪个山坡上了。贺敬之说,这架钢琴如果现在能找到,会成为我们民族的一件宝贝的。——后来我多方鼓噪,这架钢琴还是没有找到。有朋友问我,怎么想起了这件事情,我说,是一张旧照片促使我想起的。

最近,我的当兵年月的那些旧照片,突然被刊物重视起来。几乎每天,都有天南海北的刊物打来电话,要照片,往我的文章上配。我把旧相册拿出来,把那些本来就不多的旧照拿出来,矛盾了很久,最后决定哪里也不给。原因一是我怕丢失,二是我觉得那一段岁月是我的,不管是我的痛苦或者我的幸福,它都应当由我一个人去独享。

是的,别人不知道,只有我知道那些照片里的故事。例如在一张照片上,背景是辽阔的大戈壁,戈壁的尽头有一个隐隐约约的瞭望台。那是苏方的瞭望台,而我拍照的这一刻,瞭望台上的苏联士兵,正倚着栏杆在逮虱子。还有一张照片,照片上有我的一个战友,写完《马镫革》的今天,偶然翻这照片时,才发觉他正是我小说中的主人公。

　　白房子时期的我，多么忧郁呀！他为什么那么忧郁呢？就像塞万提斯笔下的那个愁容骑士一样，这是为什么呢？我不能明白！我在一篇文章中说："我骑着我的黑走马，逡巡北方。我的马蹄铁在沙砾中，溅起阵阵火星，我的黝黑的、消瘦的脸颊上挂满忧郁之色，眉宇间紧锁着一团永恒不变的愁苦。在中国最北方的那根界桩前，我勒住马，向苍茫的远方望去。远方是欧罗巴，回眸脚下和身后，是栗色的亚细亚。我在那一刻感到一切都是瞬间，包括我刚才那一望，已经成为历史凝固。"这是过去的文章。而我此刻想说，这"凝固"原来可以用机械的办法的，这办法就是旧照片。

　　以上只是从旧物中挑出的几件。我有许多旧物，它们充斥了我的不大的房间。我和它们生活在一起。每天早晨睁开眼睛时，因为眼中的这些旧物，而使我知道了我是谁。

四十而杖

　　四十岁时，想做的第一件事情，是挂一根拐杖，相随的，再剃个光头，穿上一件青布长衫，圆口布鞋，走到哪里，人未到，拐杖先到了，把个地板墩得笃笃作响。如果还要有些韵味，那么不妨伸长脖子，鹤鸣九皋一般，朗声唱出"五柳先生本在山，一朝为客落人间"这样的句子。我想，那景致，一定惬意极了。

　　关于唱诗，我见过一回，是周谷城先生在唱。细长的脖子扬起，公鸭般的嗓子，拿腔捏调，抑扬顿挫，活生生一个六朝君子在世。

　　但是我这里说的是四十而杖。关于这个，今年四月，在泾阳张家山，我做了一回。泾河岸边，郑国渠渠首处，有个温泉，水温二十八摄氏度，号美人浴。县文化局长要我给泉写个泉名。写罢，央我去浴，说，去年张勃兴也在那里浴过。节令不对，我身子刚浸到水里，到腰部的地方，就感到下肢麻木，不能动了。附带说一句，这是我在中苏边界当兵时落下的病根，与泉水没有关系。泉还是好泉。

　　匆匆出浴，趴在别人的肩膀上回到下处，腰就不能动了。于是央人，从正在飘着柳絮的柳树上，砍了个带杈的树股作拐杖。我在张家山，住了一个月零四天，这杖，用了一个月零四天。

　　这段日子，我的这病身子，全赖拐杖。睡觉的时候，翻不了身，用拐杖钩住床头，凑合着翻个身。吃罢饭，坐在凳子上起不来，拄着拐杖，站起来。最尴尬的事情是跨厕所。两手拄杖，直着腰，跨着弓步，勉强蹲下去。蹲下去后又起不来，许久，依旧用两手，抱住拐杖，像猴爬树一样，站起。有一次，实在爬不起了，听隔壁的女厕所里，有女小解，作溲溲声，想喊，又一想场合不对，赶快捂住嘴巴，叹一声：还是靠这只柳木杖吧！

后来回西安，行至路途，市声嚣嚣之际，突然觉得自己拄杖的样子很难看，不像个得道高人，倒像个讨吃的。这时腰已见好，为主人的，便把这拐杖扔到了车外。

人是一个贱物，现在，我又常常想起那根拐杖。我觉得人尽可以我行我素，只要自己觉得实受了，尽可以不管别人怎么看待。四十岁的人了，尽可以随心所欲，按照天性的指引行事，剃光头也罢，拄拐杖也罢，我自为之，与人何碍。这样，我又央人，去北山里，砍一根枸子木来。这枸子木，我小时候砍柴，砍过它的，木质坚硬，光滑，可以做斧子把儿，用得久了，遍体通红。那枸子木拐杖，大约快拿来了吧！

四十杖家、五十杖路、六十杖朝、七十杖国、八十杖天下，这是古人的一串话。而今我行年已四十有三，古训可鉴，我可以用杖了，起码在自个家里，可以挥杖了吧！台湾诗人纪弦有诗说：我挥舞着我的黑手杖！在地球上行走。这话听了，总让人景仰不已，浪心难拘。

简单地活着

简单地活着，这是一种人生境界。能做到这一点，就叫高人了。长着眼睛，但是不看；长着耳朵，但是不听；长着嘴巴，但是不问不说；长着脑袋，但是不思不想。你看那一棵树站在那里，一块石头卧在那里，一匹马在草原上悠闲地甩着尾巴，它们多么简单呀！

站在阳台上，你朝天底下一看，你会觉得中国人活得真累，真复杂。这座城市里，大家都在匆匆忙忙地赶路。你急什么急呀！天底下的路长着呢！你赶一生，也赶不完的。你在贪婪地挣钱，那么，这钱也是挣不完的。西安印钞厂的那个胶印机的大轮子只转个几分钟，它产出来的钱就把你这一生吞没了。那么谋官吧，当年万里觅封侯，古人也常有这想法的。可是，处心积虑一生，到退休的那一天，你发现前面的阶梯还高着哩！

我在死亡之海罗布泊住过十三天。我每天盘腿坐在一个高高的雅丹上，看日出日落。我像一个高僧一样从这个角度来看人类秩序。我发现我们其实都被聪明人给骗了。

从这个角度看世界，你会发现几千年来煞费苦心所建立起来的文明秩序，其间充满了许多伪善成分。你会发现人们蜜蜂、苍蝇一样地忙碌，实际上都是在瞎忙、穷忙。有一个更高的规则在那里站着,这就是"简单"。

所以我行我素,所以我淡泊度日,所以我不为眼前这些俗人俗事所扰,心如止水地做着我自己认为是重要的事。

伍子胥过韶关,一夜白头。那过了韶关的伍子胥,将楚平王的尸骨刨出来,鞭尸三百。旁边有人说:"伍将军哪,你要注意影响呀,旁人会说你的!"那伍子胥把胡子一捋,眼睛一瞪,叫道:"我都这一把年纪了,要影响干什么!"

这伍子胥真是个有性格的人,他活到一种境界了!

五种重要和四种丧失

——我的生命选择

在北京梅地亚中心,看《中国大西北》的毛片。席间休息时,女作家毕淑敏说,现在世界流行一种最新的心理测试方法,叫"你的生命选择",几天前她的美国心理学导师刚为她做过(毕正在修心理学学位)。她问我们愿意不愿意做,如果愿意,这一段休息时间,就够用了。

请拿一张白纸,请拿一支笔。请在这张纸上,写上五种你认为最重要的东西。不要犹豫,哪件东西最先浮现在你脑海中,你就迅速抓住它写上。不要去做道德评判,要诚实。写好了吗?五种你生命中最重要的东西你都写上了吗?那么,现在请你思考一下,划掉其中不重要的一件。这个划掉的过程就是你丧失的过程。这个丧失是痛苦的,但是你必须划掉。好吧,再划一件。再划一件。再划一件。现在,白纸上只剩一件东西了,这件东西就是你生命中最重要的东西。一个名曰"你的生命选择"的心理测试就算完了。毕淑敏说。

我给我的白纸上写下的第一件事是"烟",之所以写它,是为我当时正在抽烟。我给白纸上写下的第二件事是"写作",因为我手里当时正拿着笔。我给白纸上写的第三件事是"家庭"。第四件事是"女人"。第五件是"麻将"。

"五种重要"现在白纸黑字,写在了纸上。确实,这五种东西,于我来说,都是不可或缺的,它们简直构成了我生命的全部。但是毕淑敏女士在那里说话了,她要我划去其中的一种,狠着心将它划去,将它从你的生命体中剥离。"在这剥离的过程中,你会有一种丧失感。这个丧失会使你明白许多事情!"毕说。

第一个,我划去了麻将。这两年,我常常问自己,我为什么打麻将,我为什么要把自己宝贵的生命浪费到这种无益的事情上去。我得出的结论是,这实际上是成年男子面对生活重压的一种逃避,一种自虐行为。再见吧,麻将,当这物什从我体内被挤出后,我心头涌出一股留恋和一种悲怆。

下来再涂一下。我这次涂掉的是烟。对烟,我也同对麻将的感情一样,爱不能,恨不能。在极度疲惫的伏案写作中,烟是唯一伴随我的朋友。我知道抽烟不好。我的爷爷死于肺气肿,这些都与抽烟有关。当划去这一格的时候,一想到自己再也不能抽烟了,我突然产生一种失重感。

接着再涂。我权衡再三,这次涂掉的是"女人"。年轻的时候,我曾经在自己心目中,塑造过许多理想女性形象。但是如今,随着渐入老境,我明白了一个重要的道理。这道理就是世界上没有圆满,那些惊世骇俗的大俊大美,只是人类的创造,或者说人类的一厢情愿。现在,我将自己的思考在梅地亚中心的这张白纸上做了总结。我涂掉"女人"二字。

第四个涂掉的是写作。其实这些年来,我常常有收笔的念头。这念头的原因是我对文学写作开始处在一种自我怀疑中。文学究竟对社会有多少补益?鲁迅先生将他的手术刀换成一个叫"大小由之"的笔,究竟值得不值得?这几年我一直想这件事。社会派给我一个角色,这角色叫"写作者",你得硬着头皮将它扮演好,扮演到直到谢幕的那一天,就像卓别林死在舞台上一样。现在,当白纸上只剩下"写作"和"家庭"四个字时,我毫不犹豫地划掉了"写作"。

"家庭"两个大字,现在凸现了出来,占据了整个白纸。是的,家庭对于我来说,这是最重要的,我生命中的唯一。在人类生生不息的生存斗争中,往上,我继承了父亲,往下,我延续给了儿子,人类的这根链条在我这里得到可靠的延续。记得小仲马在《茶花女》的演出获得巨大成功之后,打电话告诉他的父亲说,《茶花女》可以和大仲马最伟大的作品媲美。结果,大仲马回电话说:亲爱的孩子,我最伟大的作品就是你呀!

以上是我的梅地亚心理测试。主持测试的是毕淑敏女士。

我有铠甲十二副

活人真难。世上最难的事情,就是披一回人皮做一回人。汹汹世界在你的面前,你得应付,你得牙掉了往肚子咽,强支撑起自己高贵的头颅。记得一位同仁曾经写文章,嫉妒我脸上那"灿烂的微笑"。这文章令我啼笑皆非。因为她不知道我曾经是有名的"愁容骑士",正是生活的一次又一次打击,令我只会微笑了。我常常想,有一天我要写一篇文章,将我从生活中悟得的处世之道告诉我正上高中的儿子,因为他还将有漫长的路要走。兵来将挡,水来土掩,这苦难和打击使我的皮像涂了树脂的野猪皮一样,一天天厚起来,以至成为铠甲,以至成为金刚不坏之身。我有铠甲十二副,今天说与诸君听。

其一叫"超乎其上"。我曾经在一个单位主事,单位的"窝里斗"闹得我惶惶不可终日。一位大学教授送我四个字,这四个字就叫"超乎其上"。一语惊醒梦中人。我多么重要,我有那么多重要的事情要做,我可不能把自己厮混于这毫无意义永无输赢的纷争之中了。我用海涅的两句诗向纷争告别,这两句诗是:"再见了,油滑的男女,我要登到山上去,从高处来俯视你们。"而后,我便缩回自己的四楼,写长篇去了。一年零一个月之后,我的第一部长篇完成了，站在阳台上，我感慨地望着世界。世界仍在纷争。

其二叫"把难题留给时间"。生活有时会把你逼到死角，你遇到的难题简直会是一座无法逾越的高山。这时你唯一应该做的事情，是不要着急，把难题留给时间。时间会将一切改变的，会令沧海成为桑田，仇雠成为兄弟。还有一个极端的例子是陀思妥耶夫斯基。陀氏被判死刑，执行枪决，枪响了，陀氏却没有死。原来这一刻，沙皇生了一个儿子，兴奋中他要大赦天下。每当看到这位俄国经典作家的作品时，我就想，如果陀氏耐不过从判刑到处决的这一段时间，而自己结束自己生命的话，那么，我们今天就看不到《罪与罚》，看不到《卡拉玛佐夫兄弟》了。"行到水穷处，坐看云起时"，聪明的古人早就这样提醒我们。千万不要小看这个"坐"字，你坐着不动，可是世界在动，时间在动。时间有时候会是你最忠实的盟友。

其三曰"敢于成功"。一个人有时会很顺，有时会很背。连普希金也说：阴郁的日子需要镇定，相信吧，那快乐的日子必将来临。生活不会总"欲渡黄河冰塞川，将登太行雪满山"，命运之神有时候也会网开一面，向你微笑。你要抓住这机会，你要勇敢地向属于你的成功走去。"不敢成功"的事在生活中很多，这是一种病态、一种心理障碍。中国足球所以屡战屡败，就是因为他们不敢成功，他们一开始就把自己定格在"陪太子读书"的附庸位置上。我们细细分析中国足球的每一次冲击，都会发现这里面确实有机会，但是，机会来临时，队员们在机会面前惊慌失措。

其四曰"永不言败"。失败的事在生活中是很多的，每一个成功者的来路都有一段苦难。勇敢的人将失败当作乳汁，成为滋养，软弱的人则将失败作为他停滞下来的借口。拿我来说，我的习作可以装一麻袋，但是那时发表出来的只是寥寥几笔。有一年，我写了两个中篇,那也许是当时文坛最好的中篇,但是屡寄屡退。到后来,它们就被我作为耻辱的记录,锁进抽屉里了。半年以后,《中国文化报》的一位记者偶尔路经我居住的小城,带走了小说。小说后来在北京一家杂志发表。现在,我的文章一旦写出来就可以变成铅字了,但艺术的殿堂博大精深,每一次,我都鼓起余勇,向纵深走去,但每一次几乎都是失败。可是我还得往前走,不管"坟"那边是什么。

其五曰"难得糊涂","闭目塞听"是一种大境界和大智慧。人还是糊涂一些好。不该你知道的事情永远不要去知道它。侦探小说中说人只要掌握了某种秘密,就会有生命危险,这话值得每一个有好奇心的人去听。世界上有些事情你永远也弄不明白,既然弄不明白我就不去弄它。有些事情你看在眼里了你又何必去说它,你不说简直就等于你没有看见。我是一个糊里糊涂的人,这为我省了许多的事。对于我来说,大约只有第三次世界大战发生会叫我震动一下,而对于一匹在草原上安静地吃草的马来说,第三次世界大战也不能令它震动。糊涂有时甚至是一种力量,纷乱的世界对糊涂的人一点办法都没有,你打击他感觉不到,你骚扰他无动于衷。他真糊涂。郑板桥说"由糊涂转聪明难,由聪明转糊涂更难",这话何等苦涩啊!

其六曰"包容"。包容是一种天大的美德。一个懂得包容的人是一个可敬的人。这包容不是装出来的,而是从心底发出来的对同类的一种友善和宽厚仁爱。我们要学会原谅人,原谅他们的小缺点和小错误,原谅他们的大缺点和大错误。世界是残缺的,完满是没有的,我们要时时明白这一点。最近有关部门组织一批作家记者去一个女监深入生活。女监关的一千名犯人中,三分之一是杀人犯。她们为什么杀人?我和几个女犯谈过话以后,在监狱的留言簿上写下这么一段话:"世间上所有的事情都没有道理,它的发生就是它的道理。一个人的命运,在很大程度上有时候并不能由自己决定。所以我们应当平心静气地接受生活所赐予我们的每一个失败和磨难,并把它化为滋养。"我这一段话是有感而发的,我感到生活为她们所制造的道路,像渠里的被制约的水一样,只能这样流而不能那样流,一个涉世不深的人,一个年轻的人,很难从命运之手中逃脱。我还能举出大大小小的许多例子,说明世界的荒谬性,并且说明一个宽厚的人,一个有力量的人,要懂得包容,懂得宽宥。

其七曰"珍惜你手中的东西"。中国老百姓有一句话,叫作"隔夜的金子到手的铜"。这话是说,有人现在要给你一块铜,另有人明天早晨要给你一块金子,那么,你是要这铜,还是要那金子呢?我劝你要铜,因为睡一觉以后,世界说不定会发生变化。同样的这个谚语,西方也有一句,叫作"拿到你手里的东西是世界上最好的东西"。这两句民谚足以令那些好高骛远者警策。珍惜你的家庭,珍惜你的工作,珍惜你的朋友吧,它们尽管都有许多不尽人意之处,但这是你的,因此对你来说,这也就是最好的。只有那些愚蠢的人,才像猴子掰苞谷一样,掰一个,扔一个,到头来手头只有一个苞谷。拿我来说吧,长期以来,我从事过各种职业,但是在从事这些职业的同时,我永远清醒自己此生来世上是干什么的,这就是文学创作。所以我总能在我的环境中,营造出一片小气候,潜心创作。我不抱怨生活,我珍惜生活赐予我的每一个卑微的位置,我所能做到的就是在这个位置上,不动不摇,永远闷着头走自己的路。

其八曰"把大事和小事分开"。世界上有些事是大事,有些事是小事。或者说对你来说有些事是大事有些事是小事。你应当永远地绕开这些小事,去干大事。人生是何等短促啊!光干那些主要的事和重要的事,你一生又能干成几件呢?我们的古人说过"一屋尚不能扫安能寻天下",这话是很有些商榷余地在里面的。那些把自己屋子打扫得干干净净的,把自己头发梳得光溜溜的,把自己衣服穿得有棱有角的人,他们是些干不成大事的人。据说美国一个公司用人的测验方法很特别,第一看你早上叠不叠被子,第二看你刷完牙后盖不盖牙膏皮上面那个盖儿。它选择的是后者,它认为这样的人才能从小事匕错开眼光,而专注于大事。19世纪的巴黎街头,夜半更深的时候,常有一个穿着睡袍的流浪汉或醉汉模样的人踯躅街头,他就是正处在创作激情中的巴尔扎克。而屠格涅夫的晚年,当他穿起黑西装,戴起白手套,俨然一个举止有致的绅士的时候,正是他创造力枯萎的时候。是的,每干一件事情的时候,你不妨把这事放在手里掂量掂量,看值不值得去干,干了会怎么样,不干又会怎么样,这件事对人类的历史进程会产生什么影响。这样,你就可以省去许多事了。"删繁就简三秋树,领异标新二月花",你就有充足的时间和精力专注于大事了。

其九曰"吸收"。一个懂得吸收的人是一个聪明的人。一个拒绝吸收的人是一个愚蠢的人。马尔克斯的风靡一时的《百年孤独》,是以一个魔术师拉着一个大冰块,从马孔多镇横穿而开头的。那冰块里包着一块大磁铁,因此,魔术师路经之处,一街两行的所有铁器,都劈劈啪啪地飞过来,落在这磁铁上。我想一个人的吸收也应当是这样。海纳百川,有容乃大,他在人生的路上走着,每一个毛孔都张开,贪婪地吸收路两边的东西。记得我年轻的时候,见识过一些人,这些人的才华和博学曾令我五体投地。我当时想,再过些年,这些人会成为些不得了了不得的人物的。而今许多年过去了,我再见到他们时,他们还是老样子,羊皮照旧,而且随着青春激情的消失,当年那些才华也枯萎了。这是怎么一回事呢?我细细地观察过这一类型的朋友，发现他们总是以自我为中心，总是抢先发表意见，从来没有安安静静地听对方说话，他们永远像一个高速旋转的陀螺一样，外力根本没有法子进入—雨水都洒不进去。他们是因干渴而枯萎的，因为得不到滋养。这地方有一比。陕北高原的吴旗县（今吴起县），一个光秃秃的山疙上，长着一排人工种植的树。这些树像人的小胳膊那样粗细。陪同我的宣传部长说，这些树，从他记事时候起就这么大，现在还是这么大。他叹息说，它们长不大了，它们是"老汉树"。

其十曰"忌贪"。那些栽跟头的人，几乎都是些贪心的人，是些得陇望蜀的人。世界布满了诱惑，那些诱惑或者就是美丽的陷阱。诱惑，对接受诱惑的人才成其为诱惑。那一年在草原上，当我们挖下陷阱，布下诱饵，看着猎物（瞎熊）一步一步走近的时候，我在心里惊叫说："千万别过来！"但是瞎熊还是过来了，结果掉进了陷阱。促使它走过来的原因只有一个，那就是诱饵（一只鸡）。贪心和野心是一种小家子气的表现，于连·索黑尔式的心态。人是环境的产物，贪心是一步一步培养和激发出来的。一个人，当他拥有某种东西的时候，他不知道他的手里正握着一团火，握着一把灾难，这时如果他不知趣，又向新的目标走去时，敌人从四面八方出现了。每个人都有自己的命运，如果一个人的命运，令许多人的命运改变方向的话，那些命运会用合力将你击倒，起码让你生病。

十一曰"不要迷信权威"。小时候我在乡间和爷爷奶奶住过一段时间，那时候觉得乡长简直是高不可及的人物。后来到了县城，见到脸上长有麻子的县长，崇拜的心情令我为自己脸上没有麻子而遗憾。县长的女儿和我曾坐过同桌，在她面前我永远地自惭形秽。后来初涉文坛，那些经典作家、名作家、热门作家于我来说，更是个个像头上罩了光圈一样，神圣和敬畏之情无以复加。中国有一句老话叫"四十而不惑"。四十岁以后，我再回过头来看这些人这些事,觉得自己的诚惶诚恐其实是没有必要的,觉得人和人都差不多,都是一个鼻子两个耳朵,觉得许多"势"其实是"扎"出来的,许多神其实是造出来的。相形之下,倒是那些平凡的人,纯性情的人,似乎更为可爱和可敬一些。

十二曰"做一个正直的人"。一个正直的人,一个不愿趋炎附势的人,一个面对恶势力高高扬起头颅的人,一个"流自己的汗,吃自己的饭"的人,他的生活一定过得艰难一些,他的人生道路一定坎坷一些,这是毫无疑义的事情。但是作为一个高等动物来说,"正直地生活"正是他的全部意义所在。在正直的生活中我们捍卫了人的尊严,在正直的生活中我们向人类至善至美的境界前进了一步。我曾经写过一篇《我的樱桃树》的文章。我说,一个猎人在森林里遇见了一只鹿,他枪里的子弹已经没有了,于是他从地上捡起一颗樱桃核,装进枪膛里射了出去。许多年后,当猎人再见到这只鹿的时候,发现在鹿的双角之间,长了一棵美丽的樱桃树。猎人走上前去,尝了尝那树上的樱桃,发现那樱桃的味道好极了——它既有樱桃的味道,又有鹿肉的味道。写到这里我说,我的身上有许多敌人射下的子弹,我在体内经年累月地用自己的血肉培养着它们,亲爱的读者,当你们读到我的那些华美的文章时,那正是我奉献给你们的樱桃啊!是的,每当想到慷慨的生活竟然给了我这么多阅历,这么多思想,这么多素材,我就不由得想说一句话:"感谢生活!"

每个人都有自己的人生体验。每个人的人生体验都会成一篇大文章。我只是职业的原因,手头恰好有支笔,于是将这种体验形诸文字而已。

我的五大恶习

其一是抽烟。各种牌子的香烟，我几乎抽遍。每日抽烟以三盒计，一月即十条。家里的墙壁，因常年烟熏火燎，白墙变成黑墙，我想我那五脏六腑，不知黑成什么样子了。每月的工资，大半用于买烟。过去的人说抽烟者一生抽掉一副棺材，而我抽烟，该抽掉一套商品房了吧。我的爷爷死于哮喘，我的父亲死于肺心病，皆与抽烟有关。而我至今不思戒烟事。我已经活过了普希金的年龄、拜伦的年龄，假如明日就死，又有什么遗憾呢？

其二是睡觉。有一家杂志要我谈人生乐事。我说其一是东床坦腹，其二是笔走龙蛇。这"东床坦腹"就是睡觉。别人的一生，有三分之一是在床上度过的，我在床上的时间则最少占三分之二。躺在床上，假寐着，抽着香烟，想着心事，可谓其乐融融也。俄罗斯民间传说中有位勇士叫伊利亚，一觉可以睡十七天，讲述者以赞赏的口吻说，勇士的睡眠不比我们凡夫俗子，他要睡十七天的。这话令我心仪很久。伊利亚睡醒之后，从枕头匣里取出他的小美人妻子，为她梳头，那景致更是动人极了。

其三是写东西。多年积习，令我的写作几乎成为一种病态。一日不动笔，则手指发痒，内心空荡荡的。铺开一沓厚厚的稿纸，握一支廉价的油笔或钢笔,这个平日软弱无力的人立刻笔走龙蛇,气吞万里如虎。那一刻我像一个白痴,像一个与风车作战的堂·吉诃德。什么时候才能扔掉这该死的笔,回到正常人的生活状态中去呢?我常常这样想,可是做不到。邪火注定要找个发处,这发处便是写作。这情形有两比。一比是,每个人注定一生要出一次天花,如果生时不出,死后躺在棺材里,白花花的骨头上也要出一次的。一比是,春天砍倒的树木都要出虫,而柳树不但出虫,它横躺在地上以后,周身还要发一季的枝丫。

其四是打麻将。我的右手的二拇指、中指、无名指上布满硬茧,这硬茧一半是笔,一半是麻将磨下的。我在西安居家,我去过的人家,几乎都是去赴麻将场子。我在北京与友人大战,在上海与友人大战。去年在太湖边的一个小镇举办笔会,会期二十三天,我麻将打了二十二场。前不久去死亡之海罗布泊,十三天时间,我除抽空写出五万字以外,其余时间全部是麻将。罗布荒原上,麻将桌支起,打得昏天黑地。记得有个三饼,不知被谁抠成炸弹,一甩,掉到地下。地下满是消融的盐洞,三饼掉进一个洞里,越抠越深,深及一米,大家只好拿出十字镐去掘,用撬棒去撬。麻将这一百三十六张牌,不知耗去我多少美好光阴。作家张敏说,怕把一千万字都给耽搁了吧。打麻将最尴尬的事,是被抓住。我被抓住过两次。一次是在黄陵县,晚上正战到酣处,警察来了。我对警察说,小同志,见到赌博行为,一定要抓,我白天还给你们公安局长指示过。旁边的牌友赶快说,我是他们县上挂职的副书记。这样才算逃过一劫。另一次,是在泾阳县,我和西影厂几位编剧正在郑国渠纪念馆的院子里,趁阳春三月大战不息。突然警笛大作,矮矮的墙头上跳下一群警察。"不许动!不许动!"警察们大声喝道。我们中一位女编剧,吓得号啕大哭,尖叫着跑回自己的房间,扣上门。其余人则全部被当场擒拿。后来误会搞清,是一群文化人在闹着玩,警察们也就有些不好意思。他们说是村上有一坐探,报告说西安来了一群黑包工头,在这个叫张家山的地方大赌,所以他们赶来了。后来言语缓和后,我问他们我们中谁像包工头,他们笑着指了指我。这些事都是前些年的了,最近几年,朋友聚在一起玩一玩,是不抓的了。

第五个恶习叫随地小便。我这随地小便的毛病,是当兵时候留下的。那时在戈壁滩上,不但没有女人,男人也是我们这可怜的几个,因此遇到内急了,随时随地解开裤扣就行。"兄弟十人,抬炮出城,一阵猛雨,收兵回营",这小时候就说过的俚语有无尽的欢畅在内。现在在这城里,面对汹汹人头,我常常视而不见。城中的厕所本来就少,我又懒得找,于是见有拐角,眼前暂时又无人,便对着墙角小解。有时是偷着对着一棵柳树撒尿。垂杨柳将你的身子影住,尿撒在树身上,一点声音都没有。你一边撒尿,一边摇头晃脑,佯装观赏树木,旁人见了,还以为你是这古长安城中的贺知章、李太白,在触景生情哩。在家中,我上厕所时,小便也时常撒在马桶之外,这也是心不在焉所致。我的概念中,所谓厕所者,推开那层门,里面的地方都叫厕所。为这事老婆没少骂过我。

我有许多恶习,限于篇幅,只略陈一二于上。世人切莫学我。就连我自己也时常厌恶我自己,恨不能脱胎换骨,重做一次人哩。不过秉性天生,改也难,况且这世界由各色人等组成,留一个世外之人,让他自去逍遥,也无碍大局,不是?!

八个不如

春节前携妻子去一老亲戚家拜年。亲戚家是工人世家。而今，老两口退休在家，一年间分文退休金未领。儿女的单位也都不景气。家中家徒四壁，一点过年的气氛也没有。回家后我闭门自省，想我何德何能，不农不桑不工不商，是一个连螺丝朝外扭还是朝里扭都不知道的人，居然华衣锦食，一日三餐不愁温饱，念此惴惴不安也。

晚上打麻将回家迟了，妻子恼怒，不给开门。没奈何，于是到街上闲转，冒充是个早起的人。城市的早起者，是那些清洁工，一把扫帚，"唰唰"地一路扫过，是那些炸油条、卖豆浆的人，是那些早起到城外去贩蔬菜的小贩。在街道上挥胳膊摇腿，佯装锻炼的我，突然心生愧意，论起辛苦，我较之这些早起者差远了。

不久前去老家农村。老家濒临渭河，村子在河边设了个渡口，谓之"高家渡"。七年前我父亲过世时，我回过家，那时渡口上是这个艄公，而今，渡口上仍然是他。他认出了我，我也认出了他。我们同时都说对方老了。坐在船上，我想这艄公这七年间，来来往往，渡过了多少渡河者，而我这七年，又做了些什么。是的，我写了几本破书，可这些书于世又有多少补益呢？而他，这位普度天下苍生的艄公，他做的事是实实在在的。呜呼，吾不如这高家渡之艄公也。

与一位领导干部同桌吃饭，席间，服务员来询问，饭菜是否可口。领导沉吟了半晌，怅然说，我是讨吃的出身，面对这桌饭，我还敢有什么弹嫌的呢？领导是陕北人，"讨吃的"是"乞丐"的意思。后来我询问了，领导确实少年时讨过饭。因为领导的这句话，我至今仍然对他充满敬意。那已经是十五年前的事了。这十五年间，每当我有些轻飘飘的时候，我就想起这句话，从而令自己沉稳起来，夹起尾巴做人。

班里的两个学生打架，年轻漂亮的女老师赶到教室，让同学们揭发是谁打架。老师喊了半天，全班六十四个同学没有一个站起来说话。女老师伤心地哭了，她说她将全部心血给了这些孩子，想不到却培养出这么一群世故、冷漠、没有丝毫正义感的人，眼前的这些朝夕相处的面孔令她感到陌生。这是我儿子的班里发生的一件事。儿子回来将这事告诉了我。我批评了儿子。同时，我对这位我只在家长会上见过两面的女教师，产生了深深的敬意。我不如她，这种真诚而高贵的感情，我在生活中已经被磨损得几近于无了。

在泾阳的张家山，一个六岁的男孩站在路边撒尿。我转到他前面，弯下腰说："让叔叔看！看你那里长了个什么？"小男孩双手将交裆一捂，仰起头，看了我半天，慢吞吞地说了句可以上《幽默词典》的话——"你也有！"小男孩的这句大幽默，抵过我用一本书的篇章所营造的那种幽默情景。我不如这小男孩。

我是一个花钱大手大脚的人。如果有一阵子，我有些收敛，那是因为年迈的母亲在我家居住的缘故。母亲极为俭省，我常常感慨，钱在她手里那才叫物尽其用哩！有时我劝母亲花钱，我说：钱是挣下的，不是俭省下的！母亲不同意我的话，她说俭省些总是好事。母亲是河南人,黄河花园口决口的遭灾者,她经历过苦难。如今,母亲虽然不在我家居住,但是一想到母亲,我就遏制住自己花钱的欲望,朋友邀我去舞厅,我说:孝敬舞厅小姐的钱,我还不如拿去孝敬老母亲哩!是的,说起居家过日子,我不如母亲。

有许多作家都比我强,例如拜伦。拜伦在《哀希腊》中说:希腊啊,蒙受你恩惠最深的人,爱你却爱得最浅!拜伦在被逐出英国时说:要么是这个国家不够好,不配我居住;要么是我不够好,不配住在这个国家!人类的舌头,巧到拜伦这个份上,该是到顶了吧!我这里拉出拜伦,要讨论的问题是:平庸者如我今年已经四十六岁了,而天才者如拜伦,仅仅活了三十六岁。夜半更深,扪心自省,一想到许多的天才都如落英缤纷,先我而去,而碌碌者我辈却还在继续糟蹋着五谷,浪费着布帛,一方面,感到这是上天的庇荫,一方面,又生出马齿徒长的羞愧。于是乎披衣而起,摇动秃笔,以我的平庸的写作,来稍微地弥补因他们的早逝而形成的人类永恒的遗憾。

吃　　肉

人从牙齿上讲是一种食草动物,它缺少老虎那样尖利的牙齿和带刺的舌头;从肠胃上讲则是一个食肉动物,它没有牛那种能够反刍的胃。吃肉还是食草,人各有爱,这事不必强求,亦不必就此分出个优劣与雅俗。比如我已故世的老祖母,她一生不但不吃肉,连盐也不吃,这叫"忌口"。不过喜吃肉的还是大有人在的,比如那个孔夫子。

孔夫子一生,与肉有过许多的事情,学生去求学,他不收你钱,不收你布帛,要你脊背上背一束干肉条来。他四处游说布道的途中,困于下蔡,口里咽着唾沫,发牢骚说:三月不识肉味。他还有一个高论,叫"君子远庖厨",一边吃着肉一边不愿看到杀牲,这话足见圣人有时候也像我们一样虚伪。至于他见到肉时的那一种馋相,也留下一句话传世,这话叫"食不厌精,脍不厌细"。这话而今已经被那些美食家们奉为圭臬。

不过大人物中,喜欢食草的大约也不少。鲁迅先生有一篇小说,是说老夫子瞅见了碟子里有片白菜心,于是伸出筷子去夹,不过儿子眼疾手快,筷子比他先到。这样老夫子的筷子到时,白菜心已经没有了,缩回来又不合适,于是只好夹起一片菜帮子,完事。这是小说,小说最忌对号入座——虽然这几年对号入座之风日盛——所以我们大可不必认真,说这老夫子就是先生自己。不过先生有一句名言,确实证明是以食草动物自况的。"我吃进去的是草,挤出的是奶!"辛劳一生的先生,把自己比作一条泽被人间的大奶牛。

我喜欢吃肉。如果有前身的话,大约前生是一个食肉动物。小时候,看到我吃起肉来那一种馋相,母亲常感慨地说,等她什么时候有钱了,买一头肥猪,吆进你的肚子里去,让你吃个够。但她没有钱,现在也没有。我现在倒是有一些余钱了,可以放开肚子去吃肉了,甚至一只羊、一头猪、一条牛、一匹马,都可以轻轻易易地买下了,只是我的牙齿——我的牙齿已经七零八落,啃不动肉了。这话在这里说出有点伤感。伤感的我这时记起印象派大师雷诺阿的一句相同的话。雷诺阿说:"当我终于可以买得起最好的牛排时,我口中的牙齿已经掉光了!"

回忆童年,几乎没有关于吃肉的记忆。那时我随祖母住在乡下。不过遍搜记忆,吃肉的事大约还是有过一次的,那是生产队的一头老牛死了。因为老牛之死,那一天便成为全村人的节日。每人分得了四两肉。叔父是队长,他将牛头也扛回了家里。这或许并不是一个便宜,因为牛头很难煮。大约到深夜两点,将老坟里刨出的那个柏木疙瘩烧完了,牛头才煮烂。我一直就着煤油灯,守候到两点。其实,从牛头一进锅里,开水一滚,肉上没有血丝了,我就开始偷偷摸摸地抠着吃。

前些年说人是万物之灵长,世间万物,人皆可以因己而用。这几年又说人并不应该有这个特权,自然界中,人仅是一分子而已,它和一匹马、一只羊、一只蚂蚁、一只跳蚤,都是平等的,应当彼此善待。我是同意后一个观点的。非但同意,而且还想进一步发挥说，不独动物，那些植物也是有知觉和生命的，人类亦不应该对它们妄加杀戮才对。这论高则高矣，但这同时就带来了一个问题：人的嘴巴，无论食草，无论吃肉，总得有东西往那里面填才是，你总不能将它吊起来吧。我们的智慧不够，也许后来的人们可以解决这个两难问题，或者让我们从此不吃，或者可以让我们从此心安理得地猛吃。

有预言家说，马肉在21世纪，将成为人类对肉食的第一选择，现今的牛肉、猪肉、羊肉、鸡肉、鱼肉之类，将退居其次。预言家说这话时，是以强调马对于人类的重要性为出发点的，不过这话令我有些不舒服。动物中，我和马的感情最深，当骑兵时，我的胯下曾长时间地骑过一匹马，人们称它"无言战友"。那马肉也并不好吃，复员时，我们从边防站向乌鲁木齐一路走来，那一年是倒春寒，雪地上躺满了倒毙的牧民们的马。我们就是这样像草原上的饿鹰一样吃着死马肉走到乌鲁木齐的。那马肉嚼在嘴里，很漠，有一股酸味，大约是在雪地里停放太久的缘故，还有股死尸味。

这几年物质丰富，人们于吃，是空前地讲究起来了，孔老夫子的"食不厌精，脍不厌细"的理想，正在实现。去年冬天我糊里糊涂地去开了一个会，去后才知道是西安城的一百家宾馆、酒楼、餐厅、饭店举办振兴陕西饮食业研讨会。会上他们要我讲话，我吓得头缩到了桌子底下。我说我在家里连饭都不会做，岂敢在你们这些专家面前妄谈饮食文化。会后吃饭，各家都把自己最好的菜摆上桌，更有那些啤酒、甜酒、白酒厂家，亦将各类酒恨不得捏着鼻子往你嘴里灌。小姐站在你旁边，求你多吃一些他们的菜，多喝一些他们的酒，以此证明他们的是最好的，并说老板就在后边监督，送不完没法交代。我只得苦笑着说，我这里只有一个肚子。

去年夏天，我去了一趟福州。我对海味，一向不喜欢，饭间，主人将那些带壳的海生物,往我碟里夹,并问我好吃不好吃。我这人面软,想讨主人的喜欢,于是连称"好吃"。见我这样说,许多双筷子又将那些海生物往我碟子里堆。"在你们北方,是吃不到这么新鲜的海味的!"他们说。我只得硬着头皮往嘴里填,一边填一边作好吃状。那次老婆也去了。她却是个敢于说真话的人,她说:"这是什么,一点都不好吃!"这样,众人便饶过了她。下来后她对我说,咱们只在这里住一个礼拜,那些南方人,他们成年累月生活在这里,真不知道是怎么过的。下午我到街上,买了一堆方便面回来,结果电梯里遇到了他们老总,双方都很尴尬。下午桌上的伙食,便变成北方菜了。

说起在南方吃饭,我这里想起一个故事。作家张敏,前年的时候在深圳请人吃饭,腰里揣了五千块钱,走进一家高档餐馆。餐馆门口的橱窗里,卧着一只黑猫,张敏手骚,将那猫的胡子拽了几拽,惊叹一声:啊,好漂亮!这话一出,站柜台的脸色一变,捉起猫来就要往后边送。张敏觉得这事有些蹊跷,急中生智,又把门口站着的那个小姐的肩膀拍了一拍,再惊呼一声:啊,好漂亮!俄顷,一张大盘子,盘子上摊了一张猫皮,送上来了。"先生,你点的这道菜,我们给你做了。你验一验看是不是这只猫。这道菜一共三千三百八十八,请先付账!"张敏一见,傻了,愣了半天,拍拍口袋,说道:我腰里有的是钱,这道菜我认,不过我点的是两道,还有一道菜,就是门口那小姐,请你们也将她剥了皮,让我验一验!这时候叫来了老板。老板说:"先生你开什么玩笑?"张敏说:"这不是开玩笑。我说了这猫漂亮,我也说了小姐漂亮,既然说了声"漂亮",就算点菜,那我确实点的是两个菜!"双方争执了个一塌糊涂,最后还是双方都做了让步,那猫再加上一条蛇,做成个龙虎斗,餐馆仅收了个零头,计三百八十八块钱。提起这事,张敏至今仍心有余悸,他说幸亏自己那天多长了个心眼,要么,腰里的钱,一盘菜就完了,那天非把人丢在那里不可。

  一部人类文明史,从某种意义上讲,其实是一部吃的历史——这吃包括吃草和吃肉。"民以食为天",是那些治人者们的话;"千里当官,都为吃穿",是那些为牧者们的话;"男儿嘴大吃四方",则是老百姓的话。更有那马克思主义的经典作家们,一眼洞穿了那被层层虚假的外衣所掩盖着的生活的本质,那本质即人们必须首先有了衣、食、住,然后才能谈得上别的。我是一个几乎没有欲望的人,于饮食方面,亦是如此,对我来说,一碗酸面汤,就是最好的草,一盘红烧肉,就是最好的肉了。况且,从去年开始,随着马齿徒长,我的饭量,已经减了一半甚至三分之二了。

洗　澡

我第一次洗澡是在六岁时。那时我在乡下跟祖母生活。桃花水时节，邻村的表哥用一辆架子车拉了他的母亲和我的祖母，到县城洗澡。县城里有著名的骊山温泉，杨贵妃洗过澡的地方。我们洗的是大澡堂，男室女室，门对门开着，里边各有一个大池子。祖母把我送到男室门口，叫我进去，并且嘱咐我出来得早的话，不要乱跑，就在女室门口等她，而后她就进女室去了。我进了男室，眼前所见，都是男人的大屁股和一张张陌生的脸，有些害怕。我自小就没有离开过祖母，走路时拽着她的后襟，睡觉时搂着她的胳膊。我的神经终于支持不住了。于是从男池里爬出来，揭过两道门帘，进了女室。当我赤身裸体地站在女池水泥台阶上时，满池的女人都大喊大叫起来。"男的！男的！"她们喊。祖母见状，一把把我拉进了池子。水可以搭到我的脖颈，这样，她们就分不清男女了，惊叫声于是停止了。这就是我第一次洗澡的经过。

从第一次洗澡到后来的洗澡，这中间又隔了十几二十年。北方不洗澡，每天，半脸盆水，把露在外面的脸和手抹一把，就算是文明了。有那讲究的，顶多在洗脸的同时，也把脖子耳朵捎带着抹一把，见见水，就算不错了。后来我当兵，在中苏边界的一个边防站里,边防站的指导员是南方人,他常常感慨说,啥时候能修一个澡堂,让大家每礼拜洗一回澡,就好了。我当时听了,觉得不可思议,不吃饭活不下去,至于洗澡,它真的就那么重要吗?记得中亚细亚炎热的中午,笑眯眯的通讯员常常打来两桶水,整齐地放在太阳底下晒。我问他这叫干什么?他说这是"晒水",指导员洗澡要用。我听了觉得很稀罕。

那时候我的身体之脏,你是可以想见了。记得有这么一件事:我得了阑尾炎。新疆部队有一句话,叫作"当兵三年,吃进肚子一个毡筒"。我那时恰好当兵三年,吃进肚子的这一毡筒(毡靴)羊毛,于是诱发阑尾炎。给我开刀的是军区总医院的外科主任,据说曾是叶剑英的保健医生。开刀前,要将动刀子的那一处的皮肤洗干净,一群护士,热水肥皂,在那地方洗了半天,谁知越洗垢痂越多。主任望着手术台上的我,恼火地说:"你大约这辈子还没洗过澡吧?"我抗议说:"谁说没有?我洗过一次!"主任挥挥手,让将洗脸盆端开。"洗不净的,越搓会越多!就这么开吧!"主任说。说罢一刀子捅下去。手术过后,主任担心感染,要我如果放屁的话,给他们说。第二天,当我捂着肚子,告诉医生们说我放了屁时,一群医生,包括那位主任,才松了一口气,他们说手术成功了。

后来到了地方,当了报社记者,时常出没于宾馆饭店之间,于是也就不时地叨了空儿,冲上一回澡。不过这洗澡仍没成为习惯。我洗澡的一个原因,是那身上黑黑的垢痂,常常从脖子那地方往上蹿。过去在部队,有风纪扣挡着,看不见,而后脖子上那个纽扣可以不扣,因此我的身体之脏,也就无遮无拦了。

记得路遥一次回陕北,住在宾馆里,我去看他。路遥说:"有热水,你洗个澡吧!"我在水里泡了一阵,又用手抓挠了一阵,结果池里成半盆黑水。后来出浴，顺手将塞子拔了。后来服务员打扫房间时，惊呼，这池子里谁干什么来着？我进去一看，只见池子底下，池子四壁，沾满了黑乎乎、油腻腻的条状的垢痂。

这几年时兴一样东西，叫电热淋浴器。我这时也恰好搬到一个大些的都市里，于是也就在卫生间里安了这么一个。这样，不出门就可以冲澡了。高兴的时候，冲一次，不高兴的时候，冲一次，这冲澡原来可以调节情绪。出差回来，冲一次澡可以洗去旅程的疲惫，在家里待得久了，冲一次，可以打破你沉闷的思绪。我的身体，自然也干净多了。我对妻子说，过去看南方人，见他们情绪老是很松弛，一副怡然自得的样子，而他们的皮肤总是很细腻，干净，简直可以看见里面血管的血液在流动，原来这与洗澡有关呀！

我以为自己已经很干净了。可是，有朋友说，家里冲澡，根本冲不净，你要洗干净，要到大池子里去泡，然后请搓背师傅来搓。一日，朋友连哄带拉，将我拉到一个叫"银河"的澡堂。室分男室女室，每个里面一个大澡堂子，恰好是我童年时候见过的那种情景。我这次自然进的是男池了。我在热气腾腾的大池里泡了有两个小时，然后平展展地睡在池边的水泥台上，请搓澡师傅来搓。搓澡先从耳根搓起，然后一路扫荡，直抵脚尖，继而，翻身趴下，再搓背后。我身上的垢痂，一团一团，一条一条，一疙瘩一疙瘩，纷纷落下，简直把我都惊呆了。搓澡师傅说，这垢痂大约有二斤，可以肥二亩地。我此时自然是一身轻松，不过见垢痂纷纷落下，心里毕竟是有些心疼：它毕竟曾经是我的一部分呀！这垢痂，那一片是我在边防线上巡逻时带下的，那一片，是我童年时在乡间小路行走时带下的，我如果是一个新潮小说家，光这些垢痂，就实写来，就可以成为一篇现代派小说的。

关于这垢痂，我现在想起一个赞美它的人来了。这人就是我所崇敬的苏俄女诗人阿赫玛托娃。她被奉为"俄罗斯诗歌的月亮"（普希金被誉为"俄罗斯的太阳"），又曾被斥为贵族命妇和荡妇。就是这女人，在她的一首著名的《祖国的泥土》里吟唱道：什么是祖国的泥土？它是沃野，是田野上泥泞小道，是旅人衣服上轻轻弹落的一丝轻尘，是我指甲缝里的一丝待洗的垢痂。我能想见，这个和我老祖母一样老的女人，站在莫斯科郊外，穿一身黑色连衣裙，手扶白杨，女巫般地吟唱的情景。

现今，桑拿浴、冲浪浴、土耳其浴风靡，成为现代都市文化的一部分，更兼有按摩女，令这洗澡，除了本身以外，又添了些另外的东西。我是个旧派人物，对这些地方总是敬而远之，不过有一次，朋友盛情，实在推脱不过了，于是也就将自己这个身子，交给朋友，去冒险过一回。那桑拿浴，其实只是一屋子热气而已。想来人真是贱物，夏天嫌热，硬是扇子风扇空调冷气，想要凉爽一点，现在却偏偏地要把身子，往那热得喘不过气来的桑拿屋里放。那按摩女，确实也有些手段，将两根长着长指甲的小拇指，在你耳朵里风车般转动上一阵，令你全身每一根筋都发麻，而当她赤着脚，从你的脊梁骨上，一路"咯咯叭叭"地踩过时，你会有一种新生的感觉。

日子还有一些，因此这身子还得洗。这身子仿佛一个吸尘器，一路走来，飘飘扬扬的灰尘总因你而找到一个落脚的地方。不过，人的身子，大约本来就脏，不停地洗，不停地涮，这样看到头来，能不能干净些地入土。不过到土里，却又变成泥巴了。这时候我想起老祖母一句话，她说，"人本身就是泥捏的"。

抽　烟

世界上还有三种人在抽烟，一种是黑人，一种是穷人，一种是愚蠢的人。我就属于这三种人之列。我没有想到过戒烟。鲁迅先生说，生命是我自己的，所以我不妨大步地向前走去。前面是荆棘，是险滩，是坟墓，都由我负责。先生说这话，是不是针对抽烟而说，我不知道。我只知道，先生的早逝，与他的肺病，与他抽烟有关系。我翻开《鲁迅全集》，那些暴烈的、作生命之呐喊的文字，其间总蒙着一股浓浓的雪茄味。

我有三十年的烟龄，而大量的抽烟，是从二十年前开始的。二十年前我在一家报社开始当文艺编辑，前面一个陕南人，教会了我喝茶，后面一个陕北人，每次他抽烟，都敬我一支来。前后夹攻，穷酸文人的这些烟茶的毛病，我从此惯下了。

记得写《遥远的白房子》这个中篇时，每天晚上，我给自己的桌前放两包烟，什么时候烟抽完了，搁笔。两包烟产生的效益是五千字，我用一个礼拜，完成了这个三万五千字的小说。小说写完后，我发觉自己已经成了个嗜烟如命的人了。

抽烟最凶的是写长篇《最后一个匈奴》这一年零十天中。烟从早上抽起，几乎不灭，一直到晚上。我那些日子像一架失控的航天器，一个白痴，全身心都沉浸在一种麻木和癫狂中，抽烟这件事其实成了一种休息和分散注意力的形式。写作的途中，我突然感到还有一件事情要做。是什么事情呢？我想了半天，想起是抽烟，于是将手向桌上摸去。这时我才发现，上一支烟刚刚抽完，烟头还在烟灰缸上冒烟。

烟使你的大脑麻木和麻醉（正如咖啡使巴尔扎克兴奋一样，他的尸体解剖证明，咖啡因已经深入地渗入了他的骨头。）这样思维中便有一种"删繁就简三秋树"的感觉。你的思维从大处着眼，生活和阅历在烟雾腾腾中升华为艺术。麻木的大脑还可以使你放开胆量，向艺术的高度直逼，古人说"事到临头须大胆"，正说的这状态。

我写《最后一个匈奴》写了一年零十天，保守地估计，以每天三盒烟计算，共抽了一百二十多条烟。这真是一个可怕的数字。它们是怎么毒害我的身体的，我不知道。从钱上计算，这一百多条烟就是一万多块钱。人说，抽烟的人一生要抽掉一副棺材，而对我来说，它该是许多副棺材了。

我从《最后一个匈奴》的稿费中一共拿了两万四千块钱。抽烟抽了一万多，打官司（有人要对号入座）赔了一万多，等于什么也没有。不过艺术家呕心沥血的劳动，原本也不是为了那些。从去年到今年，随着年事渐长，来日不多，我已经越来越彻悟艺术创造于我来说，是一种宿命和使命的驱使了。

这四五年我抽烟抽得少了，这主要是得力于朋友的劝告。每天从三盒降为两盒。不过提起笔来，所有的劝告便成为耳边风了。我写作是一种全身心的投入，灭此朝食，每一篇都当作自己的遗嘱来写。正如鲁迅先生所说的，生命是我自己的，所以我不妨大步地向前走去。

从江南回来,到今天整一个月,我计算了一下,自己一共买了六条烟,一条烟是十盒,一个月是三十天,二三得六,恰好,我每天是两盒。

等到什么时候,我不写作了,我也就不抽烟了。我保证能做到这一点。而且,我坚决地不允许我的儿子抽烟,也不希望他将来从事写作这个行当,世界上有那么多提供饱暖的行当,为什么要从事这个不幸的职业呢?要成为像我这样不幸的人呢?

我的父亲五年前死于肺气肿,抽烟即主要病因。在葬埋他的时候,我给他的枕边放了两盒烟。这是一个烟民对另一个烟民的最后的敬礼。

马马虎虎我的脸

我已经发誓,不再去看男人们、女人们的脸了。我走起路来,低头瞅地,我观赏风景时,举目望天,当我不得不和人类四目相对时,我也是两眼朦胧,雾里看花,眼前的这个人美或丑,光脸还是麻子,我并不去在意。

这里面有原因。那些爱过我和我爱过的女人,都已红颜半憔悴。她们告诉我:女人要老,一天一个样子!因此我不忍心去看,我唯一能做的事情是:诅咒岁月!

而对于男人,我决定不再去看他们的脸,是因为柳亚子先生说过:"头颅早悔平生贱!"这话于我此刻的心境竟是这样地适合。人生过午,心已经淡了,看别人脸色的日子已经过了。

那么,说一说我自己的脸吧!这叫自恋情结。不久前在银川,看了镇北堡影视城张贤亮先生为他设的那个纪念馆后,我在酒席上发表即兴演说:每一个真正意义上的作家,都有一种自恋情结。你看,我也不能免俗。我是不是一个真正意义上的作家,这可以商量,但是,我确实有自恋情结。

我的脸生得马马虎虎。对着镜子,我只能这样认为。几年前,作家高红十在一次回忆往事时曾说:高建群那时候刚从部队上回来,很瘦,一身旧军装,英气勃勃!红十这话,叫我感动了好一阵子,不过后来细想,此话只是一种偏爱吧,或者叫记忆误区,因为镜子里的这个人,何曾英气勃勃过?

吹了五年的漠风,中亚细亚灼热的太阳在我头顶上烘烤了五年。我的大门牙在一次骑马时磕断了,我的眼角在和哈萨克牧羊人哈巴什摔跤时留下了疤痕,我的脸上被太阳晒得斑斑点点,因此我那时候的脸,只能叫"斑驳面容"。玛格丽特·杜拉斯的《情人》开头有两句话,这话曾使我激动得双目潮湿。这话说:"有一次,我在巴黎街头遇见了你。我对你说,我爱年轻时候的你,但是,我更爱你现在备受岁月摧残的斑驳面容!"现在我明白了,是"斑驳面容"这四个字令我感动的。

再往前追溯,听母亲讲,我小时候曾生过一场大病,是出天花,幸亏抢救及时,才没有落下疤痕。不过如今,拿一个放大镜,在我脸上细细观看,仍能看到一些细密的坑儿,这事让人现在想起,真有一些后怕,于自己,倒不是特别重要,顶多让自己成为中国的最后一个麻子,损失最大的还是国家,出于爱国主义的考虑,那样,国家宣布根绝天花的公告就得迟好多年了。

再往后追溯,而今我已经老了。"老了老了实老了,十八年老了王宝钏",秦腔名角杨凤兰的这一句唱词,总让人有怆然若失之感。我的脸上已经堆满了岁月的风尘——也难为这张脸,所有的事情,都得它出面迎挡,唉,谁叫它不幸成为高建群的这个人的脸呢?随着身体的发福,脸也发福起来。前几天,往一个证件上贴照片,人事处长说,你怎么是三个下巴,说罢,挥动剪刀,一剪刀剪掉两个。"这样好看些!"他说。

行文至此,我突然想起前些年看过的一个面膜,是从鲁迅研究家高信那里看到的。面膜是鲁迅刚去世时,肌肉还没有萎缩,雕塑家用石膏糊在脸上,取下的。那是一种怎样地饱经沧桑的脸呀!现在人们喜欢读山读水读什么的，那么，让我们读一读这张脸吧。那里面有着许多需要破译的东西。你在这张脸上，可以看到一个人的一生，看到一个民族的一段沧海桑田。那时幸亏没有美容这一说来掩而饰之。我这话犯忌了，因为当今是全民美容的时代。

四十岁时的十大不惑

四十岁是日影西斜的年龄,四十岁是秋风乍起的年龄。四十岁的陶渊明弃官归隐,说出"今是而昨非"的名句。而我这个小人物,再过几天,就是四十五岁的生日了。回想行年四十之后,自己观念上的一些大变化,于是归纳成文字如下。

四十岁以后的第一个不惑,是突然意识到行政事务的无聊。你既不能经国,亦不能济世,你永远是一个小人物,果戈理笔下的十四等文官,套子里的人而已。"三十不婚而不婚,四十不仕而不仕",这是古人的话。看来今生出将入相,封侯晋爵,都是没有指望的事。而即便是突然鸿运来了,官升上三级,俸禄岁晏有余,也觉得意思不大。"安能摧眉折腰事权贵,使我不得开心颜!"这又是古人的话。四十岁,当小媳妇的年龄已经过了。

四十岁以后的第二个不惑,是雄心万丈消退之后,突然恋起家来。父亲已经过世,无法孝敬他,充其量只能逢清明、逢寒食节烧一点纸钱,于是我把母亲从小城接来。每日早晨,我伏案劳作时,母亲为我煮两个荷包蛋,中午,则擀一案碎面,晚上是包子、饺子、或者洋芋菜团。母亲很快乐,妻子和儿子很快乐,我也很快乐。

四十岁以后的第三个不惑,叫包容一切,或者说:"大肚能容容天下难容之事。"泼妇莽汉,打上门来骂街,笑一笑,安抚两句,让他们开路,再去骂别人。社会上的不平事,单位上的不平事,文坛上的不平事,笑一笑,了事。朋友之间有了误会,也懒得去解释。有一句话叫"朋友一旦成了负担,就不是朋友了!"这话说得真好。一旦误会解除了,又成了朋友,过几天,他的小性子又来了,又有误会,又得解释。何苦呢?所以说一切都听之任之,最好。

第四个不惑,其实是第三个不惑的延伸。这就是人上四十以后,突然明白了一个重要的道理,这就是世界是残缺的,美是残缺的,世界上永远没有完满。明白了这一点,你也就容忍了一切和包容了一切。"原谅他们吧,他们自己不知道!"这是《圣经》和《古兰经》里都说过的话。人到了这个境界之后,便从社会的参与者变成了观察者。面对形形色色、五花八门的人类世界,你作壁上观,尽饱眼福。

四十岁以后的第五个不惑,是不再盲目迷信权威。小时候看乡长,看县长,觉得他们简直是些高不可及的人物。初涉文坛时看那些经典作家、名作家、热门作家,觉得这些人简直神圣得像头上罩有光圈。现在则觉得人跟人都差不多,许多"势"是扎出来的,"神"是造出来的,所谓的金玉其外,败絮其中而已。倒是那些纯性情的人,似乎更可爱一些。

第六个不惑是对第五个不惑的延伸。这就是明白了人类煞费苦心所建立起来的文明大厦,其实有许多伪善的地方、有懈可击的地方。原始时代的人类,也许更幸福和更顺乎自然一些。道德秩序有了,社会秩序有了,千百年来人类的智慧者将一切都安排得井井有条,但是,在这井井有条中,人类得到了许多,却又损失了许多。

现今的人类，在不停地改良和完善既成的秩序，这从另一方面也说明了文明大厦确实是不完善的。老实说，世界上几乎所有的道理，都有其可资商榷的地方。

四十岁以后的第七个不惑，叫"敢言"或者叫"童言无忌"。我的这种心态是春秋战国时期那个著名的复仇者伍子胥将军给的。有典如下：伍子胥破楚后，将楚王的尸体从坟墓里刨出来，鞭尸三百。当时有人劝他说，不要这样，要注意影响。那个伍子胥摸着自己的满头白发说，我都到这一把年龄了，我还顾忌什么，别人爱怎么说就怎么说吧。我也是相同的。我觉得人应当说真话，而且说真话的时间不多了啊！不是吗？

四十岁以后的第八个不惑，叫"承认一切都有定数"。年轻时候我少年气盛，自信人生二百年，会当击水三千里。我曾经说过，我要舍弃人生的一切诱惑，而专注于一件事，这件事就是文学。我想要凭着自己的苦难性劳动，看一生能达到一个什么高度。现在我突然明白了，这不是你一厢情愿的事情，你得受大环境的制约，你得看命里有没有。明白了这一点，你能释然地对待许多事情。

四十岁以后第九个不惑，是"打破了对异性的神秘感和膜拜心理"。年轻的时候，我曾经在心目中塑造过几位理想女性形象，像害热病一样地爱她们，我夜夜地在她们的石榴裙前焚香。突然有一天，我明白了，完美是没有的，我哭泣着为自己的过去告别。有一次，朋友邀请我到舞厅去，记得，我对坐台小姐说了一句天才的话。那话是说：从此我不再追求幸福，我自己就是幸福；从此我不再愚蠢地在心目中塑造什么理想女性了，此一刻坐在我身边的女人就是世界上最好的女人。小姐说我的话中有一种俄罗斯冬天般的伤感。

第十个不惑是"念旧"。怀念那些旧人旧事，怀念那些曾经给过你帮助的朋友。你已经知道人生不多了，因此你想将那些对别人的感激之语让别人知道。

当然，四十而不惑，最大的不惑是：你明白自己要抓紧时间做事了，因为时间于你已经不多。世界上的事有大事，有小事，你应当拣大事来做，拣重要的事来做。而在过去的时间里，你浪费了太多的光阴，它们已经永远地追不回来了。

从太空之吻说开去

这是一个交际的年代。电话、电报、电视、信息高速公路,以及天上、地上、海上各种交通工具的应用,令地球成了一个熙熙攘攘的村子。普希金在《叶甫盖尼·奥涅金》中说:地主,带来成熟的女儿,而女儿,是去年的时式。距普希金说过这话的时间不足二百年,而今,在地球的任何一个偏僻的角落里,只要有一台电视机,赶时髦的姑娘们就可以观看巴黎的最新时装表演了。

熙熙攘攘在这个村子里来回奔走的人们,他们在干什么?在交际。这里面有国家元首、政府要员、商人,还有许多负着各种使命的奔走者。他们让人想起中国历史上的苏秦和张仪,想起"三寸不烂之舌"这个说法。而20世纪最引人注目的一次交际行,当推美国和俄罗斯宇宙飞船在太空的那次对接。它有些滑稽,有些像山姆大叔和娜塔莎姑娘在众目睽睽之下的一次调情,一次接吻,或者说一次野合。——确实是够"野"的了,这是辽远的蔚蓝色的上不着天下不着地的太空。

这仍然叫交际。你看,从一个小企业雇佣一个公关小姐,到国家要员穿梭外交,再到这太空之吻,各样交际手段,真是无所不用其极。这就是20世纪的人文景观。

一个不懂交际的人在这个交际的时代里简直无法存活。从孩子上学，到煤气罐问题，到动用车辆跑一趟近郊，到买一张卧铺票，到左邻右舍的关系和同事朋友的关系，到职称评定以及别的一些什么事情，这些都要在交际中解决。

然而遗憾的是我偏偏又是个不懂交际的人。别人在想什么我永远无法知道，因此我无法和世界沟通。我又笨嘴拙舌，得体的话永远不会说。我还不修边幅，而服饰显然也随着主人一起服务于交际这个目的。

不懂交际的我于是将自己封闭起来，躲进水泥墙壁构成的空间里。这样，我和世界交际的窗口有三个：一是电话，二是客厅里那个电视，三是随时可以推开玻璃的阳台。

在这种类型的交际中，我是主动的。电话我想打就打，想接就接，如果我不想打，就让电话机闲在那里变成静物吧，如果我不想接，任电话铃震天价响起，我也不去理它。电视就更好说了，我只有侵犯它的权利，而它永远没有侵犯我的权利。阳台也是这样，我可以将它打开，也可以死死关上，并且在打开或者关上的途中，哼一句诸葛孔明的"我本是卧龙岗上散淡的人"！

评论家李星先生对我说，非洲，或者是拉丁美洲——我总将咱们村子这两个去处搞混——有个作家，他在地上挖了个地窖，自己蹲在那里面写作，几年不出来，吃饭和拉屎，都是靠一个篮儿送上送下。李星怂恿我说，像我这种性格，也不妨效仿之，这样既避免了应酬，又可以在那里皱起眉头，思考人类的命运和前途问题。这个建议很好，很令人神往，但我思忖了一阵，觉得我是办不到的：老婆要上班，儿子要上学，谁是为我提这个吊篮的人，那吃饭虽可以定时，那拉屎，却是它说要来，就不期而至的哟！

这叫调侃，亦是不懂得交际的人为取得心理平衡的一种自我超脱。不过能调侃的人，他大约还是懂得一些交际的，只是没有让自己的潜力得以发扬光大而已。行文至此，我又想起诗人索洛乌欣讲过的一个小故事来。

索洛乌欣说，我从保加利亚买回来一套西装，漂亮极了。最初我是赴宴时穿，后来便经常穿，再后来，就不经常穿了。有一天，当我要扔掉它时，才发现在它的里层、袖口、衣襟处，还有许多兜。尽管在过去的年代里，没有用这些兜我也过来了，但是至今想起来，总觉得是一种遗憾。

此刻我是不是也在遗憾自己——这个身上有许多兜却没有使用的人呢？我不知道！

余生只做三件事

春节是休息大脑、休息身体的时节。这几天，我坐在那里，抽着烟，喝着茶，身子蜷曲在一个小凳子上，默默想着自己的事情。今天是羊年大年初四，我终于想清楚自己了。我对自己说：余生只做三件事。

这第一件事是创作，第二件事是锻炼，第三件事是张着大嘴，去吃遍天下美食。这创作，主要的还是写小说，写散文，穿插画，画一些画，写一些字。文学是我的本行，我的安身立命之所在，年轻时候发少年狂，幻想着这一生，舍弃了一切，一跃而上最高峰，现在这想法已经没有了，只想完成自己，对得起曾经的自己吧，毕竟这个年龄段，还不是告别的时刻。而关于书画，我也多年摸索，有一些自己的心得，想在笔墨中把它们实施出来。

这些东西，除了理想主义的因素以外，亦能带给我一些报酬，来补贴家用。劳伦斯说，一个男人，自从攒得第一笔钱以后，他这一生就不停地寻找着攒钱了。劳伦斯的这话，还是有一定道理的。大约十六年前，我母亲住院，我花光了所有的积蓄。后来住院费花光了，医院要停针。我那一刻坐在医院门口的石头上，热泪盈眶，我发誓要攒钱，要让我所有的家人都体面、有尊严地活着。

第二件事是锻炼。我计划,每天不管多忙,都要到公园去走上一圈。我的身体臃肿,全身气血不通,最好的方法就是多走一走。这也并不是为了什么"长寿",而是想让自己在活着的时候,活得健康一点,轻快一点,给别人添麻烦少一些。人活到什么时候是个够啊!鲁迅先生只活了五十六岁,鸠摩罗什法师、玄奘法师、弘一法师,也都是我这个年龄走的(我父亲也是在我这个年龄上走的,当然他对社会来说是小人物),每当想到大智者如他们,都潇洒地撒手长去了,而愚钝者如我,还苟活在人间,浪费着五谷,糟蹋着布帛,在下我就十分惭愧了。

第三件事好浪漫,叫"吃遍天下美食"。今天早上看电视,央视十频道"过年"节目中,正播放陕北靖边风干羊肉。看着电视机里的风干羊肉,我口水直流。那羊肉我吃过,于我来说,那是天下第一等美食。几年前,我写《统万城》的时候,在靖边住过半年,该县刘波县长就领我到这一家吃过。记得,我一连吃了三面盆,直吃得周围人目瞪口呆。

天底下好吃的东西实在太多。印象派大师雷诺阿说,当我终于买得起上等的牛排的时候,我口中的牙齿已经所剩无几了。画家这句话,叫人听了,不觉伤感。不过,不管牙齿好不好,我还是要去吃的。我计划今年夏天,去一趟新疆,参加完我的电视剧的开机仪式后,然后一路吃着,从北疆吃到南疆,像个蝗虫一样地张开大口,一路掠过。

夏花绚丽,秋叶壮美,一个年龄段有一个年龄段的风景。它是为懂得享受的人而准备着。我最后对自己说,余生只做三件事,也可以说,是余生享受三件事。

不过天底下的美食实在是太多,纵然我有再大的口,男人嘴大吃四方,那也吃不了多少的。不过我吃到自己肚子里了,实受。这才是你此生落下的。苏格拉底已经被宣判死刑，被关在牢房里，这时隔壁房间里有个新来的犯人在唱歌。苏说，你唱的歌真好听，能教给我吗。那人惊奇地说，你就要死了，难道你不知道吗，你现在学歌，还有什么意义呢！苏说，我当然知道我要死了，但是，我还知道，我在死的时候，又多了一首歌。

这是福啊！不要着急，有福慢慢享！

我如何个死法

最简单的办法是从阳台上跳下去。我居住在四楼。四楼到地面，很有一段距离的，因此，只要跳下去，是能够保证实现目的的。但是这里有一个麻烦，阳台前面，横了许多的电线，因此既要跳楼，又要不触及电线，几乎是不可能的事。我可不愿被电击，也不愿意让电线短路，惹得这半条街的电视机、电冰箱被烧坏。

最主要的，我不愿想起那玉体横陈街头时的惨状。儿子还小，他抱不动我，妻子生来胆小，连一只老鼠也害怕，看见龇牙咧嘴、不成人形的我，她一定会从心里暗暗埋怨的。而这又给人们增加了许多的口舌，给报纸增加了一条花边新闻。这些与我的淡泊处世、世我两遗的人生态度是相违的。因此，跳楼一项，明显地不可取。

我曾经见过一个伟大的死者，是一个县城的乞丐。他依靠县城的几家餐馆和一群卫兵似地立在街头的垃圾桶而活着。他居住在一孔土窑里。后来有一些日子，人们发现他不见了。原来，他觉得自己为限不远了，就用一生的积蓄买了些破砖头，一点一点地、颇有风度地将窑口封住了。窑口封住的那一天，也就是他大行的那一天。

这个事情曾长期地被传为美谈。剔除了其间的人生凄苦与人间凄凉,就这件事本身来说,委实是一件罗曼蒂克的事情。我想,如果我们大家有意去死的话,都不妨效仿之。我当然会是效仿者之一,或者是"直追先贤"。

但是问题是我没有一孔自己的窑洞,我的这个居室是房产局的。因此,房产局是不会让我安安静静地去死的,隔三过五,它会来收房租,它也绝不允许将自己辛辛苦苦盖起来的楼房充当你的坟墓。再则,左邻右舍也不会答应的,房间里恶臭涌出,尽管这里你已非你,在我之后哪怕洪水滔天!但是,邻舍们都是些好人,生性善良的我,不愿意这样做。更重要的一点是,这间居室非我一个所有,我还有老婆孩子,"家室之累",这句成语看来没有白造。

"人是怎么死的?"这个命题左拉用它作了不少的文章,托尔斯泰似乎也有一篇这样的小说。但是较之他们,我新近有了一个大发现。这个发现不是说人是怎么死的,而是说,人的这个或曰"受之父母"的贵体或曰"臭皮囊"的东西,它是怎样死的,这些部件中哪一部分先死。这个发现是父亲之死告诉我的。父亲死在去年的这个时候。

自然,人一直在死。譬如,你在早晨不经意地用梳子梳落的那根头发。你在前一刻还百般爱抚它,擦些头油,吹成卷,等等,因为它是你的一部分,突然,它被扯断了,你的血不再滋润它,它与最肮脏的秽物一起躺在垃圾桶里去了。譬如,你的牙齿。我在牙齿方面是个最有发言权的人,因为牙常掉,用医生的话来说,就是"年纪轻轻的,长了口老人牙"!我的第一颗牙掉在阿尔泰草原上,是一次掉马留给我的纪念事。它大约已经成为一块沙砾,在草原的某一处闪闪发光,当游人以手加额,盛赞这一块辽阔美景时,其实它成为被盛赞的许多分之一。我在写一部大部头作品时,掉了三颗牙,它们的每一次离我而去,都使我的面容在此一刻衰老了许多。附带说一句,在掉了三颗牙的同时,我还掉了十三斤肉,这十三斤都是什么,它们都到哪里去了呢?怎么说声没有了,磅秤上就没有了。包饺子,十三斤肉也足够包一阵子的。因此,至今我还纳闷这件事。

父亲住了几个月院。这天夜里,又是蜷作一团,一宿没睡。早晨,母亲端个痰盂,为父亲接尿。途中,她突然变脸失色,她扭过头来,悄声对我说:你父亲不行了,活不过中午了,你看那东西。母亲的手抬埋过无数的死人,她的经验,加上老辈子传下来的经验,告诉她,人老是从生殖器先老的。父亲果然没有活过中午,而至于生殖器,它变成怎样的呢?原来,它完完全全地缩回身子里去了。仿佛变成一个女器,只两个睾丸,像两个李核似的,软软地耷拉在那里。

用这种家常事情打搅读者,真是一种罪过。好在知趣的作者现在打算谈点愉快的事情了,他明白贫乏的生活能刺激梦想;他明白庄严的话题最好再给它蒙上一层玫瑰色,因此,他现在想谈一谈他为自己设计的一种罗曼蒂克式的死亡方法。这种方法是由于一位叫玛格丽特·杜拉斯的法国女作家的一段话引起的:"我已经老了,有一天,在一处公共场所的大厅里,有一个男人向我走来。他主动介绍自己,他对我说:'我认识你,永远记得你。那时候,你还很年轻,人人都说你美,现在,我是特为来告诉你,对我来说,我觉得你比年轻的时候更美,那时你是年轻女人,与你那时的面貌相比,我更爱你现在备受摧残的面容。'"

我有过许多读者,而其间不乏女读者。在贫乏的生活和孤独的守望中,我常会得到一封用娟秀的笔迹和火热的激情写来的信。这些信每每令我热泪盈眶,意识到我没有被遗忘,世界每隔一段就打发一个人来问候我一下。对于那些来自远处的信件,我同样以一个青年人才有的言辞和热情去回应它,因为它没有危险;对于那些近些的,或者乘火车一天就可以到达我居处的来信者,我在阅读的同时,有一种危险正在迫近的感觉,我只能缄默地、无比痛苦地将它压在书桌的底层,或者夹在一本书的缝隙。

是的,有一天,当我老了,步履蹒跚的我,将拉着一根拐杖,辞别了家人,去拜访我的这些无比亲爱的读者们,我将以一位老年人的口吻,向她们讲述在过去的年代里,她们带给我的温暖、激情和一度的想入非非。我将直言不讳地告诉她们,我爱她们,我在过去的日子里曾为她们祝福。"永恒的女性引领我们前进!"这句话将会一直挂在我的唇边。最后,我将来到东海,我在那里坐化而仙,我希望在那一刻有海市蜃楼。哦,好美丽的海市蜃楼!

第二章 像白天鹅般歌唱生活

以笑为旗

世界上所有的事情，它的发生就是它的道理。感谢生活，它竟慷慨地给了我这么多！真的，在人类诸多面部表情里，我现在只会一种表情，那就是笑了。那微笑悬挂在我的脸上，成为我的注册商标。

我的前半生，是个不会笑的人。小时候我随爷爷奶奶在乡下住过一些年。少了父母的呵护，加上极度的贫困，我小小年纪便成了一个整日皱着眉头的小老头。记得我回到城里的时候，是上小学二年级第十八课。"这孩子多么古怪呀，他不会笑！"城里人望着我的愁苦的脸，这样说我。

后来我刚刚成人，便去当兵，我当兵的地方在新疆大戈壁滩上。我们边防站距离中苏边界仅仅几百米距离。那时两国不睦，边界一线弥漫着一种死亡的气息。我曾经在一篇小说里，形容当时我们的头顶高悬着一柄达摩克利斯之剑。五年的军旅生活令我变成了愁容骑士。我在这五年中大约没有笑过，即使笑过那么几回，那笑容里更多的是凄楚的内容。

那么，我是从什么时候开始一扫满脸阴霾，露出笑容，并且这笑容成为我脸上最基本的表情呢？那是在几年前。

我这几年经历过不少的事情。我受到过一次又一次来自四面八方的伤害。正如诗人殷夫所说：我在无数人的心灵中摸索，摸索到的是一颗颗冰冷的心。猝然而至的打击曾经令我茫然无措，人心的险恶曾经令我对世界深深地失望。在经历了几次大的打击之后，我悟出了一条重要的人生道理。这道理就是：世界上所有的事情都没有道理，它的发生就是它的道理。

我从明白的那一天心情豁然开朗。我百思而不得其解的所有问题都因此而得到解释，我满腔的悲愤和委屈都因此而冰释殆尽。我开怀大笑起来。我宽容地面对这个世界。我平心静气地接受这个世界所给予我的一切，并把它看作上苍所给予我的慷慨恩赐。饱经坎坷的俄罗斯女诗人阿赫玛托娃的那句话说得多么好呀：感谢生活，它竟慷慨地给了我这么多！

如今微笑长年累月地悬挂在我的脸上，成为我的注册商标。不论遇到什么事情，高兴的事，苦恼的事，生气的事，我都无一例外地还它一个微笑。我顶着我的微笑，出没在这座古城的大街小巷里，那微笑仿佛一面招展的旗帜。

真的，在人类诸多面部表情里，我现在只会一种表情，那就是笑了。我笑容满面地走在大街上，一脸阳光。我向每一个认识的和不认识的人微笑，从早晨刷牙开始，到晚上钻进被窝里为止。我开会时在笑，我打麻将时在笑，我伏案写作时在笑。——我写这篇小文时，就嘴上叼着烟，脸上挂着会心的微笑。

我爱生活。我爱人间。我爱我所有的朋友们。我常常因为无力回报那些曾经帮助过我的朋友们而内心惴惴不安。我唯一能为他们做的事情就是向他们微笑以礼。

对敌人我也微笑。年轻时候读大诗人拜伦的《致托玛斯·穆尔》，诗曰："爱我者，我报以叹息，恨我者，我报以微笑。无论头顶是怎样的天空，我随时准备迎接任何风暴！"年轻时我不懂这意思，现在是懂了，这拜伦式的"微笑"一半可以理解为宽容，一半可以理解为蔑视。

不过我已经没有任何敌人了。我已经进入一种无爱无恨、无善无恶、无美无丑、无对无错的境界。我像一个面人一样，生活将我捏成什么形状，我便是什么形状，而且心安理得于这种形状。或者说像一摊水，放进方的器皿里便是方的，放进圆的器皿里便是圆的。

哦，生活是一面镜子，你对它笑，它便反过来对你笑；你对它哭，它便反过来对你哭。明白了这个道理之后，我选择了笑。不过，我的笑不能说是"选择"，它是发自内心的，我只是一任天性自然流露而已。随着老境渐来，一种慈悲为怀的心绪牢牢地攫住了我。

笑令我心宽体胖。笑令我百病不侵。笑令我在单位上和社会上赢得一个好人缘。加上我有一张面团团的脸，我有两只招风大耳，一副腆起的肚子，人们说我有佛相，我是个可度之人。假如我真的是佛，我想我该是那个大肚能容、开口便笑的弥勒佛了。

做人宜粗

人生在世,如何安身立命,确实是个难题。无名无姓,无香无臭吧,世界蔑视你,视你为草芥;有点声名吧,于是相伴着有句话叫"树大招风",叫"木秀于林风必摧之"。反正这个世界,不叫你好活。

人如何个活法,我有一言,叫"做人宜粗",或者散开来说,叫"做一个粗线条的人"。这个理解不是我的,是一位大学教授提醒的。前些年,我在一个单位主事。那是一个纷纷攘攘,颇多口舌是非的单位。这单位,弄得我寝食难安,于是教授送我一幅条幅,这条幅叫"超乎其上"。它使我幡然醒悟,我掐指数起这些平日缠绕我的事情,一件一件地数过,终于发现它们都是些鸡毛蒜皮的小事,值不得我去劳神,我该有更重要的事情去做的。

这样想来,心情豁然开朗,精神境界到了一个新天地。我高叫一声,用海涅的几句诗,为这"超乎其上"做了解释,而后双手合住门两扇,躲进家里成一统,写起了自己的小说。海涅的那两句诗是这样的:"再见了,油滑的男女,我要登到山上去,从高处来俯视你们了。"

做人宜粗。其实世界上许多事情,都宜粗,都宜大而化之,超乎其上地对待。文明发展到今天，环境的挤压，令世界布满谨小慎微的君子、亦步亦趋的庸才，四围的空气令活泼的生命几近于窒息。面对这境况，我想，一个聪明的人，他应该迟钝些、粗糙些才好，他应当积攒些力量，去干些自己认为是重要的事情。

据说一家外国公司，在选职员的时候，它注意到了职员的两个生活细节。一个细节是，他早上起来叠不叠被子；另一个细节是他刷牙后，盖不盖牙膏瓶的盖儿。很滑稽，他们选择的是那不叠被子的人，是那第一次用牙膏时，就将瓶盖儿扔到垃圾桶里的人。他们认为这种不拘小节的人，才有可能将全部注意力集中到大事上。这个说法恰好与我们的传统思维相悖。

谈到"粗"，艺术的许多领域，其实也讲这个"粗"字。"删繁就简三秋树，领异标新二月花"，这是郑板桥老先生对艺术最高境界的理解。影视界谈到艺术的"粗"时，也常爱说"疏能走马"这句话。他们当然也强调艺术的另一面，即"密不透风"。

"君子坦荡荡，小人长戚戚。"这"坦荡"的原因，就是因为他"粗"，这"戚戚"的原因，往往就是因为他"细"。其实，将大事与小事分清，大事清楚，小事糊涂，你的世界马上就变成"删繁就简"的模样了。时下常听到一句话，叫"活着真累"。我想，这累的原因，在很大程度上因为你不分巨细地将那纷至沓来的世界，尽往自己怀里揽。如此，累死活该。

幸福种种

山是一个美丽的弧形。弧的中腰,有一匹马在吃草。马的脖子很长,嘴巴贴着地,马的尾巴像拂尘一样,在空中甩来甩去。它在这一刻多么幸福啊!山色如黛,几朵白云在山的另一边浮游。尘世间的一切烦恼,一切纷争,都与它无缘。我想,即便是三次大战眼下就要爆发,也丝毫不能惊扰它的安谧。我们的古人爱说"世我两遗"这句话,是的,此一刻,世界把它遗忘了,它也把世界遗忘了,它成为一匹独立的马。

户外是一面山坡,山坡上种着些土豆。细雨打着土豆的紫的花、粉的花、白的花。我看到花瓣在雨中微笑着,像是女人涂了唇膏的嘴唇。紫的花像那些粗壮的农妇,白的花像那些娇贵的贵妇人,粉的花,则像我们那些穿着廉价、但是剪裁适中的小市民女人。我不明白土豆花为什么会微笑,我请教一位植物学家,他说,这是一种母癌行为,它们正在感受幸福,因为在开花的同一刻,它们的根部开始坐下果实。

有一泓清水。农人在上面横亘了一条坝。于是坝的下面,有一个小小的水潭。正是中午,太阳当头。小小的潭里,一只鳖爬上岸来,在泥巴中晒盖;一条菜青色的小蛇,在水浅的地方(这里水暖一些）游动。一群泥鳅不时地跃出水面，一群蝌蚪在水中排成一个个图案。四周多么静呀，世界多么和谐呀！我把我的脚步放轻，生怕打搅了幸福中的它们。而我在这一刻也感到我是幸福的。我让自己服从于这种和谐了。

一个对这个世界一无所求的人是幸福的，因为每一个小小的获得都会带来满怀欣喜，尽管他用缄默来承受这种幸福。一个贪婪的试图拥有一切的人是不幸福的，因为在短暂的一生中他无力做到这一点，还因为每一次获得都刺激他新的欲望。

昨天晚上，我来到一座深深的山里。万籁俱寂，我坐在一条小溪的旁边，直到夜半更深，我仰头望着天上的星星，我平视着山冈那浓淡相宜的倩影，看那青色的弧线，我张开我的肺叶，拼命地呼吸庄稼和野花的芳香。我像一位印度高僧一样，瑜伽而功，尽情地吐纳天地之气。我像故世的三毛一样，突然不经意地说出"不要问我从哪里来"这句话。哦，此一刻，世界上还有比我更幸福的人吗？

拒 绝 平 庸

　　一只吃饭的碗,它因捧在贵人的手中而贵,它因捧在乞丐的手中而贱,它因碗里盛着山珍海味而贵,它因碗里盛着剩饭冷馒头而贱。其实这只碗还是这只碗。——聪明的碗懂得这个道理,所以不惊不乍,随遇而安;愚蠢的碗不懂得这个道理,所以时悲时喜,可怜楚楚。

　　帝王有帝王的快乐,百姓有百姓的快乐,很难说哪种快乐更快乐!帝王有帝王的烦恼,百姓有百姓的烦恼,很难说哪种烦恼更烦恼。中国文学的第一件作品,叫《击壤歌》,专家认为,它可能早于《诗经》,或是尧舜时期的作品,是中国文学源头的源头。诗全文如下:日出而作,日入而息,凿井而饮,耕田而食,帝力于我何有哉!简单地活着,这是一种人生境界。能做到这一点,就叫高人了。长着眼睛,但是不看;长着耳朵,但是不听;长着脑袋,但是不想。你看那一棵树站在那里,一块石头卧在那里,一匹马在草原上悠闲地甩着尾巴,它们是多么的简单呀!

　　中国的古文化人,许多人到了艺术的精深处,人生的老迈之年,都或深或浅地遁入佛门。以我而论,大半生来悟出许多人生道理,后来才发觉,佛家们早就悟得了,而且深上许多,宽上许多,博大上许多，你的那个小脑子里悟出的那些，只是浅尝辄止而已，小巫见大巫而已。

佛家有很多悖论，这"花开花落两皆好，退步原比进步高"即是一例。花开好，花落亦好，进步高，退步更高，一个人修炼到这个境界，就百毒不侵，炼就金刚不坏之身了。

写《最后一个匈奴》时，我充满了激情，身体里面的陕北故事装了一篓子，写的时候在那里是用晃劲来写的，吃奶的力气都用上了，有时一个字都不写，有时一天要写上万字。写的时候心里没底，但写作态度是那种天马行空、傲视天下的感觉。

要写土地面临大变革的摇摆不定，被都市化进程抹掉的那种悲壮情景，就不可能不面对这些。有些年轻作家躲在象牙塔写一些小情调的东西，那也是一种作品，但是我不应该那样。年龄不允许我再玩一些虚的东西了，我要写出厚重的作品，我必须这样要求自己。

远山的树

小时候,我随奶奶住在平原上。那是个同姓人家结成的小村子,村旁是一条河,远处,大平原的尽头,横亘着一座鱼脊状的山脉。

山脉逶迤,气势很是不凡。更奇的是,山脉顶端,生长着一排树。一棵一棵,匀称地排列着,延绵数里。从树干的空隙中,能看见更远处的蓝色天幕。树冠与树冠之间,自然交叉,把空气隔断,俨然成一面屏风。

那树木平日是看不甚清的,要看它,得在早晨或下午。一朝一夕,太阳成平射的时候,那树木便异常清晰地显示出来。

这还不算奇异,更奇异者,在于夏天的雨后。大雨刚住,空气洁净,能见度良好,天空还匆匆地奔逐着乌云。突然一线光芒,从云朵中露出来,直射到远山的树木上去,顿时美不可言。突然一阵疾风,树木开始猛烈地摇撼起来,就像一群长腿的仙女,手挽着手,一字儿排开,面对大平原翩翩起舞。

那时候,我是多么向往这一切啊。我还小,等我长大了,要做的第一件事,就是到那平原的尽头去,登上山冈,看一看那些精灵。

后来我终于长大了。有一天,我瞒着奶奶,走了几十里路,跨过铁路,来到山下。我登上了山,只是,多么遗憾呀,那些树木长得并不美,甚至比不上我家门口那些树。树干不那么笔直,树冠不那么俊秀,排列得也不那么齐整,而且,那缕缕白云也并不在树干间缭绕,而是在更远更远的天幕上。扶着树干,我哭了。

"谁欺侮你了,孩子?"奶奶在后边悄悄地问。

白杨礼赞

又到春天了,乍暖还寒的季节。屋外有一排杨树,杨树的每一个枝柯,都爆出一个叶苞。这叶苞给我们忧伤的沉思,带来一种大欢喜。这叶苞没有邪恶,也没有虚伪,更没有喧嚣的意思,它只有一个信念,就是努力地开一掌叶片,给生活一份自己的奉献。至于树大招风,至于它撑开的叶片在这一年中将如何度过风雨的侵袭和炎阳的炙烤,它现在还来不及考虑这些。

去秋,我曾经踏着缤纷的落叶散步。我曾经托起一片落叶,询问它这一年中(1988可是个多事之秋)发生了多少事情。有人说,人类健忘,把过去年代的坏事都忘记了,只记得好事,所以总沉湎于过去的时光中,认为过去多美好。我却正相反,总记得那些伤害,所以,我总是郁郁寡欢,我总是过于沉重,也许,从今天开始,我该高兴些才对,尤其是当白杨此刻在我的屋外婆娑起舞的时候,尤其是叶苞此刻在屋外毕剥爆响的时候。

白杨,大自然神奇的造化,树木中的伟丈夫,此刻,我以万般的柔情和温情,以及敬意注视着你。你笔直地生长着,一直向上。你告诉我这为案牍所累的自然之子以大自然的最新消息;你告诉我一个高贵的心灵将包容一切,然后从这一切中脱颖而出;你告诉我一切都将腐朽，唯有新的、蓬勃向上的生命才会永驻人间。

让我数一数杨树吧。一共是两行，一行十棵，两行合起来却是十九棵。十加十等于十九，这是一个超数学问题。类似这样的问题我还遇到过。芥川龙之介先生就曾说：九十九步的一半是一步。芥川先生的原话是这样说的，天才之于我们，是九十九步和一步的距离，这是一个超数学，同时代人不懂得这个道理，因此诋毁天才；后世人不懂这个道理，因此在天才面前焚香。

天才尚且如此，何况无能者如我辈。后世焚香者难有，身前却备受折磨，想来想去，真是件不划算的事情。然而，我表现自己了，我也就满足了，正如这正在表现自我的白杨。

白杨知道我在礼赞它，它在微风中害羞地颤抖了。

好大一棵树

平原的尽头有一棵树。这树大约有一千年了吧。它树心都空了，满身都是窟窿。它的树枝没有一枝是直的。它又老又丑又没有用处。过路的人都指着这棵树嘲笑它。有一天，树终于说话了，它说，正因为我周身一无是处，我才活了这么多年，那些有用之才，早被人们伐去或做了板材，或做了橡檩了。——这是庄子的一个寓言。这个寓言是"无为而有为"思想的极致的阐释。

春秋时代真是个令人眼花缭乱应接不暇的灿烂时代。我们民族的天才人物一拨一拨地在那时出来。老子骑着白牛，像一座山峰一样，颤巍巍地从函谷关走过。庄子是个神经病，一会儿把自己想象成鲲鹏，一会儿又想象成蝴蝶或金鱼——而在两千年后一个外国人叫卡夫卡的又把自己想象成甲壳虫。苏秦张仪唾星四溅地游说列国，凭着一个大舌头说黑道白。孙武和庞涓一对公牛一样在顶架。大圣人孔子是个可怜虫，乘着一辆破车，带着几个门徒，惶惶如丧家之犬，四处布道。他一边布道一边发怨言说：如果再没有人听他的，他就乘船到海上漂流去了。——现在的小青年也玩漂流，其实孔子是他们的漂流祖先。

孔子一生的目标是"克己复礼"。去年遇评论家阎纲先生。阎纲说，他去山东讲课，山东人提出他们的孔子压人，有自大状。阎先生于是问，孔子所复的礼是什么礼呢？是周礼。"周"在那儿，周发迹于陕西，孔夫子所弘扬的，是我们陕西这地方的周礼周乐周制周仪呀。阎先生是饱学之士，他的这话，令陕西人听了高兴。随着政治中心东移，经济发展萧条，西北人能够抓住光荣尾巴的，恐怕也就是这些前朝古事了。

孔子的"道"后来终于大行天下。儒家文化登堂入室，成为中国封建文化的正宗。儒家文化的伟大功绩在于，它形成了一种向心力和凝聚力，令王朝虽有形的更迭但却是质的延续，令我们这个史前动物一样庞大的民族没有像世界另外三个文明古国一样，泯灭在路途，而是香火延续，直至今日。

然而，儒家文化的负面效应亦是极可怕的。千百年来，在绳索一样的定式思维控制下，人的天性，人身上那种生机勃勃的创造精神，越来越趋于萎缩，人变成了侏儒。春秋时代那种视通万里穷天究地的大思想家再没有出现过，如果偶有出现，也只是一些拾取儒家余唾，戴着镣铐跳舞的人物而已。所以伟大的五四运动，以"打倒孔家店"作为它的标志。

我们曾经年轻过吗？年轻过！那就是春秋诸子百家时代。拜伦在《哀希腊》中，痛心疾首地喊道：勇士三百里我们只要三，来镇守一次新火门山峡！那么我们是不是可以借这个名式，这样说：诸子百家里我们只要十，来给我们的思想界以新的活力！

歌唱着生活

早晨我正在蒙头大睡,忽然被歌声惊醒。唱的是秦腔,吟哦叹喟,一字一板,十分正宗。推窗望去,见楼下有一村姑,推一辆自行车,车子后座上带一捆卫生纸,边唱边吆喝着卖纸。我的头从阳台上伸出的一刻,各个阳台都有头伸出,并伴随着喝彩声。片刻,人们走出家门,将这村姑围定。一番嘈杂,双方议定,村姑唱一段秦腔,人群中有人买一卷卫生纸。这样,村姑也就没有再挪窝,拉开架子,敞开嗓门,于我楼下,一路唱将下去。至午饭时,卫生纸已全部卖光,村姑骑着自行车走了。楼下的听足了秦腔的老老少少,像喝足了酒的醉汉一样,人人腋下夹一卷卫生纸,摇摇晃晃地回家吃饭。我在阳台上,作壁上观,似乎亦有醉意也。

家中有一个蜂窝煤炉子,炉子安了一个烟囱。春天,我懒了几日,没有去拆烟囱。这时有一对麻雀,站在烟囱头上歌唱,继而,它们又衔来些枯树枝、茅草、头发之类的东西,往烟囱里钻。它们这是要在我家烟囱里做窝了。见状,我也就没有好意思再拆那烟囱。这是一对鸟夫妻,整整一个夏天,它们站在烟囱上做爱,它们钻进烟囱里生蛋。忽一日,烟囱的小小的口上伸出许多鹅黄色的小嘴来,同时聒噪有声,这是这对鸟夫妻的儿女们出壳了。人活一世，草木一秋。麻雀们在我的烟囱里，生活到冬天，炉子重新生起的时候。它们走时拖儿带女，已经是一大群了。这已经是五年前的事了。嗣后，麻雀们年年来。眼下正是春天，炉子刚熄，我就听到了屋外那熟悉的歌唱声了。

户外有一行梧桐树。梧桐树在春天的时候，满树会披挂上一身白色的花穗。那花一串一串的，一咕嘟咕嘟的，每个花单个的形状如同女人的拖地裙。花慢慢地落了。花像降落伞一样飘飘扬扬地落在地上，寂静无声。地面上像落了一层雪。继而，在花落的地方，绿叶生了出来。叶子迎风便长，几天工夫，便长成手掌般大小。整个夏天梧桐树便以这一身硕大的叶子，给这个万木争荣的季节添份自己的颜色，给树下的弈者添几分凉爽。接着便是秋天了，淅淅沥沥的秋雨打在梧桐叶上，漫漫秋夜中，在我听来，像诗人在苦吟。而在冬天，洗尽铅华后的梧桐，光裸着身子站在那里，像一个沉静自安的老者。哦，草木一秋。

这两年我常被邀请参加一些婚礼，有时甚至胸前被挂上了红绸儿，充当证婚人的角色。前年我参加了一位老朋友的儿子的婚礼。在麦克风前面，我突然动了感情，我谈了这位老朋友坎坷的大半生，继而话锋一转，我说，光为了今天这一刻，光为了看着我们的儿子的成长，我们也应当有一千条理由去热爱生活。去年，我参加另一场婚礼又见到这位老朋友，他说，我已经有了孙子了，也就是说，前年的那一对新人，已经为人类大家庭添丁加口了。这么快！这事叫我惊奇和惊叹，并感慨世界是这样的好。

当年我的中学老师如今又是我的儿子的中学老师。坐在老师的家中，谈着往事，我有一种温馨的感觉，一种奇妙的感觉。在体育场签名售书时，为一位漂亮的女孩签字。她说她是某一年出生的。我掐指算了一下，那时我正趴在边境线上的一个战壕里。于是我说，光为了她能够安宁地出生，我的那一份辛苦和艰险也是值得的，从此我不敢再抱怨我年轻时候的苦难经历了。作家张敏的弟弟出了车祸，摔断了胳膊摔断了腿。张敏闻讯后赶到医院，大道其喜。弟弟问喜从何来。张敏答道，早几秒，会车毁人亡，迟几秒，也会车毁人亡，如今你这撞车，撞得恰到好处，既出了事，又逃过一难，没有受到大的损失，这岂不是大的喜事么！此话说得满屋人拍掌大笑。事后张敏对我说，事情要来回想，往倒霉处想，越想越觉得自己倒霉，往幸运处想，则越想越觉得自己幸运。张敏此论，高矣！

因为歌唱着生活，所以生活让人觉得如此美好。或者不妨这样说：因为生活如此美好，所以我们歌唱着生活。

营 造

一只蜘蛛,靠一根细丝,从户外的白杨树下颤悠悠地吊下来。那丝是它边降落时边吐的。降到与户外走廊的天花板平行的时候,蜘蛛便不动了,静静地待在那里。它在等待什么呢?等待风。一会儿,一阵风吹来,借助风势,蜘蛛稳稳当当地落在走廊的天花板上了。

它接下来的事情是在天花板上织网。那些天我恰好坐一个低凳子,趴一个高凳子,在走廊里写小说,因此我看见了蜘蛛织网的整个过程。

它吐着丝,倒退着走,借助墙的一个拐角,吐出一个"十"字。尔后,再将这个十字,用一个圆圈起来。接着,又交叉两道,十字变成了"米"字。框架结构出来了,继而,从圆心开始,蜘蛛倒退着,一圈一圈地织起来。最后,一个宛如诸葛孔明"八卦图"一样的蜘蛛网结好了。这个营造用了三天的时间。——当蜘蛛选定墙的一个拐角,作为蜘网的支撑点时,我哑然失笑。我想起塞林格小说里的一句话。一个小男孩说:告诉你一个谜语,你知道一堵墙对另一堵墙说什么吗?它说,在拐弯处碰头。

蜘蛛所以选定走廊的天花板居家,并不是因为我的存在。它似乎漠视我。它是因为天花板上有一盏灯的缘故,是因为这盏灯时时招来一些飞虫。正如我坐在这里写小说，亦是因为有这盏灯的照耀。

没有飞虫触网的时候，蜘蛛静静地蜷曲在风的中央，像个死物。有飞虫撞网了，或是一只蛾子，一只苍蝇，一只小咬。它们沾在网上以后，越挣扎便越会被缠紧，宛如人在海中遇到渔网一样。因了它们的挣扎，网迅速地抖动起来，网中央的假寐的蜘蛛，立即惊醒，然后八脚并用，像《红楼梦》中贾琏骑的那个大走骡一样，顺着抖动最厉害的那根线，飞快赶来。

赶到跟前，蜘蛛并不立即下手，它先要待在旁边，像个阴谋家或者战略家那样思忖一阵。它是在量力而行，如果这猎物很小，它便怀着蔑视，走上去轻描淡写地将它吃掉。如果这猎物和它的体积一样大，或者比它还大，它则待在那里，冷酷地静观上半天甚至一天，直到猎物不再挣扎了，它才走上前去，用触觉试探一下；如果这试探令猎物还动，它则继续等待。直到最后猎物死去，成为它的一顿美餐。

在我的观察中，整个秋天，似乎沾在蜘蛛网上的飞族们，无一得以脱逃。只有一次是一个例外。那是一个从田野上飞来的很大的青虫，青虫两肋间有刚刚生出的浅绿色的翅膀。青虫在网上很是挣扎了一阵，最后终于将网撞破，愤怒地飞走了。一旁静观的蜘蛛这时走过来，面无表情地开始补它的洞。那青虫有一只老蚕那么大。

有一天我发现，在蜘蛛网上，沾着一些白色的小团，有玉米粒大的，有黄豆颗大的，有绿豆颗大的。开始我以为这是蜘蛛产的卵，后来才知道，这是它为冬天贮藏的食物。那些吃不完的食物，它便吐出丝，将它包起来。蜘蛛是如何知道有冬天的？这只蜘蛛它经历过吗？我无从知道。

大破坏发生在秋末。文明大扫除中，邻居的小男孩，用一根竹竿,竹竿上再绑一把扫把,唱着歌儿从天花板上一路扫荡过去。蜘蛛网当然也在被扫荡之列。惊骇的蜘蛛,这时又借助它吐丝飞翔的本领,在扫把横扫而过时,飞翔去了天外。

我以为这只蜘蛛不会来了,但是,大扫除结束之后,蜘蛛又回来了。倾家荡产的蜘蛛,这时候蜷曲在当初结网的地方,那么悲惨,那么可怜,那么卑微。它有思想吗?我不知道!不过它当时好像在思想。它不明白世界上发生了什么事情,它的那小小的心计,它省吃俭用的冬贮,此一刻在更大的力面前,显得多么可笑。蜘蛛那惊愕之状和不解之态,令人想起广岛原子弹爆炸之后劫后余生的那些人,想起《圣经》里描写的那大洪水,想起地球毁灭时的情景。是的,对这只蜘蛛,这只扫把的事情足可以写进它们族类的劫难史中。

天已经凉了,屋里生起了炉子。我也就离开了走廊。那只蜘蛛,又接着织它的网,开始它又一次的生活。后来就是冬天了。冬天它怎么过的,我不知道。因为在冬天的时候,我一向足不出户。末了,附带提及那蜘蛛的体积。关于它的体积,我说不准,因为当它吃饱肚子的时候,那肚皮贼圆贼亮,体积像指甲盖那么大;而当它饿扁肚皮,又蜷作一团的时候,像一颗黄豆。

期　　待

从很小的时候，我就开始期待了。期待什么呢？我不清楚。有时候，我呆呆地坐在家门口，望着门前那条通往外部世界的小路。我渴望那条路上有人来，抑或是老人，抑或是孩子，抑或是婚嫁队伍，抑或是丧葬的行列。有时候，我呆呆地望着天空，如果是白天，我就看着那些疾驰的流云，来自哪里，去向何方；如果是夜晚，我就瞅着那些星星，见一颗流星，发一声惊呼，找到一颗卫星，默默地用目光追随，直到它消失在天际。

有一本叫《古昔追踪》的小册子，说在我们这个地球上，生活着一种玛雅人，他们来自别的星际，先到月球，采光了月球上的矿石后，又来到地球上。结果，由于通信系统出了毛病，他们与自己的星球失去了联系，于是，只好在地球上定居了下来。地球上的瘟疫使他们的人数急剧减少，为了生存，他们避开地球上的人类，遁入海底、丛林和山洞之中，他们在日日夜夜地期待着，期待着来自天外的消息，而那些不时出现的不明飞行物，很可能就是来寻找他们的。

如果说真有海外奇谈的话，这也真算是最大的海外奇谈了。不过，事情也难说，古代的中国人，不知外部世界之大，所以将大洋彼岸送来的消息,凡不合情理者,统称为海外奇谈。现在,随着视野的开阔,自然见怪不怪了,难道我们就不能假设,真有玛雅人吗?我们的知识有限,我们的视野有限,科学上有很多东西,在人类没有认识它以前,是以假设为认识的先导的。

但是我谈起玛雅人,并无意于考证他的存在与否,我是被书中这"期待"二字深深地感动了。我仿佛看见他们引颈以待时的情景。他们的孩子一出生,便肩负着一个苦涩的使命:期待。老人在临终前,因为终于没有期待到正在期待的东西,而泪流满面,抱憾而去。

我不是玛雅人,外星球是不会给我送来信息的。然而,贯穿我生命始终的,为什么总有一种期待的情绪呢?如今,我已经步入中年了,可是,在平凡的日复一日的生活中,我常常期待着一个电话、一封信件、一次熟人的造访、一次出乎意料的电视节目,期待着生活中突然出现奇迹。应当说,人们总是在期待着,期待一世,只是,人们在生命的各个时候,所期待的内容有所不同。

"期待"是贯穿生命始终的一种情绪。

爱不能言

"假如我不能带给你幸福,但是我至少可以做到,不给你带来不幸!"——这是我编发过的一部小说里的话。小说中,一位成年男子,对着钟爱自己的小女人,泪光盈盈,作如是说。说这话时,他的背景是辽阔的新疆雪野,是胡杨、雪爬犁,或者是满山满谷的罂粟花。小说的作者是一位年轻的女军人。我不知道这段箴言是她曾经有过的阅历和体验,还是她的头脑里杜撰出来的一个梦。我只想说,于前者,能爱是神圣的,于后者,懂得不能去爱是高尚的。

一个人就要死了。他在临死前痛哭了三声。哭罢以后,他说:"这第一声哭,是给那些我爱过她们而她们不爱我的女人的,请告她们,就说我原谅她们了;这第二声哭,是给些她们爱我而我不爱她们的女人的,就说我现在很后悔,我应当利用有限的生命去热烈地爱她们,虽然我现在想爱她们,可是已经没时间了;这第三声哭,是给那些我爱过她们而她们也爱我的女人的,告诉她们不要悲伤,因为经历过爱情的人生是幸福的。"说完这些话后,这个叫塔利普的人,突然不迭声地号啕大哭起来,因为这时候他才想起,在他的不算短促的一生中,还没有这么幸运过,即遇上一个他爱她,而她也爱他的女人。——这大约是一幕最凄凉的人生图景了。当阅读到苏联作家卡里姆的上述一段话时,我的眼睛潮湿了。

我年前在西安的半坡母系氏族村,策划了一个电视剧。这样,有几个月的时间,便在那埙声阵阵、蛮荒古老的伊甸园中神游了一阵。母系氏族村中有许多的大神秘,一个大神秘,就是那发出呜呜咽咽之声的"埙"。那大约是人类所创造出来的第一件乐器。这创造的目的,据说是为求爱用的。当另一个部落的男子,因为思念而动情时,就在茅草屋的外边,或者在那条绕着部落挖掘的天沟的外边,两手双握,吹动陶埙,于是这荒凉的人类童年,便充盈着一种温馨的感觉了。

就此打住吧,爱不能言。

人的动物性

人是诸类动物中最无聊的一种动物。尽管有文明的包装,而且这文明包装时常翻新,但仍然遮掩不住人类那种虚伪、自私、贪婪和凶残的本性。人在它的祖先猴子面前应当脸红,人在善良的羊、忠诚的狗、雄壮的马、剽悍的骆驼面前应当脸红。

以性这个问题来说,前些年是禁锢,这些年禁而不止之后便是泛滥。我刚刚从南方的一个地方回来,在那个小镇上,摇身子摆浪,不时地有穿着超短裙、亮着长腿、足蹬高跟靴子的尤物们的出现。我不是道学家,亦不是政府官员,所有的这个世界上男盗女娼的事情,我都能理解,并且报之以微笑。但是在微笑的同时,我对我们这个直立行走的动物,突然产生一种深深的蔑视和厌恶。

性的行为过程是快乐的过程,这是造物主安排的。它安排的目的一半是为了繁衍,一半是为了给苦难的生存添一点玫瑰色。在人类三百万年的历史中,如果有一架黑匣子,录下一些声音的话,我们就会知道,人类的难得的一点快乐,正是这床笫之间的事情。从而也使我们明白了,为什么人类没有泯灭在路途,为什么20世纪的阳光下,能荣幸地站着你我。

但是事情到了今天,人类是不是走得太远了,人类是不是玩自己玩得有些过头了。

动物们懂得节制。动物的性行为过程通常只在春天和秋天，而且它们绝不奢侈，传宗接代是它们最初的也是最终的目的。秋风起了，或者春花发了，一个季节到来了，动物的身体中的生物钟敲响了，它们身上有了情欲，于是它们顺应生理性的愿望，向它们的异性走去。而在性行为的过程中，当然也不是怀着那种神圣的使命感的，那样这世界就未免有些太死板和规则了些。是的，不是主题先行。但是，这最终目的却是这自然法则结出果实，从而新的生命去继续点缀这荒凉的路途。

猫在春天发情。春夜里猫的尖叫声令这夜晚更加神秘，令蛰伏了一个冬天的万物痉挛起来。走村串户的猫有时候会踩落屋檐的一片瓦，从而惊醒我们的清梦。

我没有见过羊的性行为。但是我为羊接过羔。曾经有小半年的时间，我跟在草原上的一群羊的后边，拾羊羔。那是当兵时候的事。羊群中，有一只母羊站着不动了，接着"扑通"一声，一只春羔产下了。母羊伸出舌头舐上一阵，羊羔站了起来。这时我骑在马上，用马鞭挽一个活套，俯身下去套住羊羔的脖子，一提，提到怀里，然后飞马扬鞭，将羊羔送回圈里，喝两杯奶茶后，然后继续回来，跟定羊群。羊产春羔确是一个神圣的时刻，借用朦胧派诗人的一句诗：青春的草地上，开了一朵映山红。

我见过马的发情。我的胯下曾经有一匹马。马是被阉过的。如果没有被阉过，那么这块草原上将会布满它的子孙。马是多么漂亮哦，而阉它的那个人是多么残酷。这是八一军马场的姑娘们干的，每一匹服役的马都履行这个程序。所幸的是它还没有被阉净，这样它偶然会发情。

那一年的冬天（1975年），一个大雪纷飞的黎明，我正骑着它赶路。突然远处出现了一群游荡的哈萨克的母马群,只见它鼻子在地上嗅了嗅,然后扬起头来嘶叫了一声,继而,驮着我,向这群母马奔去。当它骑上一个母马的身子的时候,我唯一能做的事情,是从马背上滚落下来。

有着幸福的地方,早已有人看守,要么是贤者,要么是暴君。——这是普希金的诗。那个母马群自然有它的头马。这是一个其貌不扬的家伙,远远没有我的坐骑漂亮。我在冰天雪地里,借着式微的雪光,欣赏了这一对情敌的厮杀。

两匹马拉开一段距离,然后各自一声嘶鸣,便突然地奔向对方。身体就要接触对方的那一刻,两匹马同时以两只后腿为支撑,前身则像袋鼠一样直立起来。接着便是"嘭"的一声响,是两匹马的嘴碰在一起的声音。随后两匹马的前蹄,在对方的胸脯一阵抓挠。马毕竟不是袋鼠,它们站立的时间有限。两马的前蹄终于落在了地下。于是它们重新跑开,拉开一段距离,再来一次。

这样交战了几个回合以后,我的马胜了,牧民的马输了。那马的胸脯上,被我的马抓得血肉模糊,嘴和鼻子上也挂满了血沫,全身的皮毛则像刚在水里浸过一样,一绺一绺地,贴在身上。母马群静静地围成一圈,目击了这场搏斗。我则在旁边微笑着,将它的胜利看作我的胜利。

事情还没有完。当我的马用牙齿咬,用后蹄踢,用声音恐吓,将这群母马往边防站的马栏里赶,从而试图长久占有的时候,败阵的头马在远处的沙丘上嘶鸣起来。突然母马群炸群了,又去追赶头马。没奈何,我的马只得再将那匹头马,撵到更远的地方以后,然后再回来统帅它的马群。这样的场合又反复了几次。

马群被赶到边防站的马号里以后(这一段距离是二十公里),我抓住了我的马,然后打开栏杆,放别的马走路。我的马眼睁睁地看着它的臣服者离开，长鸣不已，暴跳如雷，热泪盈眶。

第二年，草原上前哨公社反修大队的一母马群下驹时，出现了几匹漂亮的缎子一般的伊犁马。追根穷源，他们找到了边防站，然后用部落的最好的一匹红走马，换走了我的坐骑。后来，当我有一次巡逻路经一片胡杨林时，看见我的坐骑正领着它的母马群，在额尔齐斯河边饮水。它成了草原上最称职的头马；不过是个只有一只蛋的头马；另一只蛋我们知道，是给八一军马场的姑娘们阉去了。

动物的发情中，最庄严的，威仪万方的，雷霆万钧般的，当属骆驼的发情。这场面我只见过一次。骆驼像一只大鸟，从戈壁滩风驰电掣般而来，四只大脚交替着，身子像一阵旋风，飞沙走石。它的眼睛仁子红勾勾的，全身的毛倒竖起来，嘴里像小孩吹泡泡糖一样往出吐着白沫，并伴着一阵阵怪叫。俄罗斯民间传说中，将暴戾的伊凡大帝叫作"愤怒的雷神"，此刻的骆驼也正适宜这个称谓。

当骆驼从戈壁滩上怪叫着掠过时，所有的生物都会因此而战栗起来。马的腿会筛糠般的打战，飘飘忽忽的黄羊会顷刻间无影无踪，沙狐则迅速地钻入自己的洞里，露出两只眼睛向外看。

"它会将所有的路经的生物都踩死的。因此你现在最好的办法，是躺在地上装死！"这是哈萨克牧人教导我的话。记得，当那发情的公骆驼从远处冲来时，我就滚鞍下马，伏在地上这样做了。

骆驼用它的大掌踩了马一阵，接着又走向我。只要它的那只大掌随便往我身上一落，我想我的脊梁骨就会断了，但是我装死大约装得很像，骆驼走过来，用牙齿撕了撕我的衣服，又用鼻子在我的脸上嗅了嗅，然后饱含蔑视地跑开了，又继续它充满破坏力的命定的行程。

它跑到什么时候为止呢？我不知道。因为当它消失在地平线上的时候，还是那么亢奋地奔跑着。

记得，我在一部小说里，曾经写过一个边防军士兵，越过界河，去非礼一个俄罗斯女人的故事。在小说里，我把这位手里提着裤子，嘴里吐着的白沫，发着怪叫，一颠一颠地在松土带上奔跑的家伙，比作一只发情的公骆驼。

和动物的那种庄严与瑰丽相比，人类的情欲则显得多么的卑微和猥琐呀！记得一生从未接触过女人的康德，在偶尔接触过一次女人之后，曾在日记本上写道：一种莫名其妙的连续动作而已。

世界上的所有的伟大的艺术，都是以情欲为佐料而萌生的，尼采、卢梭、凡·高、毕加索，都如是。这样的名单我可以开出一长串。极致状况的足球、篮球、排球也是这样。人们将极致状态的一切事物都叫作艺术，包括政治。

但是所有的这些伟大的创造都不是那些整日沉溺在声色犬马中的人干的。它们属于另外一部分人。这些人生活在苦难中，这些人为社会的另一半（女人）所不齿，这些人体内不得而发的荷尔蒙便像骆驼一样暴戾、像马一样强悍、像羊一样温情、像猫一样充满暧昧色彩地勃发了来。我在凡·高的每一件作品上都嗅到了这种味道。

所以说"人的动物性"这个标题也许并不准确，似乎人身上的一切恶劣的东西都源于它的动物性。非也！动物起码是真诚的，是有力的，是单纯的，人身上的恶是人自己的事情。

记得昔日洪水滔天，挪亚方舟上，神对亚当和夏娃说，你们可以将一切的动物，例如蚂蚁，例如蛇，例如老虎豹子，救上船，但是不可以救人，那样你们会后悔的。两位可人儿最后还是发了慈悲之心，救上来一个大声呼救的人来。这个人身上带满了恶，世界从此不太平起来。

伊索寓言中，有一个农夫和蛇的故事。其实，任何动物，甚至包括蛇,都是有感恩图报的一面的。而最凶残的却是人。我不久前就被我救过的人狠狠地咬了一口,至今胸口还隐隐作痛。至于蛇,虽然伊索那样说,但是在中国的民间传说中,中国人却给了它那么多美好的富有诗意的东西。

赵雅芝扮的电视剧中的白蛇,张曼玉扮的电影中的白蛇,令人为之心仪不已。天底下的男人,大约都会有这样的想法,即被这样的蛇精诱惑上一回。只可惜世上的男人太多,而修炼成仙的蛇精太少。

关于蛇的故事,我还听过一个民间传说。说是一户人家的屋顶有一条白蛇。这户人家有一个婴儿。家里无人的时候,这蛇便盘在炕上,守护婴儿。一次主人回家时,听见婴儿大哭,原来是他的半只耳朵没有了。再一看蛇身鼓囊囊的,分明有什么吃进肚子了。于是大怒之下,挥动菜刀将蛇一斩两段。蛇身断处,只见一只老鼠露了出来。主人方才大悟,明白这是怎么回事了。为讨个明白,于是将这老鼠的肚子豁开。果然,婴儿的半只耳朵在老鼠肚子里。主人唏嘘不已,后悔不迭。

人类这个自封为高级动物的动物,正走在自己命定的行程中。人类还能走多远呢?我们不知道。不过不论走多远,它应当好自为之才是。我常常想起鲁迅先生。先生说他一生都在和无所不至的庸俗作斗争。我想说这庸俗而今正更为密集地窒息着我们。当我微笑着站在高处,看着我们的西装革履、道貌岸然的人类之群,蚂蚁般潮水般向前走去时,我唯一能做的事情,是默默地为自己叼上一支烟。

没有电的夜晚

晚上没有电,妻子看不成电视,我写不成文章,儿子做不成作业,三口之家挤在一个床上,熬这段时间。天有点冷开了空调,半天不见响动;想喝点水,开了开水器,半天不见红灯亮,才想起这些东西亦跟电有关。

没有电,四周的林立的楼房都处在一种压抑中。天有些黑,不过眼睛慢慢地也就习惯了这黑暗。习惯以后,发现这不是纯粹的黑,而是苍青;也透过阳台看见了天空中久违了的星星和一弯残月。

为了打发这段时光,我们动员儿子唱歌。儿子最近在学校里,和另外三个男生一起唱了一首《明天会更好》,漂亮的女老师和班上同学,都说他唱得很专业。儿子唱起来了。他正处在变声期,声音有些沙哑,假如在卡拉OK上唱,效果可能会好些。不过没有电,而有电的时候又想不起去动那卡拉OK。

黑暗中我是主角。儿子的歌声感染了我,我开始唱起来。我将手电筒登在嘴边,权当麦克风。我唱了《莫斯科郊外的晚上》,唱了《三套车》,唱了《小路》,还唱了首不知其名的苏联歌曲。我没有赶上那个年代,这些歌曲风行时我还小,我是后来不知怎么不知不觉中学会它们的。它们每一个走近我，对我都是一个故事。

比如那个《小路》。那是在一个炎热的中午，我从陕北的一个玉米地旁走过时，歌声是从玉米地深处传来的。那是一个女声，惆怅而忧伤。为了能见到那唱歌的人，我在地头站了很久，直到看到一个插队的北京女知青，肩上扛着一把锄走出来。

那首不知其名的苏联歌曲，亦是我从一个北京知青嘴里逮来的。那是个男的，大个子。那时我刚从部队回来，在一家工厂当文书。领导说，你得提防嘴里经常哼哼唧唧的那家伙，那是个小偷，每年春节回北京，去时火车上偷一路，回来时火车上再偷一路。有了这话，我和他接近时，总有一些距离，不过他嘴上吊着的"白杨树叶飘落地上"那句旋律，像被施了魔法一样，也总令我着迷。高考恢复后，他说他要考大学，嘴上于是换成日语单词。这是二十年前的事了，如果继续做小偷，他现在该做成一个大款了吧，如果考上大学，又该是一个某方面的专家了吧！

我嗓子的低音区很美，这令老婆和儿子羡慕。儿子说，电视上正举行卡拉OK业余大赛，你去参加，肯定不会丢人的。我说形象不行，我五大三粗地站在那里，会把观众吓跑。当年我多瘦呀，那时世界上以肥胖为美，而今我是胖了，可这世界上又兴起了减肥热。这真是件没奈何的事。接着是讲故事。我讲了好几个鬼故事。有一个鬼故事是这样的：城门口有一个烧饼摊子，每天黎明时分，烧饼摊子刚支起，第一个买这烧饼的，是一个女人。这女人穿戴一新，每日从城外匆匆进城，交一文钱，买一个烧饼，然后匆匆离去。这事本来也没有什么不正常。可是，卖烧饼的每天卖完烧饼回去，都发现里面有一枚鬼钱。他断定这钱是那个女人的，于是一次女人离去时，他弃了烧饼摊子，去跟踪那女人。荒郊野外有一堆乱扎坟，女人到了一座新坟前，一闪，便不见了。卖烧饼的见了，心中大异，于是唤了一伙人，掘开墓穴看个究竟。墓穴揭开，只见棺材里一个婴儿，坐在那里，手执烧饼，呜呜地哭着。旁边躺着一具女尸，那女人服装鲜艳，面色红润，正是每日来烧饼摊的那个。原来，这女人死时腹中怀着胎儿，娘躺在棺材里以后，婴儿却从娘肚子里爬出来了。这母爱的力量可谓是惊天地、泣鬼神吧，于是这女人重新站起，每天早晨趁太阳未升起之时，灵魂出一次洞穴，买一回烧饼。众人见了唏嘘不已，抢了那婴儿，将棺木重新钉好，墓穴重新封闭。从此，烧饼摊前，这女人也就再没有出现过，那婴儿据说后来也养大了，人们叫他螟蛉子。

这故事是有一些怪异和令人害怕，儿子听了，吓得把头埋进了被窝里。妻子也责怪我怎么想起讲这些故事的。而四周的无边的黑暗，又令这房间的恐惧感增加了一层。我说是这没有电的夜晚，令我想起的。是的，我童年的时候，在农村，夏天的夜晚，铺一张席子在场上，祖母常常一边哄着我睡觉，一边讲这些神秘故事。明晃晃的月亮，繁星，树木斑驳的暗影，便连同这些故事，一起装进我的脑子里去了。

那时候没有电？是的，那时候没有电！人类三百万年的历史，有电的日子才几百年，而对于我们来说，有电的日子才不过几十年。在此之前，人类一直是在黑暗中生活着的。"那时候我们在中学上晚自习时，一人从家里拿一个墨水瓶做的小油灯。家里晚上喝汤的时候，爷爷为了节省，也不准点灯，他说点灯弄啥，难道没有灯，会吃到鼻子里去不成！"妻子说。

儿子问电是从什么时候来的。我说在我生活的那一片农村，大约是1962年来的。那时我已经离开村子了，我只记得，一长溜马车拉着大电杆，在田野里量好距离，一节放一个。这时我记起一件有趣的事情了，我对儿子说，我离开村子时，听见我的爷爷、你的老爷蹲在墙根一边晒太阳，一边对别的老汉说，这下好了，以后想死就容易多了，将电线绳儿摸一摸，一点罪都不要受，就走了。我说从此之后，在城里，我时常担心，等待那不幸消息。结果，爷爷又活了二十年，等到八十四岁高龄时，才寿终正寝。我这时才明白，时常谈论死的人，实际上是最贪恋这个世界、最怕死的。

这天晚上的电，始终没有来，因此我们的漫无边际的拉话，就又进行了好长时间。儿子今年十四岁。我计算了一下，我今天晚上和他拉的有实质的话，甚至比这十四年中合起来讲过的还要多。从这一点上来说，真该感激这个没电的夜晚，它强使我们交流和沟通，强使我们走进往事。记得评论家肖云儒曾对我说，电视浪费了我们多少的时间呀，它是一个最大的谋财害命者。而扩而大之，此刻我想说，生活中真该有这么几个夜晚，将电从我们的身边驱逐出去，像普希金说的那样，让我们在历史的精神和空间去窒息三分钟。

我的乾坤挪移大法

　　人在社会,种种压力和打击有时会不唤自来。这些压力和打击会将你粉碎和击倒,会让你发疯。每一个社会人都是一个潜在的精神病患者,它的诱因就是压力和打击。

　　有时我们真想回到人类的天真烂漫的童年去,回到田园牧歌中去。但这只是一厢情愿的事情,面对汹汹而来的社会,我们还得面对,还得强打精神支撑。你没有理由不活下去,不是?!当有一天偶尔思考到这个问题时,你会发现你其实不是为你活着,你是一个角色,这个角色是为家人活着,为朋友活着,为单位和同事活着,一言以蔽之,为社会活着。没有办法,你还得活,即使面对压力。

　　那么,如何排遣这些压力,如何四两拨千斤,二指禅一举,将这压力拨到别处,令敌人的子弹射到你身上的时候,不致使你毙命。我有一段阅历,一个千虑之一得,一种从苦难的海洋中刚跋涉而出的呻吟与叹喟。好在我今天心情好,有些侃兴,就说与读者朋友吧!

　　我刚刚经历了一场官司,一场文坛的笔墨官司。这官司以我的失败而告终。宣布败诉,继而赔款,这些好像都还是昨天的事。我在这里不想评价这场官司,因为我明白所有发生的事情都是应该发生的，从宿命的意义上讲是劫难，从唯物主义的观点讲这是各种因素综合形成的一种拉力。有过这种经历的文化人我不是第一个，也不是最后一个。我这里只是想谈的是我是如何战胜这庞大的、冷酷的、给你致命一击的压力的。

一共开过三次庭。第一次开庭，坐在被告席上的我，面对台下的千余名听众，我像一头暴怒而虚弱的狮子。我傻了，愤懑、委屈，"野夫怒见不平处，磨损胸中万古刀"式的情绪牢牢抓住了我。"世界发生了什么事情？人类到底是怎么回事？"我作雷霆之怒，抢天问地。

第二次开庭是在半年之后，愤怒这时候已经减弱，我的心中现在充满了一种大悲哀和对人类失去信心的态度。坐在上诉人的席位上，面对台下的几千名政法学院的学生，我想起北岛的《回答》——纵使你脚下有一千名挑战者，那就把我算作第一千零一名。我还悲凉地想起米兰·昆德拉《玩笑》中的一个情节。米兰·昆德拉说，现在，假如集体表决，要把这个人送上绞刑架，相信所有的人都会举手的——他们不知道自己为什么举手，但是他们举手，因为旁边的人也举手了。那一整天，一个男人一生中的八个小时，我感到自己像一个被剥光了皮，吊在架子上的羊一样，只能承受目光，没有丝毫的抵御能力，更没有可供你躲藏的角落。

第三次是在第二次的一年之后。汲着苦难的乳汁，我成熟了。我没有被打倒，真的。这个感情如此丰富，心灵如此脆弱、善良的人终于挺了过来。穿着西装，含着微笑的我坐在"原审被告"的席位上，那沙哑的宣判声在我听来像一首音乐。在这几个小时的开庭时间中，我的"乾坤大挪移"的思维方式形成了，或者说早就在形成之中，只是这一刻，借助这八卦炉火，修炼成仙了。

人们把目光和语词对准了我。因为我是绝对的主角，没有人和我抢镜头的主角,宛如一场婚礼的新郎或新娘一样。但是我悄悄地为自己做了一个位移,我把主角的身份偷偷换成了一个观察家的身份。你瞧,我是一位观察家,我正在欣赏这人类奇特的一幕,我这一生真幸福,有幸看到你们没有看到过的东西,而那么沙沙作响的宣判的声音也不会针对我了,它们被我轻轻一拨,打击到后面洁白的墙壁上去了,它们一个字也没有进入到我的心灵。

是的,我就这样保护了自己免受伤害,我就这样心情愉快地活了下来。阅历是一种财富,假如将来我在文学上会有什么成就的话,这次阅历是一个重要的阅历。自此以来,我完全地变成一个社会生活的观察家,再加上写作,则变成了一个记录者。

在现实生活中每个人都会遇到一些难事,面对这些难事你不要惊慌,把它交给时间。当敌人的子弹射向你的时候,你不妨移动一下自己的位置。"乾坤大挪移"好像是金庸先生武侠小说中的一个说法。

真诚的话给真诚的你。这是一个人用他的良心和善心在给你说话。他的这些话本来是给他的儿子说的,因为正在上中学的儿子太缺少保护自己的能力,他想给他一副铠甲。

活着真好,不是吗?它可以令我们感受、经历和思考许多事情,包括在人生辞典上屡屡出现的"压力""打击"这些可爱的字眼。

音乐是人类至高的智慧

摄影家杨小兵打来电话,要我为"西安音乐节"写一点文字,我一听这话就乐了。我说你算是找对人了,因为作家和音乐家之间历来就是一对冤家,比如乔治桑与肖邦,比如卢梭与瓦格纳,比如歌德与贝多芬,等等。

女作家乔治桑,不知道怎么喜欢上了钢琴家肖邦,这一场风暴直把肖邦折磨至死。卢梭的一生大约只有一个朋友,那就是瓦格纳。只有瓦格纳那些奇妙的音乐,偶尔才能吹进卢梭这个偏执狂的脑子里去。但是后来他们反目,卢梭以一首著名的《致瓦格纳的信》结束了他们的友情,并对瓦格纳造成深深的伤害,而此后不久,卢梭本人也就疯了。歌德既是伟大的诗人,又是小市民,当魏玛国大公迎面走来时,歌德赶紧躲立在侧,摘下帽子,低头致意,但是音乐家贝多芬不这样做,他继续挺起他那雄狮般的头颅,从路的中间昂然而过,以至于魏玛大公不得不给他让路。这个典故长期以来成为音乐家嘲笑作家的一个谈资。

我喜欢音乐,尤其是高雅音乐。人类最高的表达是音乐,人类至高的智慧是音乐,许多古典作家在他们的书中,都说过这样的话。那种奇妙的感觉用文学传达不出,也许只有音乐,才能表达其中一二。例如托马斯·哈代就说过这话。

记得,当我们的越野车向死亡之海罗布泊行进的时候,司机老任播送出的是萨克斯管吹奏的《泰坦尼克号》的电影主题曲《我心永恒》。在那个时候,只有那样的音乐,才能表达出我们那样的心境。我们像上帝的弃儿一样向不可知行进,音乐伴随着我们。我的文学启蒙读物是罗曼·罗兰的《约翰·克利斯朵夫》。据说,音乐家克利斯朵夫的形象,就是取材于贝多芬。这本书对我的人生观和文学观的形成有重要的影响。这本书告诉我们:人啊,你有理由使自己变得更高尚和更独立一些,你是精神的!人所以区别于动物,脱离了动物的低级趣味,就因为人有能力使自己变得高尚起来,而动物则不能。这是造成了中国一代右派的书。

去年春节的时候,一群西安籍的歌唱家,在一个沙龙里曾经举行过一个音乐会。他们大部分都是海外学成归来的,工作单位有些在西安,有些在北京,有些还在国外,正是因为春节才聚集到了西安。他们那天晚上纯粹是为自己的自得其乐而歌唱的,观众只有三人,即我、我的太太和孩子。那是我最近距离地听这些美声歌唱家的歌唱。那真是一个令人沉醉的夜晚。这样的夜晚在我们的一生中大约只会出现几次。

以前西安的"新年音乐周"我没有去,不知道是被什么事耽搁了。这真是一件遗憾的事情。记得事先曹彦女士曾经打电话来了的。一群人,以集体的形式,在那天籁之音中共度新年,那真是一件令人心旷神怡的事情。人除了吃饭与睡觉之外,还应当活得更有质量一些。不是吗?

我曾经写过一篇文章,标题叫《歌唱着生活》。我觉得,怀着"歌唱着生活"这样一种心境,我们胸中便会有着一种大博爱、大关怀，便会对身边那些习以为常的事物，比如每天如期而至的日出，比如春夏秋冬的四季轮回，比如春的花、秋的果等造物，产生一种感恩的心情。这样，我们的心中时时会有一种宗教般的甜蜜感觉。

让我像白天鹅歌尽而亡

  生活在一个动荡和变革的年代,经历着许多的事情,我感到幸福和满足。就我个人而言,一个孱弱的和卑微的生命,他和所有同时代的人一样,有过长久的痛苦和瞬间的欢乐,有过对生命真谛的也许毫无意义的探索,曾经沦落到食不果腹的地步,或一夜之间即名满天下。

  无须讳言,上学的时候,他参加过红卫兵。当然纯粹是一种盲目和狂热,但是他确信自己当时最真诚和最圣洁。当过农民,敲击过农村小学校的旧钟,在贫困中看到了生命是以怎样艰难的形式代代延续着。当过兵,像招展画中所描绘的那样,骑着劣马,游弋于布满死亡与寂寞气氛的要塞,那里炫目的白雪冬天和艳阳夏天使他长久地沉湎于幻梦。

  如果让我重新生活一次,仍然愿意选择经历过的经历。我在那些经历中走过来,成为现在的我。

  再过几个月,我就步入中年了。《当代青年》给了我一个机会,让我在步入生命新阶段的时候,回过头来,挥动手臂,以一种留恋和忧伤的情调,向青年时代告别。

  尽管生活给了他许多次机会和诱惑,但他至今还没有变成一个坏人。这是他唯一聊以自慰的事情。要知道做到这一点是不容易的。

他安于淡泊，安于贫贱，他待人待事像狗一样诚实，但同时又疾恶如仇。他觉得人可以干任何事情，但不能伤害一个人的心灵。他时常悲哀地说：人在经历了一生之后，总有一天会对这个世界失望的，但是绝不能因了你的缘故，使他失去了对整个人类的信心。

他选择了文学作为事业。他不明白自己为什么选择文学。他不知道除了文学之外他还能干什么。他出了几本书，发表了几部毁誉参半的小说。他不希图从他所从事的事业中得到什么个人的好处。他叼着一支高档香烟，躲在地球一个僻静的角落，含着古怪的苍白的微笑，注视着文坛上的喧嚣浮躁之状。他说：我比你们高明，我有历史感，我懂得文章得失不由天。

对于去途，他觉得再没有什么好说的了。对于来路，他要说的只有一句话：让我像白天鹅歌尽而亡。

第三章 读书是桩幸福的事

小 说 家

小说家大都是些做白日梦的家伙。他们妄自尊大，视偌大世界为掌中玩物，指缝间可走马，股掌间能行船，生生死死，恩恩仇仇，全在一念之间定夺。他们蔑视真实世界中的空间与时间，翻手云、覆手雨，让时间重新排列，令空间任意大小。他们其实是一些魔术师或者巫师，在念念有词中，从神秘莫测的道袍下，掏出一个个角色，给他们以血肉与灵魂，然后站在自家的阳台，点着稿费，叼着烟斗，带着对人类嘲讽的微笑，看着这些自己的替身或若天使或若恶魔在世界上游荡，不时叩击着谁家的门环。

小说家同时又是一些严谨和真实得近乎迂腐的人。他们视生活为唯一的上帝。他们把生活是创作的唯一源泉这条戒律写进教科书里。他们的每一个细小的细节都准备随时接受拿着显微镜的先生们来挑剔。他们的每一个异想天开的想象其实都是生活的折光。他们严格地按生活的逻辑行事，哪怕逻辑将他们引入痛苦的深渊。他们从来没有随心所欲过。他们是奴仆，他们的笔只能听命于书中人物的安排。

这两者奇妙的结合，便构成了一个矛盾的统一体——小说家。当然，阅历、气质、教养和时代的风尚，决定了小说家有时会让其中的某个方面占据优势，于是成为他的主要的风格。但是，在本质上，他们是一样的。

这还不是一个小说家的全部。

小说家同时生活在双重世界上。一个是臆想的世界，如前所述。另一个是真实的世界，他在这个世界上，需要工作、休息和做爱，需要承担起父亲、儿子和爱人的义务，需要应付纷攘而来的一切。如果乌纳穆诺所说"人生本身就是一次苦难"这句话言之有理的话，那么，小说家就要承受双倍的苦难，因为他生活在双重世界中。

当然，这怪他，他完全有权力随时关掉通往另一个世界的大门。

但是，他完全愿意自作自受。这其中必有缘由。缘由何在呢？原来，小说家在臆想的世界中，寻找到了一种奋斗的快乐、表现的快乐、征服的快乐。

那么就让他去吧，去干他喜欢干的一切。不必怜悯他，不要干涉他，也不要眼热他呕心沥血之后得来的那点菲薄的副产品。只是，如果是他的朋友的话，不妨时不时提醒他几句：每次不要在臆想的世界中流连过久，以免成为其中的人物而不能自拔，以至发疯，以至向自己的脑袋扣动扳机。文坛上这样的掌故已经够多了，你不要再为喜欢嚼舌的人们去增加一个。

小说是一种奇妙的艺术，一种深刻的艺术，一种包容万状无届弗远的艺术。20世纪是小说艺术独占鳌头的时代，这是有它的原因的。我已经从事小说创作十余年了，至今还视小说为一种大神秘，视小说创作为畏途。我敢带几分羞怯地自诩自己是诗人或散文家，但是对于小说，我只能遗憾地认为自己迄今只是个学徒而已。我写《遥远的白房子》用了一个礼拜，我写《伊犁马》用了四年。然而，后者也许不如前者。四年的呕心沥血也许不如一个礼拜的即兴创作，这事真叫人纳闷。也许其间真有一些非人类目前的智力所能认识的奥秘左右着吧。

书籍与我

我们的知识大抵来源于两个方面,一个是社会生活,一个是书本。社会生活本身也算一本大书,我们的阅历便是阅读它的历史。说到书本,"萧条异代不同时",世界广阔天各一方,人们不可能面对面地交流他的思考,于是凭借书本,来和世界对话,和未来对话。而那些古老书籍,从这个意义讲,简直是从前的人们留给我们的遗嘱了。

记不准了,我小时候大约嗜书如命吧。从上小学一年级开始,我的书包就比同学们重了许多,里面最初装的是小人书,后来随着识字渐多,逐渐变成大部头的作品。记得我是上小学期间看过《钢铁是怎样炼成的》《红岩》《我的一家》《林海雪原》等。这样,我的数学成绩一直不好,总是徘徊在及格与不及格之间,作为补充,我的作文却特别好,我简直成了语文代课老师的宠儿,对我来说,每一堂语文课就是一个节日。

我阅读大量的书籍是在"文革"期间。学校停课后,"文革"初期,我和同学们一起上街举了几次拳头,便缩回家中了。其时县图书馆被抄,大量的书籍被在广场上堆起烧了。趁着混乱,我脱下衣服包了好多的书回家。原来和我干这一样勾当的还有好多学生,所以我的书看完后，就拿去交换着看。这样，在几年中，我阅读了大量的书。这些书大部分是古典文学作品。除了四大名著外，还有一些二流的、三流的古典作品，例如《济公传》《五女兴唐传》之类。我的小说中有一点古典味，大约得益于这一时期的阅读吧。

高中毕业后，我到中苏边界一个荒凉的边防站服役。那里条件极为艰苦，无文化生活可言。我相信我的一部中篇小说已经准确地给你描绘了白房子边防站的全部。那五年时间我也许只读过一本书，就是苏联小说《多雪的冬天》。这本书是从边防站开巡逻车的司机的驾驶室里发现的。虽然没有书读，但我对那一段苍凉岁月充满感情与回忆。远离了物欲与尘嚣，这有助于我长期地沉湎于思考，并且用我所掌握的一点贫乏的知识试图解释人类。

我系统的阅读期是在从部队复员到一家地方小报之后。白房子时期，我的几首小诗有幸在《解放军文艺》刊登，这唤起了我久久抑制的对文学的兴趣。在报社工作期间，适逢新文学十年伊始，大量的中国的和外国的文学名著纷至沓来，令人目不暇接，于是，我一边创作，一边阅读。

这以后，曾有三五年时间，我沉湎于俄苏文学那种忧伤的抒情气息中。我对俄苏文学自普希金之后以至今日的所有大家及其二三流作家，熟悉到如数家珍的地步。古典作家不说，现当代作家中，叶赛宁、阿赫玛托娃、巴乌斯托夫斯基、纳吉宾、阿斯塔菲耶夫、艾特玛托夫，都令我为之倾倒。后来有一天，我突然不喜欢俄苏文学了，我觉得它缺少直接和深刻。我像当年的普希金一样为英国的拜伦发了狂。从拜伦开始，我向英国文学的过去和现在两极走去，我惊奇地发现西欧的现代文学并非人们所说的那样玄而又玄，而是传统的合乎逻辑的继续而已。这时，法国文学那种轻松幽默的抒情风格吸引了我，我举手向巴尔扎克致敬，当然，我以更多的时间向那些20世纪的人们讨教写作的秘密。我同时也喜欢上了美国文学那种不拘小节的风格,我认为美国最伟大的艺术家也许是现代戏剧之父尤金奥尼尔。当然,拉美文学爆炸也同样令我惊异,我认为拉美文学对我们最重要的启示是写作时不要拘泥于章法,不要相信那些文学教科书之类的东西。对于日本文学,我一直认为不如印度文学那样高深莫测和源远流长,我认为自夏目漱石、芥川龙之介之后,至今还没有大家出现。时至今日,在历经了这些阅读之后,我突然怀念起久久被搁置了的俄苏作家,我准备下一个时期的阅读,将重读他们,并且寻求新的理解。

我的阅读,正如我的创作一样,毫无系统可言,许多偶然的因素碰在一起,于是形成了一个一个的阅读阶段。

我认为读文学作品最好读名著,这样你才知道什么是文学的高度,才有可能向这个高度努力。倘若你所喜欢某个作家,就不妨长期地阅读他,不要去记什么读书笔记,而是在阅读期间,体味作家写作时那种情绪,并且与作家的创作情绪同步前进。我认为发现一位经典作家的缺点甚至比发现他的优点更重要。缺点帮助你更深刻地理解这位作家,并且告诉你应当怎样避开劣势而去发挥优势。世间好书尚多,而我所读者,九牛一毛。在我之前,已有多少好书行世;在我之后,这些书依然故有,腐朽的却是我辈。所以趁时光尚好,案牍劳顿之余,三更灯火五更鸡,只有贪婪而读了。有时不为写作,即功利的缘故。当搜天下好书读之,不求甚解,但求片刻之乐,也是一桩美事。

我的母亲一生一字不识,上了几次扫盲班,字依旧是字,她依旧是她,每每我读到一本好书时,便为那些没有读过这本书的人惋惜。而惋惜者中竟有我的母亲,于是惋惜便成为不安。有朝一日,我有了闲暇,那时我要坐在她的膝前,拣我觉得最好的几本书为她读一读。我想,我首先要为她读的,也许是普希金的《驿站长》吧。

东西方文学

西方永远不了解东方,东方也永远不了解西方。东方和西方,是两个在各自的蛋壳里孕育出来的文明。人类的隔绝史是三百万年,人类的沟通史只有三千八百年。距今三千八百年前,匈奴人第一个跃上了马背,靠马作为脚力,人类才开始有可能进行这跨越洲际的穿越!

东方文化传统与西方文化传统迥然不同,东方文化是从老子和孔子开始的,叫"学好文武艺,货与帝王家",所以,东方文化没有公共知识分子这个概念。西方文化是从苏格拉底开始的,他本人就是一个公知,这种文化传统沿袭至今!

读"仓颉造字"所想:人类创造语言,一半的目的是表达感情,一半的目的是掩饰感情。人类创造文字,一半的目的是书写历史,一半的目的是歪曲历史。人类创造上帝这个概念,一半的目的是守住内心的宁静,另一半目的是以上帝的名义作恶。

千万不要盲目相信历史学家为我们提供的所谓历史。历史是胜利者书写的。关于赫连勃勃,这个完成匈奴民族最后一声绝唱的草原英雄,这个修筑了一座辉煌匈奴都城的五湖十六国之大夏国的君主,有理由被我们记住。我想说的是,每一个民族,在他们历史的发展进程中，所进行的生存斗争，都值得我们后人尊敬。

　　普希金在看了果戈理的作品后说，你要写大的东西，你不应该再用这些小玩意浪费你的才华了，我给你一个题材叫"死魂灵"你拿去写一写吧。我在写每一部作品时，就会想起这句话，我不能让自己轻飘飘起来，我一定要写厚重的作品。像一条河流在流淌，我要写潜伏在下面的东西，不能写漂在河流上面的那一层泡沫。

　　门罗获诺奖了，没有读过她的作品，不便评论。村上的作品，大部分读过，激情，隽永，有点像我的朋友，中国诗人汪国真。但是村上不是大师，不是人类精神的教父，仅是好小说家而已。日本国曾出过一位像鲁迅那样的大师，叫芥川龙之介，他沉郁，严厉，大格局。那些后之来者们，则总脱不了小样。

无聊才读书

我读过很多的书。这话有些夸张！我的骨子里有一种夸而张之的情绪，自己也知道这不好，起码是不符合中国国情，但是有时候一不留意，就表现出来了。

我看书看得很杂，什么样的书都拿来看。只要能看进去，就潜入其中去看。我看书从来不是为了什么需要，而是把看的本身当作一种享受。鲁迅在他文学活动初期，给书房里贴过一副楹联，叫"有病不求医；无聊才读书"，我的读书，亦是如此。

给我最重要的影响的一本书，也许是罗曼·罗兰的《约翰·克利斯朵夫》。

《约翰·克利斯朵夫》带给我的影响是可以想见的。我被深深地震撼了。我明白了在此之前我接触的都不是文学，而只是宣传品。我还明白了人除了是一个吃喝拉撒睡的臭皮囊之外，他还有精神的一面。而在那精神的高处，是怎么的铺张和辉煌的景象呀！因为你是人，所以你有责任令自己高尚起来。

我看过很多书，因此叫我一一枚举，真是一件困难的事情。你列举了这本书，那么对你没有列举的那本书是不公平的，不是吗？

我喜欢俄罗斯文学。前不久和西班牙作家代表团座谈时，谈到俄罗斯文学，我说，我对自普希金开始，一直到苏联的一流、二流，甚至三流作家的作品，都能达到如数家珍的地步。

我喜欢普希金这个浪子，他的一句短短的诗就能激起我半天的惆怅。果戈理的中篇《肖像》、屠格涅夫的中篇《春潮》，都达到一种艺术的极致。托尔斯泰最好的作品，也许是一个叫《一个人需要多少土地》的短篇。一个人需要多少土地呢？托翁告诉我们，一个贪婪的俄罗斯外省的地主，在经过一生的掠夺土地的斗争之后，老了，就要死了。死之前，他让人把他抬到挖好的墓穴去看。看着墓穴，这个濒死的人突然明白了一个道理：一个人，其实只需要三沙绳的土地，即可以收容下他尸体的那么一小块土地，就足够了！

我也喜欢英国大诗人拜伦的《唐璜》。《唐璜》的那种大机智、大幽默、大气度，简直可以包容一切、吞没一切。在文学创作中，我贪婪地从《唐璜》中汲取着营养，数十年不辍。普希金是伟大俄罗斯文学的开端，而俄罗斯文学一夜间从小草变成大树，个中奥秘就是普希金对拜伦的模仿和承袭。普希金说："我因为拜伦而发了狂。"《叶甫盖尼·奥涅金》简直就是《唐璜》的俄国版。

我还喜欢《凡·高传》。人类那一幕凄凉的图景叫我落泪。一个人在选择了艺术的同时他就选择了不幸。这是艺术家共同的宿命。他将把自己像祭品一样为缪斯献上。

在我最近读的书中，有两本书给我以影响。一本是李银河博士写的《性与婚姻》。李博士让我们知道了许多东西，她的东西方比较虽然不够全面、沉稳，但是带给我们许多新鲜的信息。李博士是已故作家王小波的妻子。话到这里了，那么我想说我十分喜欢王小波的小说。王小波比获得诺贝尔奖的高行健，更懂得中国，而王小波的小说风格，似乎也正在有意无意地完成着中国小说和世界小说的接轨，可惜他死了，愿他安息。

我正在看的另一本书是阿诺德汤因比的《历史研究》。一部人类史，汤因比用一本书将它概括了，而且言之有据，论之有理，这真叫人折服。我所以喜欢这本书，是因为我过去曾经关注过匈奴民族，眼下又在关注罗布泊和楼兰，而在这本书中，汤因比关于欧亚大草原的阐述，让我看到了一个英国人的视角是怎样的。

我写过十多本书。我从来不读自己的书，连书架上也不去放。这原因是，我的文字都是在感情炽烈的情况下写成的，我没有勇气在看的途中再承受第二次激荡。这情形，就如同达吉雅娜在写给奥涅金的信中说的那样：我的信到这里就写完了，重读一遍都脸红。

有书真富贵

我喜欢普希金这个浪子。普希金的每一句寻常的诗句都能让我血液像火苗一样燃烧。如果这位稀世天才不是把时间过多地用到与美人调情上,他的成就会更巨大。那年在西影厂舞会的静场期间,在小提琴曲《梁祝》的声音中,我即席朗诵了一首普希金的《致大海》。我口中魔咒一般念出"这是一座峭岩,一座光荣的坟墓,沉溺在这寒冷中的,是那些威严的记忆——拿破仑就在这儿逝去。而在他之后,正像风暴的喧腾一样,另一位天才,我们思想的另一位王者,也随他而去!"我朗诵的时候台下一片萧然。这些西部电影的制作者们说,许多年已经没有听到这么崇高的声音了,记得这声音,只有当年孙道临在朗诵《哈姆雷特》的那"活着或者死去"的著名独白中有过。

高尔基称普希金是俄罗斯文学"一切开端的开端"。普希金直接的学生是《死魂灵》的果戈理和《当代英雄》的莱蒙托夫,间接的学生是小说三巨匠(屠格涅夫、陀斯托耶夫斯基、托尔斯泰)。作为过渡人物,契诃夫也是一个应该注意的短篇大师。苏俄文学中,我喜欢低吟着"金黄的落叶堆满我心间,我已经不再是青春少年"的叶赛宁和被称之为资产阶级贵妇兼荡妇的阿赫玛托娃。自然,《静静的顿河》的作者肖洛霍夫的书,或可一读。

美国文学从一个叫华盛顿·欧文的名气不大的作家开始。欧文的游记《阿尔罕伯拉》,描写对象是西班牙的苍凉高原,写得棒极了。他的一篇类似中国的《秋翁遇仙记》式的短篇,描写一个人到山里睡了一觉,回到村里,世界已经面目全非了。据说这小说开美国文学之先河。

不过奠定美国小说牢固根基的是霍桑的《红字》。自后,美国的小说艺术就像美国的国力一样,呈现出王者之相。美国有许多不拘一格的好小说家,要列举他们的名字会是长长的一大串。而美国的现代戏剧则从一个叫尤金·奥尼尔的人开始,他的《榆树下的欲望》是真正的经典。他的女儿据说嫁给了滑稽大师卓别林,而女儿的女儿是好莱坞的一位忧郁的女明星。

法国有许多好作家,雨果的沉雄,巴尔扎克的包罗万象,卢梭的歇斯底里,大仲马的粗放耕作和小仲马的婉约抒情,都给人留下了深刻的印象。那里好像是一个出小说家的地方。不过法国人生性轻佻,缺少深刻和哲思。当然我这样说也许失之于偏颇,这个伟大的国家出过卢梭,出过罗曼·罗兰,出过萨特和加缪。思想即力量,他们的思想的太阳越过世纪,至今还照耀在我们头顶上。

不过你千万不要小觑了德国人。日耳曼民族是一片出思想家的土壤,马克思、弗洛伊德、尼采,这些人简直就是一个时代,就是人类的精神教父。

日本出过两个好作家,都是古典的,一个是夏目漱石,一个是芥川龙之介。我常常感到鲁迅先生小说中那种沉郁之气,就来源于芥川。当代这几个获诺贝尔文学奖的作家,我都不喜欢。我的参照是拜伦,和拜伦的磅礴大气相比,川端康成的病态美简直就是小儿科了。不过这几年热起一个叫村上春树的,他的《我们年代的传说》《国境之南太阳之西》，无聊之际不妨读一读，虽然给你带不来大的震动，但也不至于虚度时间。

拉美那一块地面，正像出过留两撮小胡子、行动怪异的守门员依吉塔，出过另一个守门员，跳跳蹦蹦的花蝴蝶坎波斯一样，那里的文坛，也不时地从丛林里走出个把莫测高深的怪人，例如略萨，例如赫尔博斯，例如马尔克斯。

中国新时期二十年，出过一些好的作品，例如张贤亮的《习惯死亡》，例如王小波的《天长地久》，等等。不过新时期最好的一本书，是张承志的《心灵史》，这位作家是如此真诚地走进了人类一个群体的心灵空间。记得不久前，一位美国访问学者和我对话，她说，高行健先生的《灵山》获诺贝尔文学奖，肯定会受到中国主流文学的冷遇的，这是他们早已料到的事情，但是，令他们迷惑不解的是，中国的非主流文学，甚至甚于官方对此事表现出了更大的冷漠。她问我这是什么原因，我说，你看看张承志的《心灵史》，你就自己有答案了。《心灵史》是纯粹的东方和中国的，较之《心灵史》，《灵山》对东方和中国的理解，只是得其皮毛而已。

"有书真富贵"这句话，是我十多年前在西安街头签名售书时，一位读者朋友要我写的话。十多年过去了，许多事过去了，独独这一句话始终记得。此刻写这篇文章，于是用它做了标题。

我的读书生活

有一本好书叫《印象派的绘画技法》。我在《最后一个匈奴》的创作过程中,这本书始终不离左右。莫奈教给我和谐,雷诺阿教给我绚丽,德加教给我敏锐。我不知道书中为什么没有收凡·高,那个因为激情而燃烧得快要发干的人;还有高更,这个艺术的伟大殉道者。不过这已经是一本好书了,文学界现在才开始领悟的许多艺术奥秘,其实他们早已用实践完成了。

我还喜欢拜伦:"爱我者,我报以叹息,恨我者,我报以微笑,无论头顶上是怎样的天空,我随时准备迎接任何风暴!"这就是拜伦!我十分喜欢他的《唐璜》,我永远不能理解,这位歌者那种压路机式的处理素材的本领,他挥舞着魔杖一路歌吟一路行走,所有的路途物经魔杖一点,顿时化腐朽为神奇,或者说点石成金。

英国的忧郁派传到俄罗斯,于是有普希金等一路诗才的出现。普希金是我最喜欢的一位作家。"我默默地,无望地爱过您"——现今诗人中,谁能说出这样简洁、深刻、美丽的句子呢?我熟悉普希金之后的所有苏俄文学大家,甚至二三流作家也熟悉,我从俄罗斯文学中吸取了丰富的营养,这是必须承认的。

中国的现当代作家中，我独尊鲁迅。中国作家中，至今我还没有见过第二人，能给一个方块汉字那么多的力量，确定是呛啷作响，掷地有声。读先生的文章，我能嗅出满纸烟味，能想象出先生面色严峻、双目如炬的写作神情。

能代表当代作家小说创作最高成就的是张贤亮，可惜他已经为自己找了许多自欺欺人的理由，去搞文学之外的事情了。能代表散文创作最高成就的是贾平凹，几天以前我见到平凹，我说，由于你的散文上的成就，由于《美文》杂志的日臻兴隆，日见坚挺，散文这块牌位，大有供奉在长安古都以续香火的势头了。我编过一本现当代文学散文卷，我的话是负责的。

我读过大量的一流、二流、三流的中国古典作品，案头常备的是《古文观止》。我有幸读过《金瓶梅》的一部分，感到它的描写成就要超过《红楼梦》，"红"有太多的书卷气、贵族气，而它则没有，市井生活，人生百态，跃然纸上。

我不喜欢日本作家，正如我不喜欢日本人一样。不过对一个叫芥川龙之介的，我情有独钟。他说过一段话："九十九步是一半，一步是一半。当代人不明白这个道理，因此诋毁天才；后世人不明白这个道理，因此在天才面前焚香。"能写出这样一段话的人，他不该值得尊敬么！

美国是个一句话很难说清的国家，美国文学也是这样。那里有一群大家。我不喜欢海明威，他太冷静，其余的我都喜欢，我尤其喜欢一个叫尤金·奥尼尔的，这是美国现代戏剧的开山鼻祖。

我读书毫无章法，抓起书就读，读不下去就扔，不足为训。大量的书是新时期以来读的。五年白房子岁月一本书未读。上小学和中学的时候读过一些大家都读过的书，因此说起来也没有什么意思。我的一点古文根底，是"文革"中抢图书馆抢来的一批古书，所给予的，如此而已。

我曾经大言不惭地说："我遍读天下好书以后，认为最好的一本书还没有出现！"这话是用来激励自己的，因此不可较真，姑妄说之，姑妄听之，说罢便忘，听罢就扔。

影响我人生的书

我的母亲不识字。母亲智商极高,她要再能识文断字,肯定会成为一个人物。可惜她不识字,世界在她面前像一堵墙。大约是作为补偿,我认得了字,认得字后又酷爱书,酷爱书后又自己写书。我读过许多书。我在西北大学百年校庆演讲时,拍着自己的大肚皮说,我的大肚皮就是一个图书馆。

我第一次读大量的书,就与图书馆有关。那时"文革"开始,县城的人就像疯了一样,纷纷去搞"打砸抢"。刚上中学的我,对弟弟说,咱们去抢图书馆吧!于是我领着弟弟,举着一面小红旗,臂上挂个红箍儿,来到图书馆前。先喊了一阵口号,又念了一阵语录,然后对馆长说:我们要抢图书馆。

记得我从图书馆搬来了大量的书。那情形,就像蚂蚁搬家一样。"文革"期间不上课了,我就在家读这些书。这些书大部分是中国的,除四大名著外,二流的、三流的古书都有,比如《五女兴唐传》《济公传》等。但给我留下深刻印象的,不是那些名著,而是一套八卷本的《中国民间故事集成》。这些民间故事打开了我的眼界,让我知道世界很大,很远,很辽阔。

带给我影响最大的一本书,是罗曼·罗兰的《约翰·克利斯朵夫》，这是1979年读的。省作协恢复活动后办了个读书会，我是第三期。班主任黄桂华老师说，这是一本孕育了中国一代人文知识分子的书，讲的是个人奋斗。该书是读书会必读书目之第一篇，这样我就陷进四卷本《约翰·克利斯朵夫》的情节里。我读完了，像做了一场梦一样。人的心灵原来可以丰富到如此的程度呀！在脱离了兽性之后，人的心灵可以变得如此崇高，如此美好，如此深刻，可以如此有尊严地活着呀！相形之下，我才发现自己此前的那些所谓创作，距离真正意义上的文学还很远。

带给我重要影响的另一本书，是大诗人拜伦的《唐璜》。这个叛逆的浪子拜伦，他要离开英国了，于是挥舞着黑手杖，指着雾伦敦说："要么是我不够好，不配住在这个国家；要么是这个国家不够好，不配我来居住！"说完，登上一辆豪华马车，右臂挽一个白人美女，左臂挽一个黑人美女，开始在欧洲大陆游荡。这个《唐璜》就是游荡的产物。他一路走，一路写诗，一路将这些诗寄给出版商，换行程的路费。我写《最后一个匈奴》时，案头放着两本参考书，一本即《唐璜》，一本则是《印象派的绘画技法》。《唐璜》教给我大气度，教给我如何用一支激情的秃笔，在历史的空间里左盘右突。莫奈、德加、雷诺阿、高更、凡·高这些印象派大师，则教给我如何把握总体和谐。

最近这些年，给我影响颇大的两本书是《人类与地球母亲》和《历史研究》。这两本书是一个叫汤因比的英国学者写的。这人，在英国的地位，相当于咱们的中科院院长那样的角色吧。他的这两本书，像一个学者写出的历史小说。他从两河流域的文明开始写起，写了埃及文明、叙利亚文明、古希腊文明、中华文明、古印度文明、古罗马文明、日本文明等，写这些文明板块的发生、发展、强盛、盛极而衰的过程。这两本书给了你一个居高临下认识世界的角度，它像一个大包袱，把这个世界一包裹之。告诉你各文明板块是怎么回事，并且试图探讨人类未来的走向。

汤因比基本上是公允的，他对中华文明给予了最高的礼赞。他还说，假如让我重新出生一次，我愿意出生在中国的新疆，那是世界三大游牧民族中两个民族消失的地方，是世界的人种博物馆，那是一块多么迷人的地方呀！我喜欢汤因比，是和我的阅历有关（我在新疆待过），和我的气质有关（我基本上是一个浪漫主义者），和我的关于中华文明是由农耕文化和游牧文化两部分组成的思考有关，和我写作《胡马北风大漠传》《成吉思汗的上帝之鞭》《走失在历史迷宫中的背影》等书和文章有关。

最后我想说的是，生活是一本常读常新的大书。碑载文化中许多民间智慧是没有的，它得靠你向生活学习。

谁买书谁不买书

有钱人不买书。中国的有钱人还没有成为有闲者,他们很忙,顾不上看闲书(有些忙当然是自找的)。没钱的人也不买书,几十块钱一本的书会令他们盘算很久,最后还是决定不买。几十块钱在生活中可以干许多事情。一个下岗工人在我的签名售书处徘徊了很久,拿起书翻了又翻,最后他苦笑着说:"这个月的生活还没有着落哩!"说完走了。

买书的是那些应付家用之外,手头稍有一点余钱的人。他们偶尔会奢侈一次,这奢侈就是买一本书。这买来的书在近期将成为他们的一个话题。签名售书中,我遇到的大部分是这种类型的人。他们的出现总令人产生敬意。他们很多人是我的老读者。

第二种买书人是那些女读者。她们大都三十岁左右,周身充盈着一种文化感。但是面色有些苍白、憔悴,脸上有一种梦幻般的表情。她们年轻时候大约有过许多梦,她们现在仍然对生活抱有美好情愫。她们不屑于服从于世俗,有一句老话叫"拥书自雄",因为手执一本书,她们可以躲在书中去,并且借此而傲睨四周。

第三种买书人是那些老学究,社会上的文化人以及中小学教师。这些人对书籍,以及文化总抱有一种神圣感。他们有一大苤子人,是们这个文明古国赖以千年延续的文化土壤。在签名售书时匆匆地交谈中,他们能谈出对于当前中国文学现状的很深刻的见解。他们的只言片字比那些拿腔捏调的专家们的宏论更令人折服。

偶尔会有小读者出现。一位小女孩在买了我的新作《愁容骑士》以后,又变魔术一般,拿出一本旧版《最后一个匈奴》,要我签字。她说这是她父亲的藏书。我签了名,并向眼前这位小女孩和她父亲致意。还有一件事,记得五年前我在钟楼签名售书时,曾有一对年轻夫妇买书,记得,丈夫指着挺着大肚子的妻子,要我为他们未出世的孩子写一句话,于是我写了"生子当如孙仲谋"一句。这次,夫妇俩领着他们的"小孙仲谋"来了,而我在他们新买的书上,填上"让生活的每一天都成为节日"这句话。

买书人中,还有一位汪开国先生令我感动。他原先在省党校工作,现在是深圳龙岗区的领导,我的一位老朋友。他一直排了两个小时的队,排到跟前要我签名,他说他就要这种感觉。

我有许多固定的读者,他们将所能见到的我的所有的书,都买来收入书架。这是我引以为骄傲的一件事,也是我至今还在写书的唯一的原因。我曾经说过:我是为亲爱的读者而活着的,如果不是他们,我早就找一个合适的理由,离开这肮脏的世界了。在结束这篇短文的时候,允许我将这句话再重复一遍。

西西弗斯与桂树吴刚

西西弗斯神话大约是西方一个有名的神话。上帝为了惩罚一个国王,就让他推一块石头上山。石头推到山顶的时候,没有搁放的位置,于是这块石头就又滚了下来。继续开始吧,再来一次。往往复复,这个孤独、可怜的人,在这荒凉的山上,年复一年,继续着他那没有尽头、没有希望的劳动。

据说,行为学家曾对动物做过实验。实验结果表明,这种性质的劳动是一种最为折磨人的苦役,是诸种惩罚中最可怕、最严厉的一种惩罚。

无独有偶,这个故事同时也出现在东方神话中。

玉皇大帝为了惩罚犯了天条的吴刚,就罚他去砍月宫中的桂树。一斧子砍掉一片,但是,当斧子离开后,桂树马上又复原了。

当东方人类产生这个神话时,吴刚就在砍着桂树,现在当然还在砍着。今天,当我们以惆怅的心情注视着头顶上的月亮时,我想,这种惩罚是不是有些太过分了。

法国有个十分优秀的小说家,名叫加缪。加缪从西西弗斯神话中获得了灵感,来解释人类目前的生存状态。

他的这种解释差不多囊括了西方20世纪哲学的最优秀和最具有

积极意义的东西。当人类的各种美好的希冀最后被证明都不过是一厢情愿时，当一战、二战给人类带来重大的心灵创伤时，当文明的过程虽然带来了物质丰富，但却使这个猴子蜕生的高级动物有可能日益丑陋时——

这时候，小说家加缪对人类说，继续推石头上山吧！既然目的是没有的，那么我们权且把过程本身当作目的。不管推石头上山以后会遇到什么情形，让我们先推它，并且在推的过程中，用尽我们所有的气力。我们将因此获得一种幸福感，一种价值实现的幸福感。

诺贝尔文学奖的评委在给加缪的授奖词中说，较之那些消极主义的作家，加缪的西西弗斯神话之说，为人类"重建理想"做出了贡献。

加缪的西西弗斯神话中包含着一种深刻的人类悲哀，即人类已经意识到了目的性的虚无和最后的结局到底怎么回事，但是，人类却无力改变这一切。

然而，在这个西西弗斯神话中，加缪又给了人类一件多么有意思的精神的武器。它鼓励人类继续活下来，继续迎接每一次日出又日落，每一次花开又花败，继续奋不顾身地投入你所热爱的事业，继续做爱，继续成为有责任于社会的人。

了不起的加缪！他给了他所生活的世纪一份多么宝贵的财富。至少在西方，他为一战、二战之后无所依傍、濒于绝望的人们，带来一线西西弗斯阳光。但是，在今天，在这个东方大国里，桂树吴刚的故事仍然停留在它的原始解释时期。谁有过这么深刻的思考，满怀着对人类的热爱，为人类的思想宝库里，为人类的窘迫状态，提供一两件精神的武器呢？我这里是指作家。

加缪是诺贝尔文学奖获得者。当我们埋怨诺贝尔文学忽视这一块辽阔的土地的时候,我们先向身边看一看,看有没有加缪,有没有萨特、福克纳、奥尼尔等一批大智慧,看看他们对人类进程产生了什么影响。

记得一本什么书里说过:人们一思考,上帝就发笑。这话意思是不是说,上帝站在无所不知的高处,看着人类中的自作聪明者,在痛苦思考,并且不时地拿出一两个西西弗斯神话之类的宏论来,于是他觉得很可笑。他觉得你们的思考永远像孙悟空跳不出如来佛的手心一样,逃脱不了他为你们安排的最后的结局。

然而,有什么办法呢?这些上帝的孤儿只能思考着往前走,否则他将很难活下去。

六朝文人

六朝文人都喜欢喝酒。酒喝高兴了就说大话。话说得最大和最巧的当属谢灵运。谢灵运说：天下共有十斗才，曹植一个人就占了八斗，他自己占了一斗，剩下一斗普天下所有秀才们共分。我们汉语词典里"才高八斗"一说就是由此来的。

曹植写了很多脍炙人口的诗。我最喜欢他的"利剑不在掌，交友何须多"两句。这句话里有一种大悲哀。没有朋友的日子很难过，而有了朋友这朋友又难免要遭到曹丕的加害，所以曹植这样说。

三曹都有一些诗才。我最喜欢的还是曹操的诗。曹操的诗开慷慨悲凉的诗风。政治家的他大约是一个滑头，但是诗人的他，却是一个诚实的直抒胸臆者。

六朝文人中还有一个大怪人叫阮籍。阮籍常常喝得酩酊大醉，穿上华丽的衣裳，赶一辆牛车或马车，顺着一条道往黑地走。他想干什么呢？是不是想看这条道路通向何处。如果这条道路没有尽头的话，他完全可以在地球上绕一个圆，再回到出发的位置。那么圆心说就该是他最先发现的了。可惜，这路有尽头，所以到了路的尽头，走投无路了，阮籍就停下车来，抱头大哭一场，再顺原路返回。"阮籍猖狂,作末路之哭",说的就是这事。

六朝文人中,还有一个王羲之。中国的字,从王开始,变得娟秀和妩媚起来。这是好事,也不是好事。我更喜欢王之前的字,中国人和中国字在那之前都大气得多,粗犷得多。王羲之以后的字,越来越流于媚俗和纤巧。这当然与人的精神状态有关,与温良敦厚、虚伪矫饰的儒家文化大背景有关。

还有个"不为五斗米折腰"的陶渊明,也很有趣。嫌当官的日子不自在,于是使个小性子,把官帽一扔,回到山里做起庄园主来。他把大门死死关着,不与世界往来,开一面南窗,站在窗前对世界翻着白眼儿,嘴里则叫着:"觉今是而昨非。"

六朝文人是些真君子,醉是真醉,狂是真狂。六朝以降,追求这种境界的代不乏人,不过好像都不到位。唐朝的李太白可以说是六朝风骨的衣钵传人,不过他想要做官的心,惴惴了一辈子。现当代有个大隐者叫柳亚子,曾经沉醉于迷楼,但是到了紧要关节处,想要官,就叫一声"可惜无路请长缨",想要待遇,就叫一声"无车弹铗怨冯欢",露出一丝破绽来。柳先生是大儒,尚且如此,芸芸者我辈,就更不屑说了。

四 大 美 人

八百里太湖烟波浩渺。去年秋天我游太湖，当地人手指水天相接处，说西施就是乘船向那里驶去的，一去便杳如黄鹤，不知所终。我当时为太湖撰写了一联，上联曰"一女轻天下西子玉体横陈夜吴越从此共一湖"，下联曰"二霸争东南勾践卧薪尝胆处于今只有鹧鸪飞"。

另一个美女是王昭君。马蹄哒哒胡笳声声昭君出塞。她出塞时走的道路应当是秦直道。昭君嫁的是南匈奴王。汉天子的这项举措导致了南北匈奴的分裂。南匈奴归附于汉室，北匈奴则开始他们悲壮的迁徙。北匈奴穿过漫长的中亚细亚，在黑海一带羁留一阵后，这一股洪水最后流入欧洲。匈牙利国家研究机关确认他们是匈奴的后裔，并决定把这当作定论，不再讨论和争论了。而现今的中亚五国，有理由相信他们身上都或多或少有匈奴血脉的延续。南匈奴后来则成为汉民族的一部分。姬乃军先生考证，著名的大夏王赫连勃勃，极有可能是王昭君的后裔。最近我去宁夏看西夏王陵。西夏王李元昊的祖父是李继迁，而明末清初的李自成的祖先据说亦是李继迁（一朝兵败防株累，尽说斯儿起牧羊）。他们该是有一些联系的吧。

据说王昭君因为自恃貌美，没有贿赂画师毛延寿。画师便将她画成一个丑女子，于是汉天子糊里糊涂地选她做了和亲的工具。这个历史的小误会却铸成了一幕大戏剧。王昭君被平端到了时代面前，成了流芳千古的人物。

自古红颜多薄命，最薄命的当数貂蝉。她被臭男人当皮球一样踢来踢去，既没有名节也没有下场。据说貂蝉出生的时候，月朦胧，花三年不发，中国民间"闭月羞花"一说，就是由此得的。父母见了，大骇，将她用一张狐皮裹了，扔到荒郊野外。貂蝉是吃狐狸的奶长大的。她是陕北米脂人，而另一个气昂昂的英雄吕布，则是绥德人。世人有"米脂婆姨绥德汉"一说。

杨贵妃那一身膘，将美之一端发挥到极致。浩然小说中的一个人物，拍着老婆的大屁股说，我就爱她那一身膘。我想唐明皇也一定拍着杨贵妃的屁股，说过上面同样的话。日本人总坚持说，杨贵妃没有死，马嵬坡前用白绫上吊死的是一个宫女。这位美人，后来东渡日本去了。这话不知是开玩笑还是真的。不过日本女人的那种神态，那丰腴的双肩和圆润的脸庞，确实是有些大唐韵味在内。为了证明他们的言之凿凿，日本人愿意出一笔钱，将已经变成废墟的唐大明宫部分修复。我家就在大明宫附近，最近已经听到那里有些响动了。

不再读书

英文老弟打来电话，要我为他主持的副刊上题两个字。那两个字叫"读书"。由此推测，这大约是副刊上的一个关于读书的栏目吧。蘸墨写罢，意犹未尽，于是乎又在"读书"二字下面，写下如此一段话：天下多的是酸儒、腐儒、穷措大，究之，书之过也。

信笔写来，不经意而为之，这叫心迹流露。其实这几年来，对于书，包括各种各样的书，我一直有一种排斥。今天这种心理因英文先生这个电话得以引出，于是乃有上面一段话。

杜甫老先生生前曾有一句感慨，那感慨得以记录，并以书的形式流传下来，告诉了今天的我们。那话叫"儒冠多误身"。旧事不提，其实现今，文化人又能干成什么事情。几天前我去参加一个朋友公司的开业仪式，朋友说他没文化，怕干不了。我说如今那些干成事的，哪个是文化人。话题由此扯开，大家七嘴八舌，谈起如今的大款，多是粗人，他们少顾虑，不怕失面子，认准一件事儿，便一条道儿走到黑，故而往往成事。

话题到这儿，我还想起一件事情。前几年，电影界的大权威郑定宇先生，主持弄了个三十集的电视连续剧剧本。一家民营公司提出拍摄，于是双方座谈。公司老板是些民营企业家，一伙农民而已，公司雇用的秘书之类是些刚出校门的大学生。座谈中，公司老板对剧本指指点点，横挑鼻子竖挑眼，大学生们则火上加油，说些刻薄的话，惹得郑先生大怒，将剧本往地上一甩，说不拍了。那天我也在场。我半路杀出，先将公司老板奚落了一通，又用几句文学理论，将那几个大学生唬住了，继而指着郑先生说，你们以为这是谁，中国电影界的大权威一个！剧本后来没有拍成，不过我那半路杀出，或多或少还是为文化人挽回了一点面子。文化人的无奈，此事可见一斑了。

　　书是什么，误人误己的无用之物而已。古往今来的书有多少？算上秦始皇烧的那些书，黄巢烧的那些书，雍正烧的那些书，再加上岁月变迁中磨损失落的那些书，我们的书恐怕会在地球上像臭氧层一样堆砌上厚厚一层，会让鲜活的生命在发霉的书页中窒息，书确实无用。"人生识字忧患始"，是过来人的至理名言。而"红袖添香夜读书"之类的轻薄少年言，不过是书生们的手淫式的春梦。"你不说我倒还明白，你越说我越糊涂"，这句话倒是很真诚地道出了书之有害和无用。

　　我读过许多书，我曾经说过，我读过的书简直可以开一个小型图书馆，有一次我到一家大学讲课时，还即兴拍着肚皮说过，我的肚子里简直就装着一个图书馆。现在，在读过许多书之后，在悟得了上面的道理以后，允许我斗胆说一句：不再读书或拒绝读书。这是一个过来人说的话，叫"过而知之"。

　　这不是消极的思想，上面的思考再延伸一步，我是这样想的。书中那些无用的知识，过时的真理究竟能给我们带来些什么？人类所煞费苦心用了五千年的时间所建立起来的文明秩序，究竟于人类来说，是束缚了天性、扼杀了创造，还是别的。尼采在百多年前曾经喊出过"重新估价一切价值"的口号，也许，这个人那时候已经觉悟出了世界的虚伪、做作和庸俗。

幽默是一种病

最近看王小波。知道这个稀世天才已经死了，于是小说字里行间那些幽默、调侃、嘲讽，那些痴人痴语，便又一次更深地刺痛了我的心。大痛苦之后乃有大淡漠，大淡漠之后乃有大幽默。宛如牛黄之于牛、珍珠之于蚌，幽默是一种病，是人类挂在腮边的一颗无可奈何的泪滴。人类童年的字典里是没有"幽默"这个字眼的。那时它健康、年轻、简单，它的主要时间用于制造神话和唱罗曼曲。苦难出现了，当悲怆有一天将人类小小的胸膛填满时，它需要排遣和消解，于是幽默出现了。

隋炀帝杨广摸着自己的脖子，对左拥右抱的美姬们说："这么一颗好头颅，不知道将来是谁割去？"说这话时他不是哭着说，而是笑着说。于是一股大悲哀从这句话中渗出。最近看一个资料，德国现任首相在匆匆浏览一遍中国历史后，说他最喜欢的人物就是这个杨广。我不知道他是不是因为这句话而喜欢杨广的。至于我，则确实是因为这句话而明白了这位亡国之君的残暴荒淫，也许有他更深刻的原因。大厦将倾，独力难支，于是这位有为的皇帝，在声色犬马中挨完最后的日子。他的头后来确实被人割去了，他的预感是准确的。

我在读王小波。在他所描写的古长安城的一条小巷里读他。我总感到，他的很多话里实际上都有一种暗示，暗示他将不久于人世。但是，粗心的我们忽视了这一点。芥川龙之介先生说："九十九步是一半，一步是一半，这是一个超数学问题。当代人不明白这个道理，因此诋毁天才；后世人不明白这个道理，因此在天才面前焚香！"此一刻，当王小波已经大行之后，当王小波生前被"雪藏"，被"封杀"，而死后人们又给他种种桂冠之后，我总觉得这是文坛以至社会的一种大滑稽，我们亲手制造的一种幽默情景。

纳博科夫在描写女人的时候，说过"伤感的头发分缝"这句话。这句话我看过一遍后便像刀刻一样记在脑子里了。它古怪极了。俄罗斯带着眼泪的微笑与欧美文化相撞，经现代意识洗礼，便产生出这样的语境和句式来。流浪汉高尔基站在高加索陡峭的山巅上，痛心疾首地喊道："圣母啊，你是一只无底的杯子，承受着世人辛酸的眼泪！"那里面有一种热泪涟涟的感觉，又有一种一只孤独的狼面对旷野狂嗥的味道。而自大狂惠特曼，则这样抒发他的幽默：有了这个小小的地球，我就够了，我不要求星星更接近。

在人类漫长的行旅中，有一种消解剂和排遣物，这就是幽默。很难设想，没有幽默这个既坚强又柔软的盾牌做抵挡，我们会如何应付生活，我们会如何有勇气活下去。虽然它是一种病——人类的文明病。

雪藏的王小波

这几年接触几位文学界年高人士，如果谈得投机，谈得入港，他们往往会以叹息的口吻说，能代表当代小说最高成就的，肯定不是那些浮躁的、赢得盛名而并不专注的招摇过市的作家们。那么他们是谁呢？前辈们说，中国这么大，藏龙卧虎，肯定有高人，他们在民间，他们是那些被称为自由撰稿人的人，只是，我们视力有限，目前还没有发现他们。

去年夏天在北京，见到工人出版社的资深编辑岳建一先生（《血色黄昏》的责编），饭局间，充耳皆闻的，是老岳在谈一个叫王小波的人。谈王小波的"时代三部曲"，谈王小波的早逝，谈王小波的遗世独立精神。这样，我知道了世界上有个叫王小波的也在写作，知道了这个写作的人已经再不能写作，知道文坛突然像发现新大陆一样发现了他，知道了文坛就要掀起一个王小波热。

这样，回到西安以后，我找了些王小波的书来读。我是抱着试一试的心情来读的。我被彻底地抓住了。我想起了前辈们以前对我说过的话。而在阅读中，我自己也说了这么几句话：我们久久渴望看见的一位作家终于出现了，他有米兰·昆德拉式的锐利，纳博科夫式的简洁，博尔赫斯式的深邃，它正是小说艺术发展到今天，应当成为的那个样子呀!

我不想在这里讨论王小波的小说艺术，因为那是这篇短文所无力承担的。比如说吧，王小波所谈的小说艺术具有无限的可能性这个题目，也许就应当立个专题，认真地深入进去研究。长期以来，我们对小说艺术的创作规律，是忽视的和不屑一顾的。这是一个大大的错误。其实，小说创作是有它的独特规律的，猴子怎么变成人，生活原材料如何幻化成艺术具象，如何大变魔术，条条大路通罗马，会有许多途径。一百个作家就有一百条途径，但是我们忽视了它。记得，九叶派诗人玉杲先生在世时，有一次也给我谈过这个问题，他在谈话中对评论界表示深深地失望。

那么我在这里想谈另外一个问题。这个问题不属于艺术本身。我想谈的是社会的问题，或者说文坛的问题，或者再直接一些说，是评论界的问题。这问题就是，为什么没有把王小波在没有成为古人之前发现并介绍给社会？

我们有许多以主流评论家自居的评论家的，这些评论家每天都给我们的耳朵里塞一些似是而非的东西；我们好像还煞有介事地有一个评论家协会之类的组织，这个组织似乎还经常活动。但是，亲爱的人哪，当王小波在他的斗室里完成他的堂吉诃德之旅的时候，当代表当代小说创作最高成就的作家正苦苦挣扎的时候，你们都到哪里去了呢？

香港演艺界有个名词叫"封杀"，台湾文化界则含蓄一些，叫"雪藏"，俄罗斯文坛则更直接一些，叫"压制、怠慢和不公正"。这说的都是一回事。

一个谜底还没有解开就没有了，一个会说话的口（孙犁先生说"话有三说，巧说为妙"）永远地像百合花一样闭上了，一个年轻的艺术天才离开了我们。在阅读中，我常常想，如果让王小波再多活十年，他又会为我们思考出和奉献出多少瑰宝呀！我还想，如果让我们早一点结识他，让他早一点进入主流文学，那他将影响我们的文学思维，那文坛将会增加一道多么斑斓的风景呀！这话在这里等于没有说，因为王小波已经死了。"无法逃离"——这是宿命，屈贾谊于长沙，非无圣主，窜梁鸿于海曲，岂乏明时，这是一代一代才高八斗的人的宿命。

当然也不能怪评论家。我的这一把无名火发得有些不当。评论家有那么多事情要做，有多少宴会要他们去出席，有多少红包需要他们去拿，有多少奖需要去评，他们犯得着去关心一个连自己都养不活的如草芥如蝼蚁叫什么王小波的文学青年的事情吗？"他会有前途吗？那么，等他有了前途后再说！"

我不知道我这样思考对不对？不过王小波是死了，我想这一点是对的，因为大家都这样说。还有一点，就是王小波是一个被雪藏的作家，这大约也是确凿的事实。而他的没有尽早地介绍给大众，这也不是任何人的责任，而是他自己的责任，他不会操作自己和推销自己，他典型的一个书呆子而已！当然，他也许是不屑于喧哗，他想成为一个隐者，他想和文坛开一个大大的玩笑。是不是这样？我们亦不知道。

中国文坛的悲哀

——写给世纪告别

一个全盛的文学时代,是由三拨人组成的。即一流的作家、一流的批评家、一流的读者。现在这三拨人都不怎样。19世纪的经典作家们,几乎都是人类的精神教父,而20世纪的作家,为能从满地的垃圾中取得一点残羹冷炙,不惜把自己降格为苍蝇。这就是悲哀的文学现状。鲁迅那样的文学巨人并没有出现。寄希望于青年,寄希望于下一个世纪吧。这是说第一拨人。

第二拨人是批评家。我们几乎没有好的批评家。我们几乎没有像样的文学批评。没有别林斯基,没有胡风、冯雪峰。文学界被切割成一个一个的小圈子。对圈内的人,瞎捧;对圈外的人,乱咬。短命的天才王小波说过一句话:"小说艺术具有无限的可能性!"这是一个饱尝创作之苦的人说过的经验之谈。环顾域内,我们能找出几个批评家,在那里潜心研究小说创作的奥秘。我们看到的,是些匆匆忙忙地给各种尚未长成的文学现象下定义的人,是些贩卖各种洋名词的人,是些占据要津而并不做事的人。

第三拨人是读者。世界在喧嚣。人们将这个变幻的时间段叫"转型时期"。所有的人都在慌慌张张赶路,却不知要往那里去。谁坐下在安安静静地看一本书呢?阅读的神圣感已经消失殆尽了。文化快餐充斥于每一个角落,悄悄地降低着人们的阅读趣味和品位。

在这样的文化前景下,伟大的作家和伟大的作品都不可能产生。我们产生的只是一些速朽的东西。我这样估价也许过于苛刻和过于悲观,但是我宁肯把我们看低一些。我曾在另一个地方说过,当我们埋怨这个文学奖忽视和怠慢这个有着古老文明的东方大国时,我们先往自己身边看一看,看我们身边有没有尤金·奥尼尔,有没有福克纳和海明威,有没有加缪和萨特,有没有博尔赫斯,看他们给人类精神的进程,有过什么重要影响。老实说,我们非但没有上述这些大思考者,就连接近于诺贝尔文学奖的乌纳穆诺、纳博科夫、米兰·昆德拉,我们也几乎没有。

文学的繁荣靠一种大环境。清人赵翼说:"到老始知非力取,三分人事七分天。"文学有时候靠一种大环境给作家以诱引和佑护。歌德在谈到莎士比亚时说,如果孤立地看,莎士比亚是一座不可企及的高峰,但是把莎士比亚放在他的时代看,当时有许多高峰,他们几乎可以和莎士比亚并肩而立,莎氏只是比他们稍高一点而已。我们的唐诗中,也有许多是不经意而为之,遂成千古绝唱的,诗评家沈德潜说,这是"风气使然"。

以上是我关于当前文学状态的思考,浅尝辄止而已。这也许是一些不该说的话。风气使然,蓄久成势,说也没用。现在流行一句话叫"不说白不说",因了这句话的鼓励,我这里说了;但是同时又有一句话说,"说了也白说",所以读者朋友们可以认为这个人在这里什么也没有说。

与舒婷谈朦胧诗

舒婷是新时期诗坛老祖母式的、大姐大式的人物。今年夏天在大连开会时,我对舒婷女士说:你是一位历史人物,你知道吗?舒婷误解了我的意思,她用手捂着脸说:我是老了,成了老古董了,我知道!于是我只得费力地解释,我说我编选过一本厚厚的《新诗观止》,从白话诗的发端之作,即胡适先生的《蝴蝶》开始,一直到当代,将几百个诗人,挨着屁股点评过一顿,因此我的话应当具有某种权威性的,我说这种历史人物的含义,是指里程碑式人物,是指新诗发展史上的某一个阶段的代表性人物。

我说的是真心话。我对这位南国女儿,这支会唱歌的鸢尾花充满了敬意。在吵吵闹闹的中国文坛上,尤其在这个大连会议上,我自己时时也有一种过时人物、旧式人物的感觉,而且确实也可能成为过时人物,但是舒婷不会,只要新诗这种形式存在一天,舒婷将永远作为一个里程碑式人物,站在那里。

舒婷站在大连的礁石上,风撩起她白色的连衣裙,缠在她依旧修长的身上,黑发飘飘。除了脸上稍有一些倦容,步履稍有一些沉重之外,她依旧青春。

谈起以北岛、舒婷为代表的朦胧诗的兴起,舒婷认为,将某一种文学手法，整齐划一，纳入模式，是一种愚蠢的做法，她从来不认为自己是一个朦胧诗人。她只是按照天性所指引的方向前进，按适合自己的声音的方式表达。

我十分同意舒婷的这句话。并且引而申之，谈到在当前的小说领域中，所谓的新乡土写实，所谓的新现实主义的种种令人生疑的提法。我还对舒婷说，她的诗歌如果追其渊源，可以追溯到戴望舒的身上。说完我信口说出戴望舒的两句诗：守护你的梦，守护你的醒。舒婷笑了，她说这两句诗，是戴望舒的《示长女》中的。

尽管不承认自己是朦胧诗人，但是舒婷在大会发言中，对自她之后的所谓第二代、第三代、第四代、第五代、第六代朦胧诗人，表示了她的真诚的敬意。她还对目前社会、刊物，以及作协机关对诗歌的冷漠提出抗议，她说，这些优秀的青年诗人们，基本上都是在自费办刊，自生自灭的，她时常收到他们寄来的刊物，那里面有许多好诗。——"比我写得要好！"舒婷说。

谈起目前的创作，舒婷说她诗写得少了，主要是写随笔。舒婷写了大量的随笔，而且漂亮极了，这是我后来听许多朋友说的，可惜我这几年闭目塞听，忙于案牍，没有读到。

我对舒婷说，她应当利用她的号召力，为新诗发展再写出一批新作来。舒婷说她也有这个想法，并且已经写出了一组诗。

在大连万达公司那个庞大的足球造型前，我和舒婷女士照了张相。快门闪动的那一刻，我从人群中拉出中国作协的领导王巨才先生，让他站在我俩中间。舒婷说，你们北方的男人，还是那么封建！后来大连会议结束，分手时，她说，她还没有到过北方，有一天她说不定心血来潮，会到北方去流浪的。我说那时我给你做向导吧！

树个明星当猴耍

我们处在一个被明星包围的世界上。眼前是明星的倩影,耳畔是明星的绯闻。我们喜爱明星的所有缺点和优点,把明星当作一个会心的朋友,一个编外的家人。我们寻根究底地去刺探明星所有能刺探得到的隐私,然后拿出来嚼舌,满足我们的想象和口腹。

我们把明星当作一种特殊的动物(如果我们自己也是动物的话),这样我们对他们的所有的天才的创造都认为是理所当然的,亦对他们的所有的劣迹和缺憾都认为是可以宽恕的。麦当娜的《写真集》让我们觉得很正常,因为她是麦当娜;如果我们身边的某一个良家女子,也将自己的裸体印在羊皮纸上以试图诱惑天下,那么四周的唾沫星子会将她淹死。乔丹的光头让我们亲切,并且时时有走上去摸一把的滑稽想法。这颗秃头令我们觉得他虽然是乔丹,但他也有缺憾,这样有头发的我们便获得了某种心理平衡。我们不允许明星们修正自己的缺憾,假如乔丹突然长出了一头黑发,便会令我们不满和愤怒。这里有一个例子。巩俐的某一颗牙齿有一个缺口,她没有给世界打声招呼,就将这缺口补上了,结果,她失去了许多的崇拜者和追随者。

有缺憾的明星,或者说劣迹不断的明星,当属那个挥动着拳头、亮出锋利的牙齿的拳王泰森了。但我们仍然原谅他，因为他是泰森。当看台上的人和屏幕前的人在观看这所谓的世纪之战时，我们检讨一下自己，就会发现我们的心底有一种很残忍的把玩明星的心理，或者用通俗的话讲，就是看猴戏的心理。这种心理大约自从人类产生思维，它就有了，只是而今借助明星，它堂堂正正地将这种心理付诸行为。世界借泰森之口咬下霍利菲尔德的一片耳朵，而后这片耳朵，便会和拿破仑的带锌的头发、爱因斯坦的大脑一样，成为收藏品。瞧，这就是现在的大众心理。

如是者说来，明星其实是悲哀的（这一点大约只有明星们自己知道；不过话又说回来了，人类的大部分的行为不同样是悲哀的和无奈的吗？），但是仍有涌涌不退的新的一代，试图挤进他们之中。这里面自然有钱的因素，但是最重要的因素，却来源于人类与生俱来的一种渴望表现自我和膨胀自我的欲望。

这是从明星方面说的。从社会大众方面来说，制造明星的工作还将愈演愈烈地进行。人类需要给自己灰色的衣饰上加点亮色，需要给这个变幻不定的世界寻找到一些确定焦点，需要树个明星当猴耍——这话有些残忍，但这是实情。

早上起来躺在床上翻书，翻到一本《四海》杂志。我在杂志上，首先挑选阅读的一篇文章是《张曼玉不想成为阮玲玉》。又看一本《青年博览》，首先挑选的文章是《十大明星的震惊与困惑》。读罢掩卷，我突然哑然失笑，明白自视清高的自己亦不能免俗，沦为追星者了，于是提笔乃有上文。

末了，还想对那后一篇文章，发几句议论，那文章，是针对上海一家报纸的"不受欢迎的十大明星评选"而言的（蔡国庆、刘晓庆、毛阿敏、韦唯、倪萍、姜昆、宋世雄、宋丹丹、巩俐、陈红——好一串名字）。文中，荣膺这一称号的明星们怒火中烧，纷纷恶语相向。其实我想,这只是这家报纸玩的一场小小的恶作剧而已,并不值得那么较真。如果你是个普通人,那又当别论,因为你是明星,你将注定把自己放在一种四面受敌的位置上。你该有些幽默感才对!是不是应当这样说?

我没有遇到过一支好钢笔

我写《遥远的白房子》时,用的是蘸笔。白天上一天班,晚上吃过饭后,两盒烟往办公桌上一放,蘸水笔一拿,什么时候烟抽完了,搁笔睡觉。我写《伊犁马》时用的是毛笔。那是1985年秋天在一次笔会上写的,大家都去忙了,我躲在房子里,给毛笔蘸饱墨,描起来。

写《最后一个匈奴》,我用的是油笔。五十支蓝油笔,五十支红油笔,往桌上一放。写那些热烈的场面和感情激荡的场面时,用红油笔。写那些冷静的、平静叙事的场面时,用蓝油笔。小说写完,这一百支油笔也就成了空杆。这种油笔下油很利,笔身可以折叠,好像是上海造的。

写《六六镇》和《天堂之路》,我又回到蘸水笔上。我曾经怀念过那种折叠式油笔,但是走过许多商店,那种笔都没有买到。至于毛笔,它写起来毕竟太慢,而且得分一部分思想,用在写字上。

这些东西都不是用钢笔写的,这真是一件遗憾的事情。钢笔应当是20世纪最主要的书写工具,但是我没有用它。而没有用的原因是找不到好钢笔。

记忆中,我还没有遇到过一支好钢笔。其实,我对一支好钢笔的要求并不高，它只要能很顺利地，源源不断地下水就行了。这样，当笔尖落到纸上的时候，你的手腕开始动，你不必考虑字写得美与丑，考虑笔尖是否会分岔，考虑或者写不下或者一写一个墨疙瘩，你将全部的注意力集中到作品本身，手腕只是在机械地录而已。

我得到过许多钢笔，可以说每年都可以收集到一大把。这些钢笔大都是会议发的。参加一次会议，不管和文化有没有关系，几乎都可以得到一支钢笔作纪念品。比如此刻，我所以产生写这篇小文的念头，就是因为在参加这个会议时，又得到了一支钢笔。

这支钢笔的牌子叫"英雄"，好像也是个名牌。包装很精美，一个木质的盒子，用天鹅绒包着，钢笔藏在盒子里，被用一个夹子固定着。钢笔上还系着一个硬币大小的金色牌子。

朋友们都说这是一支好钢笔。我尽管经历过许多次对钢笔的失望，这次还是被鼓起了信心，我在宾馆里四处寻找，终于从一个角落里找到了墨水。吸足水，我带上了它。但是，现在我写这小东西的时候，仍然借的是邻座的油笔，因为这钢笔在吐水的时候，仍然消极怠工，你费了很大的劲，水才吐出来。而我的性子急，在匆匆的行笔中，吐水的速度跟不上我写作的速度。

大约写一段时间，它下水会利一些的。但是我等不及，况且，还有那么多可供选择的书写工具可用。

普通的钢笔不好用，那么，名牌就好用吧？也不见得。记得，几年以前，一位县长朋友送给我一支二百多块钱的钢笔。钢笔像一颗重机枪子弹一样，分量很重，外表很华贵，但是它用起来，仍然下水不利。这支笔我舍不得丢它，于是用了一段时间。一次偶然的机会，钢笔掉到水泥地上，笔尖碰了一下，弄拙成巧，钢笔这次是下水利了，但是不久，它开始分岔。没奈何，我一扬手，又将它丢到角落里去了。

我丢掉的钢笔有多少,我没有统计过。不过肯定不少。这真是罪孽!厂家如果知道了他们精心制作的产品,经我之手送入了垃圾箱,他们肯定会伤心的。不过,他们真的是精心制作的吗?我怀疑!我看他们精心制作的不是钢笔,而是它的外包装。金玉其外,败絮其中,正如目下的许多事物一样。平心而论,我对钢笔的要求并不高。

记得,对钢笔,我这大半生似乎有过一次美好的记忆,那是上小学时。那是一种简陋的钢笔,是化学笔杆,老式的那种笔舌头,它写起来很顺手,笔尖在纸上,沙沙地响着,字留了下来。

说到笔,又说到写作,那么这里说一点题外的话吧。据说,油笔最初制造出来的时候,很粗很大,这种油笔写到一万字的时候,笔尖的那个滚珠由于摩擦,就会脱落。全世界的制笔专家们,都对这个问题束手无策,伤透脑筋。后来,这个难题由一个日本人轻轻易易地解决了。日本人用的是逆向思维的方法,他把油笔制小,即我们现在看到的这种式样,这样,写到一万字的时候,不等滚珠脱落,油就用完了。

还有一件事,是说安徒生的。安徒生写作时用的大约是蘸笔。却说安徒生在乡间旅行时,晚上住进了一家小店。他突然产生了创作冲动,于是铺开了纸张,点亮了蜡烛。但是,小店里登记用的墨水瓶里,墨水只有瓶底的一点了。安徒生叹息了一声,开始写。他注意节约墨水,但是,墨水还是用完了。于是安徒生开始收笔,在最后一滴墨水用完时,他为他的《小红帽》或者《灰姑娘》画上了句号。如果——如果瓶底的墨水多一点,那么,我们今天看到的《小红帽》或《灰姑娘》,篇幅可能要长一点了。

第四章　上帝或许是女性

卡 拉 妹

一种不整齐的短发,毛毛躁躁,罩在她的头上。不过配上一副高挑的身材,一张白净的小脸,这短发显得很和谐,很别致。我无法判断出她的年龄。当她为你劝酒时,她的脸上有一种恶作剧的表情。这表情让她像一个孩子,让你想起屠格涅夫笔下那些面色苍白的、有些神经质的少女。而当你与她接触时,你若稍有一个越轨动作,她则立刻虎下脸来,让你觉得她是一个老于世故、历经岁月风霜的小滑头。

她会玩许多小花样,借以讨你的欢心。她落座后的第一个动作,就是从桌上的烟盒里掏出一支烟,等你点火,然后,二郎腿一跷,扬起小小的秀丽的头,两根指头夹住香烟,猛吸一口。抽烟的途中,她会说,让我告诉你一个小秘密吧!这是一种外国牌子的香烟,只见她迅速地撕开烟盒的底部,从里面掏出个小纸片来。小纸片上有四个黄豆大的圆点,两个圆点是金色的,两个圆点是深绿色的。"这两个绿色圆点里,有东西!"

她说。然后,她将这小纸片的边缘,在她的涂着蔻丹的大拇指上摩擦了一阵,边缘部分磨得毛了,就用手轻轻一撕,撕下表皮上的薄纸片来。接着,她用手指灵巧地一卷,将薄纸片卷成一根针那么细长的物什。"你将烟丝倒出来一些!"她命令说。这支香烟的半截空了,于是,她将那搓成一根针模样的小纸条放进去,再用烟丝将这支烟填满。"你抽!"她将香烟递到我嘴边,然后用打火机点着。我猛吸了一口,然后吐掉。"真遗憾,只有两口,你不要吐,你要慢慢品味!"她指导说。于是我开始慢慢悠悠地抽完了第二口。"你有什么感觉?"我回答说,我感觉好抽,有一种温馨的感觉。"这是一个秘密,那纸片上带绿色圆点的,是'大烟!'"她说。

她还继续用烟,为我们玩了两个小花样。一是将包烟的那张锡纸,撕下一片来,包住一根烟,卷紧,然后用打火机来烧。锡纸在火焰中,将烟支越缠越紧,瑟瑟作响。烤罢,取掉锡纸,她说:"你这时候抽吧,这支烟的劲儿小了许多!"一是将烟支揉碎,再拿一绺纸来,重新卷,卷成的烟卷像个小喇叭。我说这个我会,新疆的莫合烟,就是这样卷的。

——后来,我曾请教过一位烟草方面的专家,询问那四个圆点问题。专家首先告诫我不要抽烟。另外,关于香烟盒底层那四个圆点,他解释说,那里面根本没有大烟,那是色标,是印制烟盒时,印刷工人为了调色用的色标。这些是题外话。

女孩大约有病。在袅袅的烟雾中,在卡拉OK放出的嗔男怨女的歌声中,她突然问我,癌症是怎么回事。我告诉她癌是一种病,一种可怕的令人束手无策的病。这时她说了,她说她怀疑自己有癌症——"胃癌!"她说,她的胃早晨起来要疼一阵子,晚上睡觉前要疼一阵子,而平时,是不停地嗳气。说这话时她的脸上出现一种少有的严肃感,让人敬畏。但是这种严肃的表情只保留五秒钟,五秒钟之后,她的脸上又洋溢着那种满不在乎百无聊赖的卡拉妹的表情了。

结束的时候,电视屏幕上正出现普希金的诗《给凯恩》。一个声音在朗诵着:"我记得那美妙的一瞬,在我的眼前出现了你,有如昙花一现的幻影,有如纯洁之美的精灵……"我们要走,女孩不走,她静静地坐在那里。"让我把它听完,好吗?"她说。

　　几天以后,在一个高档次的宴会上,我还见过她一面。她正襟危坐,深不可测,陪的是两个从新疆来的玩股票的款儿。出于好奇心,我悄声地问了一下她的年龄。她回答说她十七岁,我显然已经取得了她的信任。她还对我说,她这天攒了七百元,她已经攒到三万了,等攒够一个整数,她就找个靠得住的男人,去过安生日子了。

寄一位白领丽人

不要试图去追求圆满。圆满是没有的。世界上所有的事情都有缺憾,都是残缺的。例如,印象派把绘画艺术发展到一个空前的高度,从正面看,它是圆满的,无懈可击的。但是立体主义艺术是如何将它击倒,而占据20世纪的绘画艺术正宗的呢?原来,它是从侧面,而这侧面立即就显示出印象主义的脆弱和不圆满来。你的悲剧正在于此。你的最大苦恼也正来源于此。你试图追求圆满,把自己塑造成一个浑身铠甲、刀枪不入的女人,一个集传统标准与现代标准于一身的女人,而这样做的结果:一是自己活得很苦很累;二是即便如此,你也难以做到;三是这样做难免有虚伪的成分、表演的成分在内。(这种表演的错误不在你,而在教育和社会的媚俗意识——从我们出生的那一天起,家长就教育我们要做一个好孩子,接着,老师教导我们要做一个好学生,再接着,领导教导我们要成为一个好职员。于是,我们顺从并且进入角色,表演于是开始)而社会会怎么对待你呢?社会却因你的做派,会视你为公敌,因为世界永远是平庸的人的世界,你的鹤立鸡群,立即令芸芸众生自惭形秽起来,所以他们就要攻击你,将尽可能多的污水往你身上泼,直到有一天你和他们混淆为止。于是你很委屈,很无奈,很悲凉,觉得世界很不公。其实这一切都咎由自取。有一老话叫"饮食男女",因此你大可以不必去残酷地限制自己,将自己装在套子里,为自己面壁虚构出那么多虚假的压力。"人所具有的我都具有",这是马克思的话。那么,我为什么不可以和别人一样呢?轻松些,朋友,诚然世界上满是缺憾,但是这缺憾不是我们的责任,它是造物主工作责任心不强造成的。这个世界,欺侮的就是那些不肯洞明世事的人。

现代圣女三例

陕北最偏僻的地方吴旗（今吴起县），有个农家女孩，哥哥当兵走了十多天之后，父亲去世。女孩对当兵的哥哥隐瞒了这一不幸消息。一年多时间，她给哥哥写了八十多封平安家信，都是以父亲名义写的。母亲伤心过度，瘫了。女孩献血得了八百元，给哥哥寄了二百元，让他上函授，另外六百元，给母亲看病。一年多以后，哥哥回来探亲，才知道父亲已死去一年多了，哥哥问这些信是谁写的，女孩只好说是她写的。哥哥又问寄给他的二百元钱是哪里来的。女孩被逼不过，只好说出卖血的事。哥哥听了这话，用拳头捶着自己的头，哭了。

同样是一个偏僻的农村。有一个女人，男人犯了强奸罪，被判二十年徒刑。女人曾想到过死，但是思前虑后，她还是活了下来，她拼命地劳动，拉扯家里的三个孩子。除此之外，每年两次，一冬一夏，她都做好棉衣和单衣，让儿女给监里的男人送去，二十年后，犯人出狱了，长大的儿女接他回村，当回到家里时，四处寻找，不见了这女人。后来，山上的拦羊娃喊道，有个女人，在山顶上的一棵树上吊死了。

西南某地曾经发生一次空难，机上全体人员都罹难了，只活了一个婴儿。事故现场，人们在检查一具女尸时，发现这死去的女人的怀里，抱着个婴儿。这婴儿从近万米的高空掉下来后，竟然还活着。人们给这奇迹找到的解释是，第一，这婴儿的身体轻一些；第二，是母亲紧紧地将他抱在怀里的缘故。当时，所有的救难人员，都不由得向这位母亲肃然起敬。后来，人们折断这女尸的手指，才把婴儿从母亲怀里抱出。《伟大的母爱》——国内多家报纸都以这个标题，报道了这件稀罕事。

红 头 发

漂亮的脸蛋谁都爱看。城里建公园,街头设花坛,阳台上置花盆,目的都是为了眼目的愉悦。有一首诗里说:"自从见了你,眼睛从此结束了流浪。"这话似乎太过于武断。你去问问那些大男人们,他们的眼睛何曾结束过流浪?

我家的对面,隔个马路,有间美容店。这是一对年轻夫妇开的。那年轻的、妖娆的女主人,将自己的头发染成了火红色。她的皮肤很白,身材也好,再加上这一头飘飘洒洒的红发,自然成了这一处街面的一个景致。

一街两行的行人,路经这里,差不多都要驻足,瞧她一眼。警察有些不高兴,因为这处的交通老堵塞。夫妻店的生意也还红盛,那女主人的飘飘红发,在店门口一亮一亮,活活一个广告。

我家的阳台正对着这美容店。夏天的时间,我倚栏而站,旁人不知道我瞅什么,只有我自己心里清楚。

忽然有一天,世界又恢复了往日的暗淡,我的心情也突然变得忧郁起来。我迟迟才明白了这期间的缘故。原来,姑娘又将头发恢复成了黑色。

这事我最初觉得不可思议:头发又不是衣服,说声换,就轻而易举地换了么？继而，又觉得委屈，觉得这姑娘太不负责任了，一声招呼都不打，就使街面上失去了一处景致，就使公众生活缺少了一份内容。

我犹豫了很久，在阳台上站了很久，又在美容店门口徘徊了很久，最后走进了美容店。我的正当的理由是去理发，但是，在理发的中途，我找了个话题，责备这个姑娘。

姑娘比我有理。她说，她的红头发是为她留的，不是为别人留的，她想留就留，不想留就不留，此时，她有些烦了，把它洗去了，谁也不应该有二话。

我也觉得这个闲事确实管得有些古怪，于是不再言语。

理发在进行中。我又换了一个角度，我问姑娘，这一段生意怎么样。姑娘据实相告，说刚开张那一段还可以，这段则有些门庭冷落。

我见是个缝隙，赶快插言道，这正是少了红头发的缘故。见姑娘为难，我又说，你如果对红头发有些烦了，那么，还可以选择黄头发。按照西方人的观点，一头飘飘洒洒的金黄色的头发，是最美的。你的肤色，你的身材，再加上一头金发，会倾倒一条大街的。

姑娘的头发现在变了颜色没有，我不知道。因为时令已进入冬季，我这一个多月来足不出户。不过，耳根上，老有汽车的喇叭声在嘈嘈，凭交通堵塞这一点判断，大约会有一位金发美人，与我为邻。

田奇先生说，20世纪90年代是崇拜女性的年代。我同意他的话。我还想补充一句，那就是，那些从自己有限的收入中，拿出相当部分来装扮自己的女人，我们有理由向她们产生敬意。她们让我们的城市、我们的生活变得温馨和美丽，让世界四处充满了风景；如果有一天，连女人也不再打扮了，那就该是世界的末日了。

女人是巫

我心目中的理想女性，是三个特征的结合。第一是圣母，第二是浪女，第三是乖女孩。

圣母是个具有人情味的圣母，她身上有一种母性的或女性的气味，有点像巫，像通常说的那种小妈妈。她深知你的一切优点和缺点，宽容地无保留地溺爱你。当你案牍劳累，内心充满了一种疲惫、荒凉、委屈的感觉时，你看见她正在床头看你。"我像孤儿，像弃儿，让我吮吸一口你的乳汁吧！"你说。你走过去，将脸靠在她的胸膛上，你的嘴巴抖动着，你的眼泪不知不觉滴在她洁白的高贵的胸膛上。或者，当你在外边，干了什么事情，受了什么不公正对待时，你回到她身边。"你永远是对的！"她说。说的同时，她将手指插进你的头发里，轻轻地摩挲着，直到你恢复。

女人远比男人坚强许多倍。母性的力量啊！那些桀骜不驯的男人，那些为盗为匪的男人，那些横行无忌的男人，他们其实像暴躁的狗一样，睡梦中也期待着这样的手来抚摸，那样，满身端午的毛就会平复。可怜的堂吉诃德，他被臆想中的一个女性激励着，骑着他的瘦马，走着他的光荣而凄凉的骑士里程。可怜的凡·高，假如在他的孤独中，哪怕只有一双倩女的眼睛，向他轻轻地一瞥，说一声:"你好啊,可怜的人!你多么忧郁呀!"凡·高也不至于走向疯狂的。

我和张子良、杨争光先生,马洁小姐,在一起讨论这个"圣母"话题。我们搜遍世界文学名著,都找不到这么一个人,退而求其次,也许司汤达的德瑞拉市长夫人、卢梭的华伦夫人、罗曼·罗兰的萨皮纳,比较接近一些。

第二个特征是浪女。她大约像卡门,像梦露,像我塑造的那个萨丽哈。她的嘴唇神秘地放荡地向上翘着,鼻梁很直,眼神透露出她谙熟所有的房事秘密。她的表情和所有的做作都是夸张的,她的每一根鬈曲的头发都会燃烧起你的欲望。

你要么征服她,要么被她征服。男人的血这时候大约会往头上涌。你决心用你的一生去完成一件事情,这就是征服她。男人身上的那种创造精神,突然被激发出来了,被这妖孽引逗出来了。

我曾经和一位北京朋友讨论过这个问题。朋友要和他的妻子离婚,他征求我的意见,我的意见很简单。我说,如果你确实遇到一位可以使你燃烧的女人,一个值得你用一生去做一件事情的女人,你就离婚吧,就像叶赛宁遇见那个比他大七岁的、天才舞蹈家邓肯一样,如果是用一个平庸的女人去取代另一个平庸的女人,那又何必呢。朋友听了我的话,现在还没有离婚。大约,正眼巴巴地等待着邓肯出现。当然,邓肯也许永远不会出现,我的朋友至今作为不大,是否与邓肯没有出现有关呢?

在圣母面前,我们会显得太小;在浪女面前,我们会显得太弱。因此,我们常常期待着,理想中的她,会成为一个乖女孩。她会撒娇,会向你要糖果吃,会从你的头上发一声感叹词,拔下一根白发。当她坐在你的膝上,有时,你的心中,会涌出一种父亲般的感情。

她需要保护,由于这个缘故,你得用两手吃力地撑起这片天空。你感到只有在她的面前,你才体味着一个男人的尊严和力量。"我会让你成为世界上最富有的女人的,至少在精神上!"你说。

集这三种特征于一身的女人,我至今还没有见到过,那么且让我在以后的文学作品中,尝试着塑造这样的一个女性吧。这是第一层意思。第二层意思,我是想说,我们的每一个平凡的女人,身上都有这三种特征,即为圣母的欲望,为浪女的欲望,为乖女孩的欲望,只是由于环境的挤压,她们都将自己包装得很严,或者只让其中的一个特征突出一些而已。女人是巫,这句话是正确的。

丢失子官的女人

小B是位漂亮的姑娘。她最漂亮的地方是那杨柳细腰。民歌中说:"妹子好来实在是个好,走起路来好像水上漂。"这歌好像就是为她唱的。

小B做女子时是杨柳腰,后来嫁作他人妇,许多年过去了,那腰依然婀婀娜娜,不见变化。这大约并不是一件好事。女人嫁了人,就该生孩子了,不生孩子,算什么女人。对这事,小B对人说,而今社会新潮,她又是个大学生,嫁了个大款,先过几天舒服日子,风光一阵再说。

话虽这样说,其实小B的心中比谁都着急。眼见得红颜半憔悴了,那肚子就是不见动静。于是乎,四处求医问诊,每天浏览报纸,遇见那些江湖郎中,也就放下架子,神神秘秘地买一些药回来吃,甚至街上电线杆上贴的那些专治男女不孕之类的低劣广告,也不忘去看上一眼。

药吃了很多,钱花了很多,那腰依然是杨柳细腰。小B不愧是文科大学生,闲来翻书,看到《三言两拍》中有那到和尚庙里进香求子一节,想到自己家乡也有这么一个庙,于是回了家乡一回。小B又听说,太湖边上供奉着个送子观音,十分灵验,于是,又去那里旅游了一次。可这肚子，仍不见变化。

是这小B和大款丈夫之间没有恩爱吗？不是！俗话说："好炉子费炭，好婆姨费汉！"这两位你贪我爱，隔三岔五总有那么一回。更兼这小B是长腰婆姨。民间对这长腰婆姨，又有一个说法，叫作"长腰婆姨短腰汉"，是说这样的男女，好那一方面的事情。而小B的丈夫恰恰是短腰。

见如此折腾，仍不济事，小B便疑心毛病出在丈夫身上。这回小B没有让丈夫大把大把地吃药，而是悄悄地在外面给自己搞了个小情人。这样又过了一年半载，肚子仍没有动静，小B这回是彻底死心了。情人节时，小情人说了一句话："后面一看爱死人，侧面一看疼死人，前面一看怕死人！"这话是说我们的小B从后面侧面看，依然婷婷如少女，但从前面看，已经是半老徐娘了。小B闻听此言大怒，于是一脚踹开了小情人，牵起丈夫的手，到医院做妇科检查。

医生的手，伸进小B的下身摸索了一阵，最后做出个石破天惊的结论，她说小B没有子宫。小B听了这话，又羞又怒，她说女人怎么能没有子宫。大款丈夫在旁边，也是惊讶。惊讶之余，赶紧塞一个红包给医生，让她再摸。医生又摸了一回，抽出手来，仍然面无表情地摇摇头。小B见了，叫丈夫再塞红包。医生伸出手挡住了。她说没有子宫就是没有子宫，你就是把全世界的钱都给我，我这手也摸不出一个子宫来；摸得久了，恐怕会在屁股上摸出个痔疮。

这事在本市成为一个新闻。众口皆传，传得小B羞得不敢出门。医院将小B这事作为一个典型病例，想剖开肚子做个彻底检查。小B丈夫有钱，愿意出资将这事弄个明白。于是一拍即合，这一天，小B的肚子被拉了一刀。

肚子拉开，医生们对着刀口会诊了半天，最后得出结论：小B不是没有子宫，而是这子宫，后天被人切除了，切除的时间当在十五年以前，因为这子宫切除后，输卵管被缝在肌肉上，而今它已经和肌肉长为一体。

结论得出，小B的丈夫大醋，说小B这个怪物，做姑娘时候就切除了子宫，而今却这样神神道道地折腾。醋意中抛下小B，说声离婚法庭上见，就扬长而去了。

这时候最纳闷的还是我们的小B。她发誓她从未做过这样的手术，她说：如果真的切除了子宫，她也不会那么四处求医拜佛了。

这话说得却也在理。医生们止住了小B的啼哭，又在小B的肚皮上仔细查看。看过一阵后，一个医生突然问，小B这一生中，可曾住过院，做过什么手术。小B回忆了一阵，说做过一次，那是她新婚不久的时候，有一天阑尾疼，医生说已经脓肿，于是用了半个小时，做了一次阑尾切除手术。

"这就对了！"医生指着小B肚皮上一点若有若无的刀痕说，"这就是那一次手术的刀口。这家伙真是个马大哈，他在割阑尾的时候连子宫一起割掉了！"

"不！他不是马大哈！这是故意割掉的。不但割掉了，而且将输卵管还缝起来。这是一场典型的恶作剧，恶性医疗事故！"这位医生又说。

在场的医生都同意这种判断。于是剩下来的事情，就是查找尘封的病历档案，寻找这位恶作剧的元凶，当年做这次手术的外科医生了。

千恩万谢，那档案还在。档案展开，众人从手术医生那龙飞凤舞的签名中，认出"辛成灰"三个字。辛成灰如今已是外科的一把名刀。而那小B，听到当年为她做手术的是辛成灰这个人时，"啊"的一声，登时眼睛圆瞪，昏死过去。好久才被救醒。

原来这辛成灰，是小B的初恋情人。两人青梅竹马，一个山村长大，一起上小学，上中学，后来一个上了大学文科，一个上了医科。村上人都用成龙成凤来说两个人,两个人也早就私订终身,准备大学一毕业,就办理婚事。谁知中途有变,小B后来嫁了个大款,那辛成灰,寻死寻活一阵后,不知所去,原来却是到了这所医院。

医生们问小B既然是同乡,又是同学,如何见了竟不认识。小B说,他戴着个大口罩,眼睛上又罩着副眼镜,怎么会认得?医生们又问小B:手术确实只用了半个小时吗?小B肯定地说,确实是半个小时。在场的医生都大为惊讶,他们说在半个小时之内,既要做一个子宫切除手术,又要做一个阑尾切割手术,而且要瞒过在场的护士,这辛成灰真是一个天才。

外科医生辛成灰后来被以"故意伤害罪"判刑三年,收监服刑。

我是从我的一个女同学口中知道这个传奇故事的。女同学出了一次车祸,身上骨折了七八处,几乎不成人形。后来医院说,须请一个人来才能医治,这人就是辛成灰。于是众人努力,从监狱将辛医生保释出来。辛医生修修补补,终于使我这同学活了下来。这女同学小学时曾和我一起演过一个童话,叫"小白兔拔大萝卜",我扮大萝卜,她扮小白兔。

辛医生大约已经出狱了吧?我见过他一面,是一个黑黑的、瘦瘦的、高高的学者型的人。我对他的刀法也是钦佩之至,因为,我的阑尾也曾经割过,而且是个著名的外科医生给做的,刀子剪子钳子在肚子里乱翻,光这个手术就用了半个小时。

小B后来去探了几次监。她有些后悔自己的起诉,但是辛医生认为她这样做是对的。"我应该受到惩罚!"他说。小B后来并没有和丈夫离婚,他们领养了一个孩子,并且准备有一天不必用子宫怀孕,可以克隆的时候,两人分别克隆一个自己。我不久前还见过他们夫妇,他们生活得很好,小B依旧是杨柳细腰,依旧是街上一道美丽的风景。

姊妹们去南方

那是去年（1994年）初冬的事。是一个早晨，我到火车站送人，看见在车站广场的一角，蹲着一群人。这些人有二百到三百之众，他们没有表情地蹲在那里，似乎有个队列，又不甚整齐，每个人的手里都拎着个或大或小的提包。这些提包是帆布做的，已经有很多年不流行了。

大部分的人是姑娘，年纪都在十六岁到十九岁之间。我努力地分辨着，想从那一张张麻木的、沉睡的脸上，看出她们是干什么的。有一个粗壮的男人吹了一声哨子，于是这些姑娘们站了起来。男人挥手赶着，让她们走成队形，然后，顺着检票口，这支奇怪的人群，一个一个，上了火车。

她们十分像一群羊。温顺的态度、不成队列的队列、脸上茫然的表情，都像。当年我在部队时，每年这个季节要参加一次冬宰。挑上一二百只肥羊，赶到一个羊圈里，屠夫们杀一只，再进去挑一只。羊群惊恐地挤在一个角落。我曾经做过这样的屠夫，当刀子尖往羊的颈动脉刺去时，羊闭住眼睛，咬紧牙关，一声不吭，脸皱成一疙瘩，呈现一种极度痛苦的表情。羊为什么不叫？它有理由叫的！我至今想来，仍觉不可理解。

人是环境的产物。在杀生的途中,你会有一种嗜血的快乐。杀第一只时,手似乎还有些颤,待血喷到脸上,待你的眼珠发红时,感觉消失了,你觉得你变得很强大,你可以主宰生杀。你到羊圈去拉羊时,羊战战兢兢地挤在一起,你凭着自己一时高兴,可以决定先杀哪只,后杀哪只。你满怀恶意,将那些看不顺眼的羊只放在最后杀,让它们的神经,再多经历一阵折磨。罪过!愿主宽宥我!那是整整二十年前的事了,如今,我可是连鸡都不敢杀了。

以上是扯闲,所谓的触景生情。这些穿红着绿的姑娘们,纷纷进站了,迅速地被那一列钢铁怪物吞没了。我问周围的人,知道了这种活动叫劳务输出,这拨人过去叫劳工,现在叫打工妹,这些姑娘将要到南方某沿海城市去,分散到合资企业打工。

在这个高原冬天的早晨,在这个群山环抱的小小的火车站里,我突然生出一种悲哀,一种扯动肚肠的痛苦。面对眼前这羊只一样的生物之群,我为她们将要面对的一切担心。我是一个自诩为浑身铠甲、有着"金刚不坏之身"的人,尚在这个世界上,左遮右拦,步履维艰,而这一群几乎没有丝毫防范能力的农家女孩,她们在那人欲纵横的南方,将如何立身?如何自保?

哦,这就是那曾经以自己的闭月羞花之容装点了中国历史两千年的貂蝉的后裔吗?这就是被民歌千百次地吟唱过的兰花花的姊妹吗?这就是在《陕北民歌集成》中千百次地被咏叹过的陕北女子吗?在这个寒冷的高原早晨,面对空旷四野,我自问道。一些天后,当我将这一幕告诉我的朋友、陕北籍作家张子良先生时,他哭了。他说,这块高原,真的已经沦落到需要出卖劳工才能维系生存的地步吗?而在过去的年代,我们给世界输送的是斯巴达克式的横行天下的李自成,是"自信人生二百年,会当击水三千里"的毛泽东。他当时哭了,而我,此刻写这一段文字时,眼睛也有一些潮湿。

记得当时，在车站广场，在看着最后一个女子拎着包儿，穿过检票口时，我曾经想起那些剽悍的陕北男人们，那些唱过"手提上羊腿怀里揣上糕，四十里路上把妹妹瞧"的男人们，他们此刻到哪里去了呢？这块金碧辉煌的高原，真的已经萎缩到没有男人，或只有几个缺乏阳刚之气的男人的地步吗？

没有人能阻止这些。火车一声长鸣，开动了，目的地是南方——嫁与东风！

时至今日，当我写下以上的文字时，我感到我当时的感情很幼稚，我当时的偏激很可笑。我大约比时代落后了一百年。物质文明的时代正在到来，财富的积累成为当务之急。血淋淋的原始积累它需要付出，为了这个，我们的东邻曾经向世界派出过许多的"阿崎婆"，无烟工业成为那些经济腾飞的国家的一条秘诀，而相形之下，我们的这些姊妹们，仅仅是去在资本家的工厂里打工而已，又何必为她们伤感，而且据说，文明发展到今天，资本家已经善良得像菩萨、像救世主一样了。

你信不信，高原的浪漫曲脚夫调已经结束，高原人类的童年期已经结束，它无可奈何地要服从于时代了。你无法改变这一切，你只有举起双手——就范。

女人的要塞

有一个劳伦斯式的题材，在我心中珍藏了整整二十年。之所以没有将它写出，并非出于道德方面的顾虑，而是因了故事的两位主人公，还不适宜于公开披露的缘故。

男主人公叫于生金，他最初曾和我一样，是要塞的一名士兵，后来越入苏联境内，在莫斯科郊外克格勃的一个基地，接受特种训练后，成为一名克格勃特务。这以后，他曾多次潜入我境，进行间谍活动。边防军的机要机关，有一个红名单，一个黑名单。红名单上，是我们派往境外的特工；黑名单上，则是对方派入我境，或曾经派入我境并有可能再次偷渡的特工。这个名单属于高度机密，而于生金，是黑名单上第一人。

女主人公是个美妇人，是招展在那个孤寂的、布满死亡气氛的要塞上的一面旗帜。她和男主人公曾有过一段感情上的瓜葛，而这种情形和她的要塞司令夫人的身份是明显地不相称的，因此这注定是一场悲剧。这大约正是造成于生金出走的原因。为尊者讳，为在我心中还残存着一份感情的这位夫人而讳，我可不能将她像安娜·卡列妮娜，像德瑞纳夫人，像查泰莱夫人一样，无遮无掩地端给世人，那样将会使她难堪，也会使我于心不安。

但是最近情况有了一些变化。一位风尘仆仆的前边防军少校推开我的家门,他带给我两个消息。一个消息说,于生金在不久以前的一次偷越国境中被打死,这样,黑名单已经将他划掉;第二个消息说,那位要塞司令的夫人患了肝癌,在经过长期的疾病折磨以后,也于不久前去世。

退役少校的话是可信的。因为在部队上,他正是那个掌握红名单和黑名单的人。少校说,他转业已经一年了,但是目前的行踪,还必须随时向有关方面汇报,他必须用三年的时间,将头脑中的那两个名单忘掉,才会完全成为一个自由人。他说得那么神秘而庄重,使我在一瞬间,产生一种奇异的感觉,但是我至少明白,我的那个劳伦斯式的题材,它已经有可能面世了。

美妇人的名字,我始终不知道。不过她有一个妹妹,曾经到要塞来过,为她带过小孩,那姑娘叫侯雁东,据此,我们知道,要塞司令夫人的名字,很可能叫侯雁西,或者侯雁南、侯雁北什么的,不过,侯雁西的可能大一些。

这名字也与她的经历合拍。她是1964年的天津支边青年。"文革"中,她亲手制造了一个土炸弹,要炸掉敌对组织占据的一座楼房,那时她已经怀孕,因此这项任务,便由她的丈夫,一个同样是支边青年的小伙子去完成。小伙子在抱着炸药包,顺着地沟匍匐前进的时候,地沟里的一棵正在风中歌唱的小草,挂住了拉火环。丈夫在一声巨响中,飞上了天空。

这事发生在乌市。她从此成了寡妇。生下孩子以后,她曾经放荡过一阵子,后来她明白了,这条漂泊的小船,得找个可靠的港湾才对。这时,部队进工厂支左,她恋上了支左的首长。最后,中苏边界吃紧,首长调到要塞,担任司令,她成为随军家属。

她的脸蛋,她的肩膀,她的臀部,很丰满。那脸蛋,夏天是白的，羊脂玉一般的白，而在严寒的冬天，两颊上，则停着两朵红晕。我们这些大头兵，常常偷偷地议论她，有人猜度说，她每天晚上都要用牛奶洗一次澡。

她的身上，有一种奇怪的东西，通常的说法把那叫"气质"，但是，叫它"气味"，叫它"气息"，叫它"心灵感应术"，也许更妥帖一些。她走进那个房间，于是这个房间，便填满了一种温馨的气氛，让人觉得安宁而又安详，而当她抱着孩子，懒洋洋地，在那险峻而又苍凉、孤寂而又沉闷的要塞之上踱步的时候，于是便像有一轮母性的太阳，照耀在要塞上空。

老实说，只要她动一动嘴皮，我们中的任何一个人，都会为她去死的。她是那么高贵和美丽。那时，中苏两国交恶，要塞也许会在某一个晚上，从地皮上消失，但是，我们心甘情愿地厮守在这里。也许，在某种意义上，她是这座要塞的实际的统治者，精神上的统治者。

那时，我们怎么也没有料到，她会和那个貌不惊人的、腼腆木讷的勤务兵于生金搅和在一起。我们不了解女人，女人的天性中，有一种让我们琢磨不透，一种无法预测的东西，正像茨威格在他的《一个女人一生中的二十四小时》中所论证的那样：一个地位显赫的女人，可以只需要短短的二十四小时的时间，就能抛弃家庭、地位、荣誉，跟上另一个男人私奔，而不需要什么理由。

但是，另一部文学名著，也许为我们透露了些许的端倪，这就是《红与黑》。高贵而又贤淑的德瑞纳市长夫人，最初，她仅仅是出于一种同情，一种女人的好奇心，一个一个人渴望了解另一个人的原因，去接近家庭教师、小木匠于连·索黑尔，结果，她陷入自己为自己编织的爱情漩涡中，从而不能自拔。且让我们宽容地认为，侯雁西和于生金，他们的最初，正是这样开始的。

那时候我们还是新兵。白雪皑皑的要塞里,扫出一片空地,我们正在早操。这时候,队列的对面,走来了一位女人。她的整个身体,被一件狐皮大衣,遮得严严的,脚下的黑马靴"嗒嗒"地响着,头上则戴了一顶哈萨克式的三耳皮帽,只露出红扑扑的一张粉脸。在这样的地方,出现女人,本身就是一件叫人诧异的事情,更何况这女人雍容华贵、仪态万方。

我们全都在那一刻傻了眼,直愣愣地盯着她看。而那女人,毫不畏怯地迎着我们的目光,并且还在继续往前走着。我们脚下的正步,走乱了。值星排长冲那女人笑一笑,然后恼怒地喊了一声口令。这声口令是:"向后转——走!"于是,我们不得不遗憾地一百八十度转弯,将屁股给了这个女人。

于生金也是我们这拨兵。那天早晨,他出了一个不大不小的洋相。起床的哨音吹过以后,情急之中,他将裤子穿反了,口子开在了后边。队列中我们的目光只能平视,因此谁也没发现这一点。但是当背对这个女人时,她发现了。她有些好笑,大约又有一些怜悯,因此,当值星排长打个立正,问她有什么事时,她说,给她派一个公差来,掏炉灰,说着,她指了指裤子穿反了的那位。

侯雁西并没有让于生金掏炉灰。炉灰她早就自己和上雪,掏干净了,她只是叫于生金站在火墙背后,把裤子换过来,然后归队。这以后不久,要从新兵中物色一个勤务兵,结果摊到了于生金的头上。

喜欢引经据典是我的毛病。我想,在侯雁西和于生金的接触中,一定发生过许多的事情。我之所以称这个题材为劳伦斯式的故事,是因为,在他们之间,一定有某种相似性的因素在内。但这与《查泰莱夫人的情人》恰恰相反。在那个故事中,是一个男人帮助一个女人完成了她的性的成熟,而在我的这个故事中,那个怯懦的小兵，猥琐的小兵，他是在女人的教导下，成长和成熟起来的。女人完成了男人。或者说，这个要塞的女人完成了我们这些男人。不同的是，我们仅仅是在精神方面，而于生金却付诸实践。

不管怎么说，我们应当感激她。在那五年的苦役中，我们的身体器官，之所以没有发生毛病，从而能在离开要塞，回到内地以后，立即就能结婚生子，很大程度上，是由于她，像一面旗帜，在身边招展的缘故。但是我们幸运，没有走到那一步去，而于生金走得太远了，终于有了后来的下场。

这事后来东窗事发。于生金在一个漆黑的夜晚，背着一支冲锋枪、一支短枪，怀里抱着一捆《参考消息》，叛离国界。那一天夜里，苏方境内，探照灯、照明弹、信号弹、曳光弹，打得天空像白昼一样。要塞紧急集合、点名，发觉勤务兵于生金不在了。

在紧接着的那个白雪皑皑的冬天，要塞司令偕他的夫人调离了要塞。我们全体士兵站在操场上，注目以礼，算是送行。一辆雪爬犁，旋风般地驶去了，要塞夫人的三耳皮帽，在旋风中一闪一闪。在这一瞬间，我们突然感到，这座位于阿尔泰山深处的要塞，这么孤寂和恐怖。我们甚至不能想象，怎么能四平八稳地在这里生活这么长时间。唯一给我们一点安慰的，是她的卧室窗户的双层玻璃之间，那一盆月月红，还在鲜艳地开放着。她大约是有意将这盆花，留给了冰天雪地中的我们。

前面说了，于生金的故事，已经有了他最后的结局。作为一名前边防军士兵，我的憎爱应当说是鲜明的。我当时就在班务会上，谴责了他背叛祖国的行为，我现在仍然谴责他。但是，对于这个劳伦斯式的故事，对于这个故事中的男主角，在我的内心深处，却不能不有一丝同情的感情。

当然，并不是同情真实故事中的他，而是同情已经与原故事大相径庭了的那个人物。就像《红与黑》是根据一个真实的谋杀案写成的，但是它和那个故事完全不同一样。诚实地说，我上面的叙述，也已经和原故事完全走样了。二十年毕竟是一个不短的时间概念，真实和虚构，在我已经混淆不清。

二十年间，我常常怀念侯雁西，怀念那要塞的女人，那女人的要塞。我常常想，如果那天早操时，反穿裤子的是我，那事情又会变成怎么样了呢？但是我那天没有反穿裤子，或者说反穿裤子的不是我。世界就是这个样子的，它由不得人。

重归伊甸园

> 请告诉我,自从亚当和夏娃离开之后,
> 那伊甸园,如今荒芜成什么样子了?
>
> ——戴望舒

夜色晦暗。在一个母系氏族部落的旧址上,有一个游乐场。游乐场完全按照部落的原貌,以一比一的比例复原。有尖顶的茅草屋,有聚餐的饮食村,有供人们祭奠或欢庆用的露天广场,还有野蛮人进行残酷的表演项目的打斗场。

我的身旁坐着一个女孩。这是一个坏女孩,正是被人们以调侃的口吻说出的那种"卡拉妹"。是我主动要的。我曾经是一个女性崇拜论者———厢情愿地在自己的心目中塑造过几位"理想女性"的形象。她们珍藏于我心中,我夜夜在她们的石榴裙前焚香。但是有一天,在她们的拒人于千里之外的姿态下,我突然厌了。一位大学生邻居告诉我,世界上没有圆满,所有的事物都是残缺的,这话提醒了我。从此我不再追求幸福,我自己就是幸福,从此我不再傻乎乎地为自己去塑造什么理想偶像,坐在我身旁的女孩,就是世界上最好的女孩。

女孩已不再青春，脸上落满了岁月的痕迹，长长的头发将脸遮住半边。一身红色的连衣裙，裙子下面的分衩开得很高。脚下大约是一双高跟鞋，腿上统着一双黑色的、鱼网状的丝网。这丝网大约延伸到上半身去，因为，当我有意无意之间，用手梦游般地抚摸时，发现根本摸不到丝网停止的地方。

这里是母系氏族村，距现在六千七百年。村口，是一个横卧的裸体的女酋长的塑像。塑像的下部开了一个小门，人类蚂蚁一样从那里进进出出。我们就是从那个小门，进入六千七百年前，进入这个新、旧石器交替的母系氏族村的。

那时候无所谓道德，无所谓法律，无所谓婚姻与家庭，无所谓私有财产，无所谓孔子孟子庄子老子，亦无所谓《圣经》中的"十戒"。所有这些，都是聪明的人类或者愚蠢的人类的杰作。当然，那时候也没有时间，"人猿相揖别，只几个石头磨过"——人类一共三百万年的历史，光磨这几个石头，就用了二百九十九万年。

部落里每一个女子都有自己独立的房子，或尖顶，或圆顶，门口一个挡水的土坎，后掌一个高出地面的土炕。夜夜，都有别的部落的男子，越过那条人工挖就的鸿沟，在姑娘的门前吹奏一件叫"埙"的乐器。当这乐声终于让姑娘心醉神迷的时候，门便"吱呀"一声开了。

但是披着20世纪的夜色，敲开这个坏女孩的门扉的时候，我没有用埙。我不懂乐器，我在所有的乐器面前都是一个白痴。我仅仅只用手指敲了敲门——像大侦探福尔摩斯说的那样，文明人敲门敲三下，并且只敲三次。尽管，晦暗的万年不改的夜色，尖顶的茅草屋，如影幢幢地穿插在这个地老天荒之地的身穿兽皮的人们，以及那遍野响起的埙之声，都让我明白了自己是一个原始人，或者正在串演原始人的角色，但是我不会用埙，我只能敲门。

前面谈到的那个坏女孩坐在大塘边,以一种女人的千年不改的姿势在迎接我,神秘而又邪恶。这令我想起烽火戏诸侯的褒姒,想起在酒池肉林中大嚼大咽的妲己,想起美艳千年的杨玉环。她将一颗口香糖送到我的嘴边,我则为她点燃一支烟。——那时候还没有口香糖,也没有烟,烟和口香糖是以后的事情。嚼糖的时候我想。

当然,我们还翩翩起舞。"翩翩"这两个字用得大约并不准确,因为地方过于狭窄,原始人那时候还不懂舒适。

我是为一件重要的事情,到这氏族村来的。我是来寻找一个女孩。当然不是眼前的这位,那一位比眼前的这一位要老一些,非但是老,简直是"古"了,她是六千七百年前的女孩。

茅屋外,响起惊天动地的响声,这是原始部落的人,用脚跺地,用手拍击胸膛,用嘴呐喊的声音。露天广场上,他们正举行大祭祀。广场中间的一堆篝火,烧红了半边天空。我是隔着墙缝往外看的。我还看到,广场的西北角,一个土台上,女酋长庞大的、臃肿的、半裸的身躯,像蜂箱里的蜂后、蚁巢中的蚁后那样,横亘在那里。而一群子民,在她身边顶礼膜拜,翩翩起舞。他们当然都和我一样,仅是角色而已。不过和我还是有一些差别,我是外来人——外星人一般的唐突的闯入者,而他们是土著,是经营部门招募来的群众演员。

我来寻找的那女孩,她是不会再站起来,加入这行列中了。她已经成为一堆白骨,一个尚待破译的符号,如今就静卧在毗邻的博物馆的一只玻璃罩下。

先前,她是躺在三尺地表之下的。那第一层叫耕作层,第二层叫熟土层,第三层叫文化层,第四层叫生土层,她是躺在第三层即文化层的。当有一天考古学家将第三层轻轻剥开时,她面目朝天,静卧在那里。她的骨头雪白雪白,在没有月光的夜晚发出粼粼蓝光。一颗小小的头有些倾斜——向西倾斜,向太阳落山的方向倾斜。她的头颅旁边,有两个翡翠耳环。她的胸前,呈日月星辰图案,排列着8563颗骨珠。她的脚下,随葬着陶钵、陶罐、陶埙和尖底瓶各一个,另有一些骨质的饰物。

而那响彻宇宙空间的陶埙之声,那最初的,就是从这女孩的脚底下发现的。而那尖底瓶,被考古学家誉为"美人瓶"的尖底瓶,刻着一个人面鱼身的怪物。

她带给人们许多的蹊跷。氏族部落专门有自己的墓地。在那墓地里,葬埋着许多的单个的男人和女人,这些男人和女人都仅仅只有一两件简单的陪葬品,或者干脆没有,而她竟那么奢侈,拥有那么多;这些男人女人都是葬在专门的墓地里的,而她不是,她是葬在她的茅屋的一角,像某一次入睡后而长眠不起。

还有那尖底瓶,以及尖底瓶上那带有暧昧色彩的图案,还有那埙,那越过千年万年的时空至今仍然摄人魂魄的天籁之音。当然更奇特的是那些骨珠了。在那新石器和旧石器交替的年代,该有多少双粗糙的手,历经多少个晨昏,才将它打磨成现在这个模样,然后又毫不可惜地将它覆盖在这少女冰冷的身上,而那日月星辰图案又在昭示着什么?

她确实是少女!十六岁!专家用碳化的办法对她的骨骼进行了鉴定。他们还推断,那人面鱼身图案正是这个部落的图腾,具有生殖崇拜含义。他们还对着葬埋区那一堆一堆的白骨说,那些仰面朝天埋葬的,是些寿终正寝的人(那时的人平均寿命是三十六岁),那些侧身蜷曲着死去的,是些生前有过过错的人,他们死时是被捆绑着的,而且将永恒地被捆绑,以防灵魂走出来危害生者,那些俯身葬者,则是一些被雷电打死的人或者其他形式的暴死者。

但是专家们贫乏的头脑,无法对这个六千七百年前的十六岁少女作出判断。为什么这个女孩享有如此特殊的待遇呢？诚然，氏族是以女性为中心，那是一个绝对的女性崇拜的年代，但是，公共墓地有那么多的女性，而部落为什么对这个少女情有独钟呢？那么，她是酋长的女儿吗？或者说，是未来的女酋长吗？或者，干脆就是正仰卧在土台上，蠕动蜂后般的身子，接受部落膜拜的酋长本人吗？六千七百年前组成的黑幕，太黑了，谁也无法超越，谁的目光也无法直抵彼岸。可惜生而知之的郭沫若不在了，他本人如今也已永缄其口，成为一个谜。

六千七百年后的坏女孩坐在我的膝上，小鸟依人，风姿绰约。女人在我的眼中，总是一个大神秘，六千七百年前的和六千七百年后的，都如是。就说眼前以现代人形式存在的这个"卡拉妹"吧，我就感到有些摸不透她。我不是一个没有阅历的人，但是，眼前的这位，尽管她做出种种媚态，然而她的骨子里，总有一种不可侵犯的东西在里面，而她的谈吐中，偶然蹦出的几个词，也让我相信她接受过高等教育，并且在某些领域拥有专门知识。

我告诉她我是一个严肃的人，我的越轨行动仅仅到此为止，纵然是在氏族村，我也能自制。我说我是灵魂感到无所依着，才来这里寻找慰藉的，而我的最直接的目的，是想破译那个谜，那个六千七百年前的女孩之谜。白日里，讲解员小姐的关于这女孩的故事，是那样强烈地逗起了我的好奇心。我决心来破译它。

有好奇心的不止我一个。当我提出，要趁着夜色，重新去踏访那神秘的女骨时，女孩提出要与我同去。"也许，只有女人才最了解女人！"她说。

六千七百年前的那女孩，在博物馆展厅里，依旧发着粼粼的蓝光。像她曾经火热的嘴唇和热烈的目光。大厅里空旷得像坟墓，而面对女孩，让我想起《圣经》里的一段话："有一天，海水会倒流，坟墓会裂开，死者会从坟墓里冉冉走出，用她褪色的嘴唇向你微笑！"

女孩胸前的八千五百六十三颗骨珠，也在发出悚人的邪恶的蓝光。突然有人尖厉地笑起来，声音在大厅引起一连串的回音，我的毛发因为这突如其来的笑声而倒竖起来。接着，我听到一句话，"她是个坏女孩，和我一样。哈哈，坏女孩！"我不知道这句话是谁说的，是地下躺着的这个，还是我身边站着的这个，我更为惊骇起来。

"别怕，是我说的，六千七百年后的这个说的！"我身边的坏女孩，这时悄声说道。并且一边说着，一边伸手摩挲我倒竖的毛发。这个动作在我小的时候，黑地里在野外受到了惊吓，回到屋里时，祖母经常用。因此我情绪此刻有些平复。

"她是坏女孩，是一切坏女孩的鼻祖，一切开端的开端。你瞧她那勾魂的眼睛，你瞧她那发烫的嘴唇。她往这里一站，骚风十里，这一块地面的所有的异性，都会因此而痉挛起来。比起她，我只是一个来世的尾随者而已。"

"那么，她是怎么死的呢？十六岁，用现在的话说：死于华年！"

"是所有的男人们和女人们合起来，将她活埋的——在她某一次熟睡的时候。因为没有她，别的女人才能得到男人，而男人们才不会因为她而互相仇杀！"

"这也算是一种推理吧，反正也没有人能为她做出更合理的解释！不过，我仍然愿意为她找出另一种解释，即这是一次祭祀仪式上的祭品。比如遇到瘟疫，遇到战争，遇到洪水迟迟不退，遇到外星人骚扰这一块地面，迫于无奈，人们挑选出部落最美丽的一个女人祭天！"我说。接着我又说："当然，你的解释更具有挑战性，我更愿意相信它!那么,那么多陪葬品是怎么回事?尤其是那些骨珠,它有八千五百六十三颗呢!"

"你真的想知道吗?其实,那是一个最简单的问题,一个只要合理推想,就可以想到的问题。"

"我想知道!"

"这不难!你一会儿就知道了。"

那八千五百六十三颗骨珠是什么,我后来明白了。轰轰烈烈地举行氏族仪式的广场,接纳了我,当然也接纳了那个坏女孩。在篝火的照耀下,在埙声的撩拨下,我们翩翩起舞,嗣后,像云南的母系氏族部落现在还在风行的那种"阿注婚"一样,每一个女人都领着自己喜欢的男人,走进茅草房,而领着我的,便是那个坏女孩。

那天夜里,如果不是我的一个偶然的发现的话,也许我将铸成错误。因为人是环境的产物,在这原始与蛮荒中,文明已经变得愚蠢和可笑了。

当我的手摸到她的脚踝部分,我摸到了一个方方正正的硬片。它当然不属于鞋,它是装在丝袜里紧贴脚后跟的一件东西。它是什么呢,叠得方方正正的,记得先前,在没有进博物馆展厅前,我曾经摸到过它,只是当时没有在意。

它是钱!我突然明白了。

继而,我也明白了那六千七百年前的少女的胸前那八千五百六十三颗骨珠是怎么回事。那是那些曾经走进那间茅屋的男人们送给她的,她确实是一个妖孽。

我突然深深地厌恶起自己,也厌恶起眼前这个风姿绰约的坏女孩来。我感到恶心,这种仿造爱情的游戏让我觉得荒唐。我不知道在我之前,是谁来到这里,也不知道在我之后,还有谁会来到这里。

我给了坏女孩应当给的钱,就离开了茅草屋。埙声在后边紧紧地追随着我,火光照亮我的后背,我逃也似的,从女酋长的裸体下面逃出,进入文明社会。我像潜出水面的鲸一样长长地吐了口气——伟大的普希金说,每一个浮躁的现代人,都有必要回到过去的年代里,去窒息三分钟。我现在就照这位先贤的话做了,不过我感到似乎并没有太大的必要。

……许多天以后,我在一家大学的学术刊物上,看到一位女大学生写的毕业论文。论文的标题叫"人类社会的第一个妓女"。论文讲述的正是氏族遗址上那个六千七百年前的十六岁少女的故事,而所阐发的正是我曾经听到过的那些宏论。论文说,人类的最初的妓女,不是商周王朝的妲己和褒姒,不是《圣经》中那个诱惑过圣徒耶稣的抹大拉,正是她——目下以白骨形式存在的氏族村的女孩;当然那时候还没有"妓女"这个概念。论文还说圣女贞德和妓女抹大拉,构成同一个事物的两个极端。无论男人,无论女人,在他们心中,魔鬼与天使并存,德行与恶习并行,只是,人们之所以被称为高级动物,就是它能够制约,它有秩序,如此而已。这位才华横溢的大学生,还在论文的结束部分,从一位女性的立场、女权主义者的立场出发,盛赞了女性在漫长的历史进程中,为人类文明做出的贡献,并且预言,女性重新统治这个世界的时代正在到来。

我想和这女孩联系一下,再聆听一次她的宏论,不过终于没有联系。我只是在那遗址旁,买了一个现代人做的陶埙,将它放在我的书架上,与那些线装的古书和骑马钉装订的现代书放在一起。在任何乐器面前我都是一个白痴,更何况这遥远年代的埙。因此我唯一能做的事情,只是朝朝暮暮对它膜拜,并且闭目塞听,不再听那氏族部落村埙声的呼唤。

女人写的书和写女人的书

手中得到一本书,叫《蒋碧薇回忆录》。蒋氏是徐悲鸿先生的原配,又是张道藩先生的续弦。当年蒋还是闺房小姐时,与徐悲鸿私奔,酿成一段风波。继而离异。离异的原因,《蒋碧薇回忆录》如是说,记得有个叫《徐悲鸿》的电视剧又持另说,是非曲直,我辈权作听众,听着就是了。后来蒋女士又与国民党要员张道藩婚配,待老境渐来时,蒋飘飘然而有君子之风,主动与张分手,让张与他的原配共度余生,自己则孤身一人,黄卷青灯,完成她的这厚厚的两册回忆录去了。

书中所述种种,概括起来,其实是一个女子被人宠爱与施爱于人的故事。书的封面上有一幅《淑女弄箫图》,图中女子,典雅高贵,花容月貌,书中没有明说,但我想这是蒋女士了。作者是谁,许是徐悲鸿,许是张道藩,因为他们并蒋女士一起,当年曾共赴西洋学画,想都是画得来的。

身事二夫,又是这样的两个丈夫,蒋女士真是一个幸运的女子。然而掩卷读罢,回忆录作者一生的感情折磨,悲欢离合,却也令人同情。不过以我辈凡夫俗子看来,这同情心的施予是有保留的。世间本无事,庸人自扰之,合则聚,不合则散,何必缠缠绵绵绵，活得那么复杂那么沉重。相比而下，倒是村姑野夫的爱情，来得热烈而简单。

该书文笔优美、典雅，有古典味道，是其一大长处。缺点恐怕是引用书信过多，从而破坏了总体的和谐，主观色彩因之过于浓郁了点。也就是说缺少艺术的分寸感。

女人写的书其实不是给她们的同性看的，而是给异性看的。她要借手中笔向男人传达自己对男人的看法，以至于对世界的看法。她要用自己的思维方式驾驭丈夫和丈夫以外更多的男人。她们的同性往往很透彻地看到了这一点，而男人往往因为同情心的左右，为美色所感，坠入其设情选景之中。我这里是笑谈。

最近还读到一本书，叫《情人》，是个叫玛格丽特·杜拉斯的法国女作家写的。我尤其喜欢文章的第一段，原文记不清了，大意是这样的：有一天，我很老很老了，我在巴黎街头遇到了你。我说，你还记得当年的我吗，你说，记得的，我爱以前的你，但我更爱你现在这备受岁月摧残的斑驳面容。我至今还无法理解我为什么被这一段话深深感动了，我只能说我看到了一个女人的深度。这篇小说记述的是一个旅居越南海防的法侨女子和一位华侨男青年的爱情故事。

女人写的书很多，正如男人写的书也很多一样，这是个说不完的话题。我总觉得，《简·爱》是夏洛蒂·勃朗特小姐一个悲伤而阴郁的梦；而阿赫玛托娃一生的诗作，都包含了对人生的感伤和由于早年离异而生出的对男人的傲睨。前些天见到王安忆，与她谈起中国当代女作家，她谈到张洁，谈到张洁的《拾麦穗》。我也同样喜欢张洁，喜欢《拾麦穗》，喜欢她的几乎所有的作品。至于女作家，例如三毛，例如琼瑶，例如席慕蓉，她们的书都是值得放在书架上的。还有个张秀亚，写过一篇悼念邓肯的短文，以名女人之心度名女人之心,那对内心世界的窥测是准确的。

这个邓肯,正是风靡世界的舞蹈大师邓肯,也就是与诗歌天才叶赛宁一见钟情的邓肯。说起邓肯来,我想起一件事。那年,一位北京朋友与我拉起,他正为离婚这件事犹豫不决。我说,如果是邓肯,你就舍弃一切,和她走吧,能与她一路同行,光这件事本身,就是一个男人的壮举,如果是别人,那就算了吧,继续你的安稳的人生吧。

以上谈的是女人写的书,下边谈谈写女人的书。写到这里,我发现我为自己出了个太大的题目。

我喜欢梅里美笔下那个咧着鲜艳大嘴的吉卜赛女郎卡门,普希金笔下的善良美丽的达吉雅娜,屠格涅夫笔下的一系列俄罗斯妇女形象。巴尔扎克笔下,那个在卑贱中成长起来的恶之花"搅水女人",也是成功的典型之一。托尔斯泰给予他的娜塔莎,以太多的不幸和美丽,以至令人爱怜。相形之下,我不喜欢安娜·卡列妮娜。为什么不喜欢,我也说不清。福楼拜说,"包法利夫人",其实是他自己,这是一位作家很诚恳地向你介绍生活经过作家头脑加工后向艺转化的妙诀。雨果《悲惨世界》中那个大俊大美的吉卜赛女郎,小仲马笔下的风尘女子茶花女,都令人难以忘怀。如果你有兴趣,不妨读读拜伦的皇皇大卷《唐璜》,当今现代派的各样表现手法,在这位将近二百年前的大师的书里,都已初见端倪,而他信笔由之,为我们展现的从海盗女儿到沙俄女皇等一系列女性形象,如此栩栩如生。

中国的文学,自《诗经》始,描写女性的笔墨比比皆是。"窈窕淑女,君子好逑"是尽人皆知的。《陌上桑》中写美女罗敷的句法,也每每为人称道。那一年我在京开会,楚图南先生即兴为会议写了一副楹联,联句是"美人香草金石文章",楚先生一边用公鸭般的嗓子，抑扬顿挫，引吭而歌，一边解释曰："以美人喻香草，以香草喻美人，古来有之！"涉及女性的诗作，还有一类，是带有贬义的，我记忆最深刻的是这一首：一笑相倾国便亡，何劳荆棘始堪伤？小怜玉体横陈夜，已报周师入晋阳。这说的大约是北齐的事吧，作者是李商隐，似乎暗讽当时的杨贵妃。其实女人祸国论，自那个临潼烽火台上周幽王烽火戏诸侯以搏褒姒一笑的典故开始，便似乎是大家都矢口咬定的事情了。这实在是对女性的不恭，是男人们推卸自己责任的最好办法，是文史家为尊者隐所找出的最好遁词。

好男人是好女人培养出来的

有个女孩，我给她取名叫路霞。她的身材，她的相貌，她的气质，都酷似电脑光碟《盗墓者》上面的那个妖娆女孩劳拉。不过我认识她的时候，她已经三十岁了。三十岁有点老，是不是？人们把三十岁的未嫁女已经叫老姑娘，叫大龄青年了。

在边疆的一座省会城市里，我见到她。她当时正开一辆敞篷的吉普车，在学习开车，考取驾驶执照。高原的太阳晒得她脸色发黑，再配上一头长发飘飘，活像个女牛仔。她的不听使唤的汽车差点撞了我，这是我们相识的原因。后来我还去过她家里一趟，知道她是某教授的独生女，在北京工作。

去年我到西安半坡母系氏族村，去策划一个电视剧。投资方为我配的助手，正是路霞。这正应了"无巧不成书"一句老话。路霞的工作是胜任的。她对半坡这个人类由母系社会向父系社会过渡时期的一段历史，了解得十分透彻。她还向我提供了类似《金枝》，类似《女性主义神学景观》之类的一大摞书籍，前一本，是初民时期的神秘宗教方面的奇书，后一本，则是女权主义者们最新研究的心得。像一切聪明的女人一样，路霞有着极强的记忆力。她甚至能大段地背诵这些书中的一些话。例如她背出的《金枝》中的这么一段话，被我用来作为这部电视剧的心理基础。这段话大意是：人类凭借今天的经验而去想象和推理几千年前的事情，一定和事情本身相去甚远，甚至毫无共通之处。

随着更多的接触，我发现前面谈到的仅是冰山之一角，这个神秘女孩还拥有更为广泛的知识。天文地理，声光电化，经商济世，如此等等，她无所不通，而且都达到专家的水平。这真是一件怪事。她毕竟才只有三十岁。

这个原因说穿了其实很简单。原来这女孩在她三十岁的人生年华中，谈过许多次恋爱。她所以拥有考古学方面的知识，是因为上大学期间，和考古系的一个资深教授谈过半年恋爱而已。以此类推，她和某一个方面的某一个优秀人物谈过一阵恋爱，或者上过几次床，她便轻轻易易获得了某一方面的专门知识，这真是一种便捷的获取知识的办法。

告诉我这些的是投资方老板，一个戴眼镜的矮矮的中年人。他和路霞是校友，高她几个年级。他告诉我说，当年路霞上大学时，是这所著名大学的女子健美冠军，女子十项全能冠军，游泳冠军，还有许多许多的冠军头衔。他说那时候，整个大学校园，都为这个穿着旅游鞋，短裤，脑后扎着一根独角辫子，每天早上绕着校园跑步的女孩所震慑，年轻的男学生和年迈的男教授们，都争着向她献殷勤，而她那么高傲，一副俯视红尘的样子。

老板说这话时，眼睛里放着光，沉浸在记忆中。我能猜得出，他当年也是路霞的崇拜者，或者暗恋者。老板同意我的话，他说他充其量只是个暗恋者。他说这女孩一进校，就和学生会主席谈上，后来嫌学生会主席太年轻，没有历史感，转向考古学教授，继而嫌考古学教授太死板，便又转向较年轻热情的文学系副教授，最后又是健美操教练，等等等等别的人。老板说他那时候唯一做过的事情,是有一次晨练时,偷偷地跟在路霞的后边,跑了一阵。

"你那时候穿着短裤跑步的样子,真迷人!"有一次闲谈时,老板这样说起路霞。路霞听了,笑着说:"我是没有钱买长裤穿呀!那时候,父亲每月只给我寄来五块钱零用钱,不到月底,就完了!"路霞还说,有一次到月底时,她的口袋里只剩下两毛钱了,这时这个目前被叫作"老板"的人,被同学们抓住去请吃饭。所谓吃饭,也就是吃一顿羊肉泡而已,但是她眼巴巴地看着他们走了,没有请她。老板这时候也记起了这件事,他说他见了漂亮的女孩子,不敢开口。

像这样一个出众的女孩子,三十岁了还待字闺中,这是一个我一直疑惑不解的问题。在策划电视剧的途中,我转弯抹角地问起这个问题。随着我的问话,女孩的神情黯淡了下来。她沉默了很久,说,她在世界上寻找了很久,从二十岁一直寻找到三十岁,还没有找到一个好男人,或者说好男人是有的,但是已经被女人们占有了。说到这里时,她的语调高昂了起来,她说上帝赋予她的苦涩的使命就是,把好男人从平庸的女人手中拯救出来。

原来,这个女孩也有着她的苦涩的人生故事。大学毕业,分配回她的家乡城市后,女孩不满足于生活的平庸,于是南下广州打工,继而又从广州去了北京。在北京,她和公司的老板相爱了,或者用北京话说是"有了一腿"。后来,老板变卖了家产,抛弃了妻子儿女,和她一起登上了出国的飞机。就在飞机就要起飞的一刻,老板突然变心了:"原谅我吧,我是胆小鬼。我惧怕前面的前途未卜的生活,我还丢不下一起创业的结发妻子!"老板下了飞机以后,路霞也下了飞机。她一个人走在北京昏黄色的路灯下,无家可归。她回到她的家乡城市,在那里养伤。我就是那时候遇到她的。

上面这个缠绵凄恻的故事,是这个老板,即电视剧投资方老板告诉我的。自从谈及大学校园的那些生活以后,他们亲近了很多。按我这局外人的眼光,他们说不定早钻到一个被窝里去了。因为老板突然变得精神焕发。要命的问题是,这个老板也已经有了妻室。而且他的妻子年轻,漂亮,贤淑。我已经预感到,生活中有一场悲剧要发生了。看来,路霞小姐又在实施她的新一轮拯救男人的计划。而从我的角度,我把我的怜悯给双方,路霞是一个好姑娘,而老板娘更是一个好女人,我真不愿意看到任何一方受到伤害。

这事后来终于东窗事发。老板年轻漂亮贤淑的妻子终于知道了这些,气急败坏地赶到摄制组来闹事,她痛心疾首地指着老板骂道:"我感到耻辱!我这么好的一个女人,竟然不如一个大腿根夹着一片卫生纸走天下的破烂女人!"后来,路霞和老板试图出国,老板的妻子动员了全公司的人,封锁了汽车站、火车站、飞机场,终于将老板拦截住了。路霞不知道是走了,还是留下了,我不知道。不过老板是留下了,又回到了家庭。而因为这一番闹腾,这个电视剧后来也就不了了之。

这是一个真实的故事。几天前我还见到这位老板,我询问他路霞的消息,他说他也不知道。他说他时常有一种内疚感,一种"东风无力百花残"的感觉。他说他如果知道会有这样一个结局,当初就不该邀请她来参与这电视剧了,这事,无疑给她伤痕累累的心灵又捅了一刀。老板还请求我如果哪一天知道了路霞的消息,一定告诉他。我点点头。

如今我常常想起路霞,那个漂泊者,那个四处寻找家的人,那个遇不上好男人的人,那个自欺欺人地说要"拯救男人"的人。路霞走得太仓促了,如果她迟走几天,我们能有机会进行一次深谈,那么我将告诉她一个道理,这道理就是:好男人不是天生的;好男人是好女人培养出来的;你要得到一个好男人,你得自己用一种母性的耐心去经年经月地培养。

　　是的，不可一世的拿破仑，是约瑟芬培养的；金发少年克林顿，是希拉里培养的。在母性的阳光的照耀下，男人们会森林一般地成长起来。

　　我希望我的这浅显的道理，路霞能够知道。我还想让她知道，这个培养的过程是个幸福而高贵的过程。它纵然艰难，但是，比起和强大的道德力量对抗，火中取栗般去夺取男人来说，要容易得多。我还想说，所有的男人都是有缺点的，你不要被成熟男人的假象所迷惑，也许，亚当抽出一根肋骨制造了夏娃之后，作为回报，夏娃开始完善男人，就像骑手开始调教一匹马，就像隆起的地壳在平地造出一座高山。

罗布荒原上的重庆妹

死过彭加木、死过余纯顺的罗布泊,去年九月份我去过那里一次,并且在那被称为死亡之海的地方待了十三天。罗布泊留给我许多难忘的记忆,而其中的一件,就是在去罗布泊的路途中,在库鲁克塔格山顶遇到那个叫何昌秀的重庆妹。

汽车在黑戈壁上行走着。没有一滴水,没有一株植物,没有一个动物。整个的路途就像在地狱里、在月球表面上行走一样。地质队的同志说,今天晚上,咱们找一个背风的山坡搭起帐篷过夜。

晚上十二点的时候,行进中的我们突然发现远处有灯光。开始以为是星星,走到跟前,才发觉这确实是灯光。于是开始想象,想象那地方会是一个旅店,有席梦思床,有热饭和足够的开水,弄不好还会有卡拉OK厅,而那灯光下站着的,会是一个漂亮的姑娘。我们的想象太奢侈了。在想象一阵后,大家又不由得苦笑了一阵。

谁知,我们的呼唤突然应验了。当汽车爬上一座小山,停在一袭灯光下时,前面谈到的一切都像变戏法一样突然降临。

不光我们,就连地质队的同志也大大地吃了一惊。他们每年这个季节进一次罗布泊,去年这时候,这里还只有光秃秃的山脊。

一溜五间平房立在那里。院墙是用花岗岩砌的,只砌到一半。

旅店已经开张。重庆妹何昌秀笑盈盈地请我们到她的旅店住下。她二十七八岁,穿一件大些的西装,俏丽的脸被漠风吹得有些发黑发干。这一溜平房,有一间是厨房,有几间是客房,还有一间,是一个小卖部。小卖部的电视机,确确实实正在放着卡拉OK带子。记得吃饭前,我们一群男人,话筒传来传去,唱那卡拉OK,记得我唱的歌儿叫《一帘幽梦》。

我是随中央电视台《中国大西北》摄制组,在大西北转悠,转悠到罗布泊的。我们的行踪到处,陕甘宁青新到处都是干着各种各样工作的川妹子,但是能在这罗布荒原上见到一个,确实是个奇迹。她说她叫何昌秀,原先在重庆市百货大楼当售货员,后来厌倦了这工作,于是跑到这大西北来。我们问她怎么会知道天底下还有这么一个地方,竟然跑到这里来开旅馆,这地方会有客人来吗?她说她四处走,后来走到新疆的鄯善县,听人说这里有金矿,有铁矿,有大理石矿,于是就坐上一辆拉矿石的卡车,到这里来了。她说随着罗布泊的开发,这里逐渐会热闹起来的,说不定会成为一个小镇。我们问她,一个人待在这里,怕吗?她说不怕,在这种地方,人见了人,亲热还来不及呢,怕什么?我们问她,为什么到这地方来,她很坦率地说,为了钱!

旅店的厨房里,另雇了两个四川小伙子做饭。那晚上的饭食自然很简陋,不过能吃到热饭,喝到开水,大家都很满意了。

只有一个小房间里有一张席梦思床,我倚老卖老,晚上就睡在床上。别的房间都还没有床,电视台的编导和地质队员们,就把帆布往地上一铺,打起地铺。

这张床原来是何昌秀的。她晚上到山下面的大理石厂去住了。原来,这库鲁克塔格山一线,全部是优质的大理石,名叫"鄯善红"。个人和单位,在这里开了许多采石场,何昌秀也拿出她的三十几万元积蓄,办了个厂,这旅店,只是她的一个副业而已。

第二天早晨,我们继续往前走,前往罗布泊古湖盆。重庆妹何昌秀,站在半截围墙里面为我们送行。她请我们从罗布泊出来的时候,一定到她的小旅店里再住。在电影《泰坦尼克号》的音乐声中,何昌秀的这句话叫我们感动。这是一句吉利的话。我们相信一些天以后,我们一定会走出罗布泊回来的。

告别何昌秀,我们继续行走。苍黄色的天与地、《泰坦尼克号》的死亡音乐、李娜的《青藏高原》的歌声,伴我们前行。我们祈祷前面会再出现这么个小店和这么个何昌秀,但是我们明白:奇迹只会出现一次!

十三天以后,我们在完成拍摄任务以后,开着车,像被死神追赶着一样,疯狂地沿着黑戈壁往回跑。那时我们心中只有一个念头,看到何昌秀和她的小店,就证明我们已经脱离了危险区,回到人类社会中了。我们是在一天中午到达库鲁克塔格山山顶的。那个小店还在,围墙也还只砌在一半,但是空荡荡的没有一个人。我们的汽车在围墙外停顿了一下。我们推测,何昌秀可能到山下面去看她的采石厂去了,晚上才能回来。于是司机鸣了两声喇叭,算是向她致意。汽车继续行走,将库鲁克塔格山,将何昌秀和她的小店,永远地留在那个地老天荒的地方了。

偶像高红十

我常常为红十大姐抱屈。这位才华横溢的女子至今还是单身。我常常想,世界上那些单身男子眼睛都瞎了,瞅不见她。我尤其抱恨那些一茬一茬生长起来的所谓文学爱好者们,他们只注意到了文学,而丝毫没有注意到作品后面那个受难的缪斯。我笨想,即便是出于"爱屋及乌"的原因吧,他们也该对她垂青几分才对!

以上这段文字有点像征婚广告。红十大姐见了,大约会骂我多事。当然这是我的不对,每个人都有自己的定数,婚姻不"动",那就做个单身贵族好了。各样人生都有各样人生的境界,故此,我们丝毫没有理由去苛求一律。例如,浑浑噩噩者如我,倒是亦步亦趋、按部就班走着规定的人生,然而不就那么回事吗?

1994年秋天在北京,交罢《六六镇》手稿后,我给红十家里打了个电话。第二天一早,她来了,说要请我到"老三届"餐厅吃饭。那天是北京秋来的第一场大风,黄叶翻飞,天色清冷,红十穿了一件没有领子的上衣,肩上挎着一个上大下小的喇叭形的挎包。一年不见,她似乎有些老意了。人说女人一上四十,一天一个变化,这话也许是真的。当然,她之所以给我这样的感觉,大约主要是由于她那天的装束。

北京地面有三个返城知青办的餐厅，一个叫"黑土地"，一个叫"老插"，一个即我们用饭的这个"老三届"。老三届餐厅在张自忠路的西头，距我住的中青社招待所不远。餐厅门面不大，里面却十分狭长，且有许多隔开的小房间。小房间的门楣上分别写着"大队部""连部""贫协"等字样，让人想起当年插队的情景。而点缀大厅的种种摆设，主格调是镰刀、草帽、干辣椒串、耕地的犁铧等。还有一些放大了的诸如"毛主席接见百万文化革命大军"之类的旧报纸，压在餐桌的玻璃板底下。

"老三届"餐厅里，我们拣过道里一个相对而坐的两人位子坐了。然后点菜。我们的玻璃板底下压的，是毛主席接见河南知青薛喜梅她们的一张泛黄的报纸。餐厅里经营的，也都是一些陕北的地方吃食。我们要了"猪肉擦板粉"等。那经营这家餐厅的老板，一个在山西侯马插过队的北京知青，也闻讯过来问候。言谈过程中，我知道了，餐厅开张时，高红十这一类知青代表人物，曾来祝贺。

红十善侃，和她在一起，我大约只是个听众的份了。当她大侃时，我便又看到了青春激荡的高红十，看到了在好长的一段时间里，曾经作为青年偶像的高红十。她是那么深地陷在过去的那个时代里而不能自拔。她成为过去年代的一枚徽章。

每一个时代都有自己的英雄。如果没有，它就想方设法制造出一个或一批来，以便给这个时代涂抹上一点特征。我们这个年龄的人，都知道高红十，知青下乡，以邢燕子、侯隽、薛喜梅这些人开始，后来到了高红十这里，以一曲响遏行云的《理想之歌》，像一个惊叹号一样，为它画上终点。"红日／白雪／蓝天，乘东风／飞来报春的群燕……"整整占据了《人民日报》一个整版的，高红十和她的北大同学写的那首长诗，曾经使一代人为之热血沸腾。

红十先在陕北延长县里家堡插队。那是个北师大女附中才子云集的地方,红十之外,还有藏若华、吴柏林,插队期间都已有些文名。红十后来被推荐上北大。北大毕业后,挟《理想之歌》的聒噪之风,又回陕北,重在南泥湾插队。后来到陕西人民出版社,后来又折腾回北京,在《法制日报》上班。

我是在延安市一群文学青年办的学习班上认识高红十的。那是很早很遥远的事情了。她一身朴素的着装,翻毛皮鞋,头上两根羊角小辫。她那时已经完全地陕北化了或者说农村化了。记得她说过一件事。她回北京探亲时,邻家来串门,见了她,惊叹一声对她母亲说:"你们家什么时候结下个农村亲戚的?"红十母亲眼睛湿润了,回答说:"这是咱们红十呀!"邻家见说,自觉失言,找个托词匆匆走了。"失言"这个词儿,好像就是那时候从红十那里学到的。我记得她说这件事时,除了贯穿她人生始终的那种自豪感以外,深层中流露出一种淡淡的酸楚。

记得夜半更深之际,她还用她的拦羊嗓子回牛声,唱了一首《一座座青山紧相连》。她的声音好大,尤其是那"得儿,哟儿"之类,用北京的大舌头搅动得十分响亮。我们学员们住在五楼,连一楼住的客人们也纷纷赶上来抗议,可见她的声音之大。记得,她还能滔滔如泻地背诵郭小川的《祝酒歌》。"三伏天下雨,雷对雷,朱仙镇交兵,锤对锤,今晚上,咱们杯对杯"之类。

在老三届餐厅里,在三杯啤酒的作用下,恍惚中我觉得我面对的是一段沧桑。我给红十大姐的碟子夹菜,我说我的感觉,好像这是一个陕北老乡请一位他们村的知青在家里吃饭一样。红十大姐同意了我的话。于是我又由此引申,提出这顿饭由我付钱,话撵到这里,红十大姐也就同意了。

知青运动已经成为历史,给红十带来这个不俗的名字的苏联红十月也已成为历史,包括正在老三届餐厅吃饭的我们亦将被匆匆翻过。红十说，几年前她给《人民文学》当刊授老师，刊授学员竟然不知道高红十，竟然在电话中把"红十"说成"红卜"，"红萝卜吗？"她解嘲地说了一声。我说，让我们平心静气地接受这一切吧，我们属于那个已经过去了的年代，尽管在那个年代里，我们仍然是弃儿。

那一天北京的气候好冷，鼻涕喷嚏乱打。在飕飕的寒风中，我把红十大姐送上公共汽车。我要她打的，她说这趟公共汽车恰好在她家门前停。在张自忠路的路口，目送着背着喇叭形挎包的她被那钢铁动物吞噬，接着随着汽车开走，眼前一片茫然，伫立在风中的我突然掉下泪来。当然那也许是由于风的原因。

最近好长时间，没有和红十联系了。不知她可好？那次离开北京后，我给她打过几次电话。接电话的总是红十的母亲，当老人家听出是男声时，她在那一瞬间总表现出一种激动，激动中并有一种希冀的味道，并且马上说："红十在，我给你叫！"这使我的心在这一阵子紧缩起来，并且决定以后如果没有重要的事情，决不去惊扰她了。

青春的洪小平

这女孩子今年初夏到我家来时,偕一文学青年。话不暖席,便开始打麻将。我们打,她不打。她一个人坐在长沙发上,一个人自顾自地侃侃而谈,眉飞色舞。我这人面软,经不起女人瞅着我看;如果这女人还漂亮一些的话,那就更窘。而洪小平的位置,恰好又面对着我。结果我那一天大败。

我家里常人来人往,因此洪小平来过的事,也很快就忘了。模糊的记忆中,她留给我的两点最深刻:一个是她的青春逼人,一个是她的职业热情。

"青春"这两个字,不是装出来的。它是一种从内心深处发出的,足以烧毁一切、创造一切的巨大热情,一种自我陶醉和自我膨胀。这情形宛如花在春天要开,春潮在春天要泛滥一样。故世的前辈作家周立波曾经写道:"我不明白女孩子为什么会笑。我请教过一位女性问题专家,他说,她们笑是因为她们想笑。我觉得这句话说得对极了。"

除了青春,再就是她对《红茶坊》栏目的热情。她自顾自地讲着,那么热情和投入,眼前的我们仅仅成为她的道具。她完全地进入一种忘情的描绘之中。后来,当我看到她画出的那些动人魂魄、大俊大美、大铺张、大夸饰的西洋美女水粉画以后,才明白她当时正沉浸在这样一种《圣经》般的图景中。但是当年我不知道,我仅仅只把这看作一种职业热情。

《红茶坊》栏目我听过。坐出租车时常听。我喜欢音乐台的所有节目。有一次坐在车上,"红茶坊"主持人磁性的声音,曾经令我想起毛姆的一篇小说。这小说是单道话语的魔力的。记得在郑定于先生的家中和几个大学生拉话,由英国作家毛姆谈到毛姆的这篇小说,接着谈到音乐台,接着谈到"红茶坊"的洪小平。当听到我认识洪小平时,几个大学生立即对我热情了许多。从而令我知道洪小平和"红茶坊"确实有知名度。

青春会老,职业热情会逐渐减退。这是我在偶然想起洪小平时,一种很残忍的想法。因为时间这个可怕的巫师,会令一切变形。但是我的想法是错了。意识到这种想法错误的原因是,在偶尔翻阅过去年代的一些旧杂志时,我意外地看到了洪小平的一些画和文章。

1993年某一期的《女友》杂志,两章彩色插页上登了洪小平和她的女友画的画,还有很长一段洪小平关于白色、黑色、红色的颜色谈。那些画是些美人画。最显眼的一个美人,半倚在椅子上,两绺头发像两张门帘一样垂下来,将苍白的脸遮得只剩下一条缝。女人华贵、典雅,通身充盈着一种野性气质和暧昧情调。我记得前几年中央电视台转播意大利足球甲级联赛,联赛开始前,镜头上匆匆一闪的,正是这样一个夸张的女人。我还记得,这本《女友》是我那一年去《女友》讲课,他们送的。送我杂志的女孩叫南嫫。南嫫也恰好留着这样的一个头型。我信手翻着杂志,问南嫫说:"这是你吗?"南嫫小姐伸了一下舌头说:"她好酷呀!我不敢和她比!"

洪小平这种与生俱来的艺术感觉令我惊异。在平庸的、死气沉沉的、猪栏一般的市民生活中，每个人大约都有过这种拔身而出的美轮美奂的梦。这一点人人都可以做到。但是下一步却很少有人做得到。这就是把你对生活的憧憬和梦想变成具象落实到纸上。洪小平"变"得那么大胆、自信和鲜有匠气。这叫天赋。

英国有个颓废主义艺术家叫王尔德。另一位颓废主义画家奥·比亚兹莱，曾经为王尔德的《莎乐美》画过插图。洪小平的这些画，较之比亚兹莱的画，极为相似。不同之点在于：优点是洪小平作为现代人，用色更为大胆；缺点是较之古人，洪小平的线条差很大火候，不够专业和老到。但是他们确实相似极了，都试图把自己心中那种至美的大境界夸饰地诉诸接受者。

洪小平发表在《女友》上和别的刊物上的文字，我也都看了。那是些青春的歌和孤独的歌，一个女孩子的青春独语。那些文字，让人感到，一个女孩子，孤独无傍地从海滩上赤脚走过去，一边走一边俯身捡着贝壳，她的身后留着一串脚印和一串幽怨歌声。有一篇文字上还配着照片。照片上的她，顶着一头长发，可怜兮兮的样子，有点像三毛。

为了写这篇文字，昨天我约见了洪小平。已经是西安的冬天了。较之上次见她时，她的脸色显得有些苍白，脸上有些落寂的表情。那时是初夏的万木葱茏的白桦林，现在则是清瘦的、不染凡尘的白桦林了。她十分的大气，要我把她写成一个真实的洪小平，而不是那种好人好事式的俗套子。她谈了她的工作，她的家世，她未来的打算，等等。

洪小平是西影厂长大的女孩子，她父母、两个哥哥都是电影人。这也就让我们明白了她身上为什么有那么浓烈的艺术气质。洪小平说，家人从来不管她，也没有时间教育她如何处人处事处世，因此她从里到外都是这么简单。洪小平说她得学一学中国的传统文化，充实充实自己，不怕见笑，她连《红楼梦》都没有读过。我说这些老古董也可以读，也可以不读，读了以后说不定成了因袭和负担，那就将原来的洪小平丢失了。我的话不知道对不对。

西影厂是个出人物的地方。出过吴天明、郑定于，出过张艺谋、巩俐、许还山，出过张子良、张敏、孙毅安、杨争光、莫伸。美国总统克林顿说，西安嘛，他知道那地方，那地方一是有兵马俑，二是有西影厂。

谈到以后，洪小平说，作为电台的节目主持人，她还有一些潜能没有发挥出来。这话我在略知洪小平的经历之后，也有同感。她的艺术感觉那么好，画笔和文笔都那么好，是应该让这些都发展和发挥出来的。那么她最憧憬的一件事情是干什么呢？她说是当影视编导。

我十分同意她的这些话。我这几年和各类导演经常打交道。我感到导演最重要的一点就是艺术感觉。中国人爱说一句话，叫"门里出身，自带三分"。洪小平是电影世家出身，凭她的感觉和才具，她也许将来会在这个年轻的领域有所作为的。

洪小平还和我拉了一些艺术问题。例如对"创作激情"的理解，她认为那是调动各种艺术手段让被接受者燃烧起来，我说这在影视界的行话中叫"煽情"。她认为激情勃发就像水达到沸点，我说就像荒原上的一棵树被狂风猛烈地摇撼。

洪小平还年轻，她还有漫长的路要走。怀着善良和真诚，让我们为她祝福，为一切正在路上走的行旅者祝福。我们正在老去，21世纪正该是他们的世纪。记得我在前面，提到过那位被称为20世纪新美术的重要先驱者之一的英国画家奥·比亚兹莱，现在，我则想起了一件关于他的文坛掌故。据说，他的老师曾经对这位年轻人说:"凡属任何一位大美术家所必备的素质,大自然全都给予你了。"现在我把这句话送给洪小平。还有一件掌故,是关于普希金的。杰尔诺文在前往皇村中学,听了一个叫普希金的中学生朗诵了《皇村记忆》之后,他走到台上老泪纵横,对这孩子说:"这就是将来要接替杰尔诺文的那个人!"让我们同样地也以这句话,送给洪小平。

对于我们每个人来说,未来都仅仅只是一个未知数。我们是这样,洪小平也是这样。因此我对未知数的洪小平的期望,是不是说得有点多、有点大了。我的顾忌也许是有道理的,因为这是在中国,中庸之道的中国人还不习惯这种夸饰的语言风格。但是既然字已经落到了纸上,我也就不打算删去它了。

最后说一句题外的话,是关于广播的。今年9月底10月初,我和剧作家张敏去了趟死亡之海罗布泊。在那些受苦受难的日子,我们感到自己像地球毁灭后仅存的最后一拨人,或者一群踏上凄凉的月球表面的人一样孤苦无告。后来,地质队的一个小青年拿来一架小收音机让我们听。收音机的声音响在这亘古的荒原上,我们感到我们还生活在人类之中。自那以后我对"广播"这东西便充满了温情。

上帝真的是女性

世界上最了不起的女人是谁？这个问题一经提出，相信会有许多人抢着回答，因为几乎每个男人的心中，都有几个崇拜的偶像。但是只要我说出一个女人的名字来，相信大家都会附和的。这个女人就是妓女抹大拉。

当圣徒耶稣十字架上蒙难，被世界抛弃，被所有的男人抛弃，尸首放在停尸房的时候，只有一个人怀着柔情去看望他守护他。这个人就是妓女抹大拉。所以，她看见了耶稣复活的情景，她目睹了圣迹出现的全过程。"耶稣复活了！我主耶稣复活了！"抹大拉挥舞着裹尸布，冲出停尸房，向世界呼喊。

被抹大拉当作旗帜挥舞过的裹尸布如今还在。它被珍藏在伦敦或者巴黎的博物馆里。前些天看电视，电视上一群20世纪的科学家，正在对这裹尸布做化验，以辨它的真伪。化验的结果，得出一个模棱两可的结论。"那上面的渍迹可能是血迹，也可能是一种失传了的染料！"科学家们如是说。

我是一个女性崇拜论者。我常常在自己的斗室里，面壁虚构出自己的理想女性形象，并且夜夜地在她们的石榴裙前焚香。现今的那些青面獠牙、张牙舞爪的女权主义者们我也能够理解，并且随时准备充当她们的革命"红外围",随时准备成为"女性用品商店"货架上的一份点缀,只是,她们不要做得太过分了才好。

在电视屏幕上(我与外界的接触一半靠电视),当我看到那些女权主义者唾星四溅,声泪俱下地大谈一部人类的历史,就是女人受欺凌受压迫的历史,或者甚而言之,是被男人们强奸的历史,并且信誓旦旦地预言,女性重新统治世界的时代正在到来时,我就有些哑然失笑。

一个失业在家的女工不会提出这些问题,一个就要去田野上进行苦难或者幸福的劳动的农妇也不会提这些问题,这是衣食无虞的有闲女人提出来的,正所谓"人闲生余事,驴闲啃槽帮"。这些问题的提出显露出女人身上的小气和琐碎来。"她们要把自己变成什么呢?变成非女人吗?"我常常这样滑稽地想。

最近看到一本书,是一个西方女权主义者写的。书中言之凿凿地论证了,上帝在最初的时候,是一位女人,是人类的共同的母亲,只是在嗣后男权逐步统治世界时,上帝的性别才逐渐被确定为男人,并且在修订本的《圣经》中固定了下来。但是,当我们手执《圣经》,话里找话,字缝抠字时,仍然能找出"上帝是一个女性"这样的意思来。

我十分同意这些话。这些话令我想起东方宗教中的释迦牟尼,他最初的原型就是一个女性。我还想,我小的时候,每当我在户外受了惊怕或委屈,摸黑回到家里,老祖母用手摩挲我头发的情景。这摩挲令我安宁,使我的所有的惊怕和委屈得以消解,令我产生一种"上帝与我同在"的感觉。

但我仍然认为上帝不会是个女人,他大约是个中性人,或者按中国人的说法叫阴阳人,或者按西方人的说法叫雌雄人。

我的这个想法已经距传统的上帝是一位男性的观点,退缩了好远。在咄咄逼人的女权主义者面前,我是一个让步者。"让步"这个词让人想起历史教科书上的话:"每一场农民战争都使地主阶级或多或少地做出一些让步！"

然而这个上帝是一个阴阳人的说法，也不是我的观点。这是女权主义者们研究的心得，并且有厚厚的书籍来证明这一点。论点的出处，仍然是从《圣经》中话里找话、字缝抠字所得的。

我所以涉猎这些闲书，并非出于对当前主流文化的关心，对嘈嘈杂杂的女权之声的反应，而是因为一部电视剧。西安有个叫半坡的地方，是六千七百年前的一个母系氏族村遗址，我和朋友们正在那里操作一个电视剧。

母系氏族时代是人类的充满温馨回忆的童年。父系的出现伴随着私有制，而私有制的出现带来了战争。在中国的历史上，从轩辕黄帝开始，大大小小的战争一直延续到今日。这是我们拍摄这个电视剧的潜在意图。

我甚至还在电视剧中设置了这样的场面，即一群女权主义者，由妇联主任带领，同她们的新婚丈夫在这母系氏族村举行集体婚礼。婚礼的一道仪式，是男人们半跪下来，去亲吻女人的鞋尖。你看，我与女权主义者们不谋而合，殊途同归。不过，区别还是有的。我是清醒的现实主义者，我明白河流的流淌终将归于河床的道理，历史的所有进程都是一种必然。

天有二日，一曰太阳，一曰月亮。这是女强人武则天当年的最高梦想，并且将她的名字叫作"日月当空"。今天我们说，武则天当年也许就悟出了"阴阳人"的说法。

我从南方一座小城回来，在那里见到满街高跟鞋、超短裙的神女。她们令我对女人的那种崇拜感和神秘感突然减弱，并让我对女权主义者们的种种令人生疑的说法突然倒了胃口，而那些小女人们以一己的性经验而写的私生活小说，亦突然令我觉得女权主义这个话题的无聊。

生我之门

四十六年前,在渭河边的一家农舍里,一个做过童养媳的女人生下了我。前几天,有人要给我算卦,问我的生辰八字,于是我打电话问母亲。母亲说,是天麻糊黑的时候生的。电话中我还顺便问母亲,生我时这世界上有没有什么异象出现,比如孙猴出世时,正午睡的玉皇大帝突然连打几个冷战,母亲笑着说,没有!什么都没有!一个平常日子而已!她记忆中只有一件事,那就是她疼了一回!

母亲是童养媳。当年黄河花园口决口,难民像蝗虫一样四散而逃。在我的记忆中,母亲常常说起逃难路上的事情。她说,在一些路口,常常架着一长溜大铁锅,铁锅里熬着被称为"舍饭"的玉米粥,这粥稀得可以照见人影。每个逃难者只要伸出碗来,便可以得到一碗稀粥。她还说,在渭河渡口的一个地方,一个逃难的小姑娘饿极了,这时路边恰好有个人拿着一块馍,边吃边走。小姑娘见了,眼睛一亮,跑过去,一跳,抢过那块馍,然后扭头就跑。大人在后边追,眼看就要追上了,小女孩见路边有一摊牛粪,急中生智,将馍馍塞进了牛粪里,又用脚踩了两踩。大人走过来,蹲在牛粪跟前,瞅了一阵,叹口气,走了。女孩见大人走远了,从牛粪中刨出馍馍用袖子擦了擦,吃起来。苦命的母亲,讲这个故事时,眼睛里饱含着泪水。长期以来我一直疑心，那个逃荒路上的女孩子，正是后来我的母亲。

20世纪50年代初期，也就是我出生不久那阵子，还有一件重要的事情发生在母亲身上。早年参加革命，当时在陕北一家报社担任领导的父亲，从城里寄回一纸休书，认为童养媳制度是封建的东西，自己作为一个公家人，要带头和这封建包办婚姻决裂。休书寄到高村，爷爷念罢，刚强的母亲这时候二话没说，抱起我，就回了河南。黄泛区的扶沟老家，母亲依旧是举目无亲，住过一些日子后，母亲突然觉得，她还应当回到高村来。于是抱着我，重返高村。

高村现在的老年人，还常常给我说起这事。说我回河南时，还不会走路，回到高村以后，已经能扶着炕沿，颤悠悠地走了。还说经过中原文化熏陶的我，身上穿着花格子粗布做的棉衣，嘴里咿咿呀呀，会说几句河南话。而母亲记着的，则是发生在河南开往陕西的火车上的一件事情。

母亲说，车到灵宝的时候，我喊叫饿。母亲没有办法，只好把我托给邻座的一个人照看，自己跑下火车去买饼子。母亲不识字，加上又从来没有出过远门，上车以后，随着列车隆隆开动，母亲再也找不着我了。她发疯似的一个车厢一个车厢窜，后来实在找不着了，就站在那里哭起来。"我那时候认为，我是再也见不到你了！你一定是叫人贩子领走了！"母亲现在还常常这样说。那时，我听到了母亲的哭声，我跑过来扑进她的怀里。母亲紧紧地抱住我，用她的满脸眼泪的脸贴紧我的脸颊。

高村的那件休妻案后来以喜剧的形式收场。白胡子爷爷是乡秀才，传统道德的坚定不移的卫道士。一直不动声色的他，这时候发起雷霆之怒，他领着母亲，母亲则抱着我，北上陕北。在父亲的办公室里，爷爷用鞭子抽了父亲一顿，又罚父亲跪了一夜，直到父亲收回休书，写下保证,这样,爷爷才将我们娘俩留在陕北,自己独自返回高村。嗣后,母亲在报社印刷厂当了工人,我则被上班的父母用一根绳子拴在家里,一天天长大。我们家住在延安万佛洞下面的一个小佛洞里,系着我的绳子的另一头,捆在一个佛脚上。我曾经在一篇文章中写道,我见过一群石匠和囚犯修筑延安大桥时的情景。锤子叮当有声,石工们唱着凄凉的歌声,这狄更斯式的情节永远地留在我的记忆里。

父亲是一个好人,一个性烈如火的人,一个视工作为生命的人,一个仕途上饱经坎坷的人。他死于1992年,死于古历的二月二。他属龙。民谚中有"二月二,龙抬头"一说,但是没有熬到中午十二点,他在十一点半时候就死了。人们说,如果熬过十二点,他就不会死了。但是他没有熬到。父母的婚姻,让我来评价,我认为总的来说还是美满的。少年夫妻老来伴,随着老境渐来,随着父亲历次运动的挨整,他们互相依存,互相搀扶着走完最后的路程。父亲死后,按照他的遗愿,他的骨灰被运回高村。乡间公墓上有一个坟堆,那是父亲的。一墓两穴,一个穴位,父亲正在里面安眠,另一个空穴,是给尚且健在的母亲留着的。

母亲属鸡,生于古历的十一月。中国民间认为生在十一月的鸡是"败月"生的。有"正蛇二鼠三牛头,四月虎,满山吼,五月兔,顺地溜,六月狗,墙根走,七猪八马九羊头,十月猴,满街游,十一月鸡儿架上愁,十二月老龙不抬头"一说。我不相信这些,我诅咒这种无聊的说法。

如今,她仍在陕西居住,和我的弟弟生活在一起。去年我接她来西安住,她住了不到一个月就回去了。她说住不惯楼房。我自个想,她恐怕是担心死在西安后会被火化。但是我还是想把她接来,尽尽我的孝心。我不久后就会分到一间大房子,到时候,专门辟出一间,接我的苦命的母亲来住吧!

… 第五章 漂泊是生命的常态

储 医 生

我乡间的亲人已纷纷谢世,

我边疆的战友已不知西东。

——引自旧作《关于城市的断想》

医生姓储,浙江宁波人。我刚到边防站不久,右手的大拇指便被蚊子咬了,高烧四十度,昏迷了三天,是这个储医生,将我救活的。

白房子五年,这个大拇指和我找了两次麻烦。一次是这次,另一次,是1975年秋天打马草时,我学着哈萨克们的样儿,用一块石头磨大刈镰,结果,镰刀差点削掉了我的半个大拇指。也是储医生,在我的指头蛋上缝了三针。记得当时没有麻药,我是口里喊着"下定决心,不怕牺牲",让储医生在我的带茧的老皮上穿上这三针的。

话撵到这里了,我还记起另外一次手术的事。一次是牙齿。掉牙的故事我在一部叫《伊犁马》的小说中写过。我胯下的一匹没有骟净的军马跳上了哈萨克的游牧的母马的马背,这样,我唯一能够做的是从马背上滚下来。结果,戈壁滩上的一颗石子崩掉了我的门牙。我在这篇文章中曾经浪漫地写道:我的那颗门牙如今已经变成一块风景，在戈壁滩的某一处闪烁，当人们盛赞戈壁美景时，它也成为被盛赞的一部分。这颗门牙的缺口后来是被四医大来边防站巡诊的医生给补上的。

话撵话，这时候我又想起了一个许医生了。许医生是兽医，但是，平日他最忌讳人叫他"许兽医"，谁叫他"许兽医"，他跟谁面红耳赤。原来，他是大龄青年，部队上每年给他三个月假，让他到内地找对象，但是，找个对象，领到部队，大家叫一声"许兽医"，对象就生气了，转身"开台"了（哈萨克语"走""离开"的意思）。知道了他的这个忌讳，于是大家只叫他"许医生"，如果能抛开职业，直接叫他"老许"，他会更高兴，胖胖的、戴眼镜的脸上立即堆满了笑。

许医生是营部的兽医，那些过往的医疗队只是过往而已，真正在边防站和我们一起爬冰卧雪，一起随时提着脑袋，准备应付界河对面的"抓一把就走"的是这个储医生。

储医生面色白净，身材高挑，一颗门牙，大约是吃抓羊肉时崩断了，只剩下半截。他的篮球打得很好，三步上篮的姿势很漂亮。乒乓球在我之前，一直是边防站的冠军。有一年春节比赛，我一个回头，将储医生拉下了马，储医生为此心情沉重了很久。

储医生不求上进，在边防站是消极因素的代表，连长和指导员都视他为眼中钉。他是成都军医大学毕业，多年了还不是党员，这在部队上是很不正常的事。他的每一个女朋友和他分手，大约都是为的这事。女朋友在十六医院。边防站的司机每一次出车到县城，储医生总要为女朋友捎寄一封信。有一次仓促间，储医生的信忘了封口，过了几天，十六医院的信来了，照此办理，也没有封口，信中还有"事无不可对人言"这样的话。储医生见了信，赶快又回信检讨，这事成为笑谈。十六医院最后来的一封绝交信，也是没有封口的，信中说，中国如此之大，人口如此之多，相信你会找到称心如意的爱人的！储医生拿着信，大哭一场，然后又将那张扎着两根羊角小辫的照片，扔进火炉里去。照片在火炉里跳跃。

储医生后来的妻子，仍然在十六医院。"十六医院门朝东，恋爱成了一阵风"，这句口头禅甚至传到了我们偏远的边防站去了。这个对象居然是分区司令员的女儿，这使储医生足以向我们、并向他原来的女朋友炫耀。这个姑娘没有看上一个激进，她不仅不在乎储医生入没入党，还怂恿和支持储医生转业的想法。

储医生的外号叫"储鼻子"。他嘴馋，喜欢吃肉，吃豆腐。每逢灶上吃好菜，他就会站在饭堂门口，拿筷子敲着碟子，遇见那些老兵油子过来了，"今天吃什么菜？"他便边说边将鼻子凑到碟子跟前。没容老兵反应，他突然伸出一根中指，按住自己一个鼻孔，嘴里则"咝咝"两声，那声音极像擤鼻涕的声音。老兵说："脏死了，不吃了！"储医生这时脸上笑开了花，他说："不吃了，好，拿来给我！"说罢，不容分说，抢过碟子，将菜倒给自己。"储鼻子！你是储鼻子！"老兵站在那里，无可奈何地说。

储医生的衣着，却是全边防站最干净的。一身军装，总是洗得很干净，帽子也戴得很端正，领章很展。口罩的两条白色的带子，从脖子后边绕过来，在胸前交叉着塞进衣服里。他的衣领的里边，还衬着一条蓝色的手工织的毛领，露一个蓝圈在脖子外。他时常给我们这些大头兵吹嘘，说这是女朋友给打的。结婚后，这条蓝领退役了，换成了白色的确良衬领。

他大约是1976年年初离开白房子的。在此之前，有一年的时间，他不再工作，在等转业命令。不工作的他，每天扛一个渔叉，到界河和额尔齐斯河交汇的地方去叉鱼。他叉了很多的鲤鱼，然后将这些鱼开膛挖肚，剖成两片，再撒上些盐，挂在院子里风干。空中的太阳,水面的反光,令他白净的脸罩上了一层褐色。"我这些鱼,是将来落脚时,用来打通关系的!"储医生说。鱼片挂在院子里,随风摇曳,令大家都很眼馋,指导员多次要老炊将那鱼片摘几个来下锅,炊事员不好意思,终于没摘。

他走时正是一年中最冷的季节,雪片纷纷,朔风怒号。冰雪堵塞了白房子通往外界的道路,边防站只好用雪爬犁子,把他先送到额尔齐斯河南湾的别尔克乌争议地区,那里有一个军民联防指挥部,每年冬天进驻这一地区,它们有一个斯大林一百号,可以顺额尔齐斯河的冰层直达哈巴河,再转阿勒泰。

那天蝴蝶般的雪片扑打在人的脸上,全边防站列队,在操场送储医生。当储医生爬上爬犁子的那一刻,他突然泪流满面。每一个离开白房子的人都会大哭一场的,包括我,但是储医生会哭,却出乎意外,他是多么盼望早一天离开这个处在死亡阴影下的白房子啊!记得我们当时都哭了,我们目送着雪爬犁子远去,目送着这个在江南温柔水乡中长大,又在白房子中度过一段青春岁月的大学生,退出我们的视野。

作家张敏

张敏祖籍是山东。关中地面,顺渭河北岸,密密麻麻地排列着一批山东庄子。据说,民国十八年大旱,陕西境内赤地千里,人民仅存十之五四(见斯诺《西行漫记》),当时关中地面有个县令是山东人,于是从老家,动员来大批移民,以补秦地之空。这是一种人文现象,不独张敏,文化圈中的吴天明、陈爱美都如是。

后来兵荒马乱年月,张敏一家又有过许多次迁徙。他出生在陕西阎良,十岁前长在新疆的哈密。新中国成立初期,举家又迁回陕西,在西安市方新村居住。而今,他一大家子,婆姨一大家子,七狼八虎,成为方新村地面的一个大户。

张敏在为他亡母刻的墓志铭中称自己是"受孕于黄河古道,成长在大漠边关"。能这样自嘲的人,叫大幽默。我在一篇文章中曾说,我在西安街道转了一圈,发现至少有一半的男人不懂得幽默。

张敏有文名。20世纪70年代末80年代初,他有一大批小说,震动当时的文坛,其才华横溢,文笔犀利,领陕西文坛一路风骚。80年代中期以后,兴趣他移,调到西影厂从事编剧,虽有电影《错位》等问世,但终使文坛失去了一片灿烂的风景,令人惋惜。

张敏的疏远文坛,当然也有社会的原因。几年前,在一次讨论会上,陕西文坛的泰斗人物胡采老师说,看到高建群的作品,令我们想起前些年的张敏,看来,我们当年对张敏小说风格的评价,似有不公允之处,我们过多地强调了现实主义创作为陕西小说的主流,而视别的风格为异端,时间证明这是不对的。记得后来,我将这话转告了张敏,张敏很感动,专门去看望了一次这位可敬的老人。

张敏是一位奇人,他的肚子里有许多奇奇怪怪的故事。这些故事都是他的阅历。听他谈吐,我不明白,为什么世界上的蹊跷事,都让他给遇上了。这些事情,个个都可以进《今古奇观》的。俄罗斯有一位天才作家叫左琴科,将自己一段一段的经历,写成一部小说叫《日出之前》;小说成为文坛一枝奇葩。我对张敏说,将你的经历,仿效左琴科的笔法,写出来,多好!这个懒散的人,嘴里答应着,就是不动。

将张敏的经历,挑出两段说说罢。

却说有一次,他在街上闲逛,遇见一个气功大师。大师正天花乱坠地在那里吹嘘自己的功力。大师说了,将农家的那种双扇门,开圆,他站在五步之外,运动气功,可以让两扇门自动关闭。张敏见说,"哼"了一声,表示不信,双方言语过往一阵后,便提出打赌,并定下赌金一万元。

敲定以后,气功大师提了一万元,拦下一辆出租车坐了,随张敏来到方新村。安排气功大师在家里坐定,张敏便出去四处张罗,凑够一万块钱,然后又领着大师,在方新村四处转悠,后来经大师认定,找到一户人家的那种带木轴的门。

"我就想,你有多大的气,隔着五步远,用五分钟,能将这门合住。你要真有这本事,我算交一万块钱,开一次眼界!"说起这事,张敏这样对我说。他说那气功大师站在五步以外,微闭双目,运足气力手掌猛地往前一推,高叫一声"关"。叫过以后,众人看时,那门仍开得圆圆的,纹丝不动。如是者三次。五分钟用完了,张敏产生了怜悯之心,他提了个油壶,在门轴上滴了些油,转动了两下,"再给你五分钟吧!"他对气功大师说。

五分钟后,这门依然没有关上。"今天找不着感觉了!认栽!"大师懊丧地说。说罢,丢下一万元,提了个空包,走了。

张敏说他拿了这一万元之后,心想,这是不义之财,将它吃了罢,于是一声吆喝,弟弟、内弟叫了一大帮,"啥贵吃啥!"吃到晚上,一要单,一万三千八百八十八,傻了眼了。只好先交一万块,然后留下儿子当人质,再回家去取那剩下的一路发。

这就是张敏的做派,倜傥豪爽。原想在这里,再写他几件事,比如当武警战士时杀人的经历,比如和蒙古族姑娘摔跤的经历,比如给一本书里填框框的经历,许多许多。奈何篇幅有限,找另外的机会再说罢。

张敏最近有一篇文章,叫《寻找失踪的伟人》,引起轰动,被誉之为主旋律作品,由他与郑定于老师承头写作的三十集电视连续剧《大街小巷》剧本也已告竣。

张敏的夫人方芳,典型的中国式的贤妻良母形象。张敏常叹息曰:"咱他妈的成就不大,就是因为没离婚!"嫂子每听到这话,便把手往门外一指,笑着说:"你走你走!"张敏复叹息一声说:"走不了了!老了!十八年老了王宝钏!"

阳阳五岁

作家张敏是个天不收地不管的人。他常说:"谁敢管我?管我的人还没有出世哩!"这话说过一些年之后,管他的人终于出世了,这就是他的孙女张少阳。

阳阳满月时,张敏说,他要做个试验。什么试验呢?张敏说,大家都说人是猴子变的,那么胎毛未脱的婴儿该离猴子最近了,他要把阳阳举起来,让阳阳用手去抓横亘在屋里的那根铁丝,如果阳阳能用手抓证明这达尔文的进化论不是谬论。说话间,张敏于是就要松手。满屋子的人见了,一阵惊叹,这手也就没有敢松。于是乎,这场试验,只做了一半。

从零岁到一岁,阳阳每天做的事情,是静静地坐在那里,怀里抱一只花猫,扑闪着两只大眼睛,看世界。我逗她,她不笑,我问她我是谁,她也不说。后来有一天我打电话,是她接的。我问电话那边是谁,问了半天没人吭声。后来,一个童音口齿伶俐地说:"高建群!"原来她竟然知道我的名字。

阳阳到两岁的时候,开始嚷着要穿裙子,穿跟高一些的鞋。阳阳到三岁的时候,开始用一块黑板,在上面写字。张敏家有一间画室,我常在那里写一些应酬的字。当我写字时,小女孩就静静地趴在桌沿，看我写。然后，再模仿我的字，写到黑板上去。她模仿我的字，像极了，嫂子见了，常常惊叹。我说阳阳的字比我写得好。我是想脱俗却终不能免俗，阳阳则是无章无法，无拘无束，浑然天成。

阳阳四岁的时候，嚷着要上学。于是穿着件花裙子，背了个小书包，上了幼儿园。到了五岁，她就正式上学了，学习很好。五岁的阳阳还特别会照相，那些挎着坤包，戴着太阳镜的照片，活像摩登女郎。嫂子惊叹说：这小人儿会扎势，长大能拍电影。

张敏五岁的时候，在新疆吐鲁番，他瞪大眼睛看，看见过溃兵火烧吐鲁番城的情景。笔者的我五岁时，在延安石佛洞下面的一个小佛洞里居住，父母去上班，将我用一根绳子拴在佛脚。

阳阳是一天天大了，张敏是一天天老了。他常常端详着那只缩成一团的老猫说：真奇怪，阳阳刚生下来时，就跟这只猫一般大，现在不声不响地，成了个人。

张敏曾经是绝对的一家之主，唯我独尊的暴君式的人物，现在这户主变成了阳阳。去年秋天在太湖参加笔会，阳阳一个电话，张敏立刻买飞机票，半天之内赶回。今年秋天在罗布泊，张敏突然想起孙女，于是不思茶饭，蒙头大睡。一离开罗布泊，手机里听到阳阳的声音，他就满脸放光，立刻买火车票回家。

写完上面这些文字，我的心中充盈着一种温馨的感觉。"培养一个贵族需要三代！"这好像是巴尔扎克的话。较之我们坎坷的一生，阳阳这一代是该有她辉煌的前途的。且让我像泰戈尔笔下那个身背褡裢的喀布尔流浪者一样，向张宅门口站着的这个小姑娘真诚地祝福明天。

给 漂 泊 者

郭世平是一个小我二十岁的作家朋友。他是榆林人。榆林那地方我去过。天高地阔、锦绣繁华的一座塞上小城。毛乌素沙漠和陕北黄土高原，就以榆林城的城墙为分界。

世平是一位漂泊者，他背着他的行囊，行历过中国境内很多地方。他上过鲁迅文学院，这之后便在一些期刊作编辑记者。时下刊物如林，那些办得火的刊物，几乎都是从社会上招聘一批优秀人才，不论贫贱，只论水平，如是操作着。

职业的原因，世平和文化界许多人物都有来往。一次与歌唱家关贵敏邂逅，他的一曲信天游，惊得关贵敏站起来，对这个黑黑的、貌不惊人的陕北后生仰视一阵，说道：这是真正的陕北摇滚！世平在汪曾祺大行前写的那个专访，被多家报刊发表，成了一件珍贵的文史资料般的东西。

世平和上海的吴亮亦是朋友。我喜欢吴亮的东西。吴亮前几年向评论界告别，说了这么一句话：我回到我的小屋里去了，我不欠小说什么，小说也不欠我什么！我为吴亮的这句话喝彩。而在去年，当中国的评论界反省自己，提出"中国有评论家吗？"的话题时，我在一次会上说：有的，至少我们有一个吴亮。

世平在世界上漂泊了许久，最后落脚于西安。他现在在一个叫《喜剧世界》的刊物任职。我读过许多他写的文章和他编的稿子。他如今成为该刊物的骨干。

世平常找我来约稿。我这几年已经不愿多写那些小稿了。罗曼·罗兰借克利斯朵夫之口说：克利斯朵夫已经不写那些小东西，他把他的激情积攒起来，准备完成一个大的东西了。我大概是受了这话的影响。不过，世平约稿，我是一定写的。对这位青年朋友，我没有能力提供别的帮助，只这点本事。

去年冬天，陕北朋友捎下来一只羊。吃羊肉要和朋友们在一起才热闹。我打电话叫世平和另外几个朋友来。高压锅炖了，每人一海碗。只听牙齿咬着羊肉吱拉吱拉的声音，饭桌上的羊骨头像山一样堆了起来。

在西安，世平也许生活得并不惬意，这我能感觉到。西安大约是中国最保守的城市，儒家文化的劣质一面保留最多的地方。我在一篇文章中说过：我在西安的街头转了一圈，发现至少有一半的男人不懂得幽默。世平的脸上，常常流露出一种客居、一种天外来客、一种城市的唐突闯入者的表情。他说很可能他还要漂泊，去北京，去南方。

我理解他的话，也明白对一个才华在心中燃烧的青年来说，漂泊的命运将伴随他一生。"我是一个在双桅贼船上生活惯了的水手，不管岸边的绿荫和和煦的阳光怎么引诱我，一旦那船只高高的桅杆，出现在远方的海平面上的时候，我就狂喜地奔向它！"这是莱蒙托夫为"多余的人"写的著名宣言，这是一代有才华而未能发挥的人类的痛苦呼叫。

今年春节，中国作协领导王巨才先生回西安省亲，饭局期间，他问起我陕北这两年有没有文化人出来。我哼唧了良久说，有个叫郭世平的年轻人请你注意注意他。

我的朋友爱琴海

爱琴海画了一幅油画给我。油画叫《奥德塞史诗里的野天鹅》。苍茫的雪原上,一群野天鹅在挣扎,在歌唱,在气绝而亡。油画的调子是蓝色的,有点像鬼蜮,又有点像天堂,油画传达不出声音,但我凝神谛听,分明能听到天鹅们弥漫整个空间的大美之音。

西方人认为,天鹅一生只吟唱一次,那是在它行将辞世的时候。那时,它毕一生之力,将最美好的祝福留给人间。借于此,拜伦在他的《唐璜》中,曾经犀利地唱道:让我像白天鹅歌尽而亡。

歌尽而亡的天鹅,最后蜷缩起来,在雪原上形成一个一个的小丘。那些美丽的遗骸莽莽苍苍,从我们的脚下直铺天际。我刚刚从宁夏归来,这样充满凄凉感的小丘我见过;不过那是沙丘。宁陕道上戈壁滩中会突兀地出现这么一片景致:烟雾腾腾,飞沙走石,小丘连连,气象森森,仿佛前人在这里布下的一个八卦阵。而银川左近的那个影视城,如一片历史的废墟,横亘荒原,更有不尽的沧桑感向你袭来。张贤亮老师说,他是在出卖荒凉!

爱琴海的油画现在就悬挂在我的客厅里,占了半面墙壁。每日相对,佐我晨昏。

我没有上过大学,《奥德塞》者,《伊利亚特》者,我知之甚少。不过我喜欢希腊悲剧的那种崇高感和古典美。我在自己的作品中,总是竭尽所能,向历史上的那个高峰靠近。大约正是知道我这种一厢情愿的艺术追求,并且知道我对那个挥舞着拐杖的大诗人拜伦充满敬意吧,爱琴海先生专门画了这幅油画赠我。

去年的这个时候,我从陕北回到西安。前辈作家、我的好朋友张敏先生说,住在北郊吧,这里的房便宜。我说"好"。后来又有朋友说,北郊不好,北郊是下等人居住的地方,文化人应当居住在南郊。我听后置之一笑说,我本来就是个下等人,不修边幅,不拘小节,衣衫不整,邋里邋遢,混迹于这些引车卖浆者之中,正是我的心愿啊!

前不久,爱琴海先生从陕南下来。这时我劝他也居住在这里。爱先生一拍大腿说:"好,三人成虎。咱们住在一块,闹一番世事。"我的楼前面,有一溜平板房,爱琴海在二楼上租了两间,月租一百五十元,一张大白木桌子,房中一摆,一手挥动画笔,一手挥动钢笔,进入状态。

爱琴海除画画之外,还是一位作家。1988年,他写过一部有影响的中篇《沉默的玄武岩》。而今,他手头又有两部长篇,一部已竣工,一部已接近完成。他说,一个交出版社,闯点名;一个交书商,挣点钱。

我和张敏、石岗几位,都是爱热闹的人,三天一小聚,五天一大聚。有个郑定于老师,中国电影界的大权威,也时常放下架子作老顽童状,与我们一起厮混。每次冶游归来,见爱琴海的房间里还有灯光,便上去敲门。爱琴海穿一条短裤,大汗淋漓,正在写作,房间热得像间土耳其浴室。"今天完成了八千字!"他说。只这一句话,令我们几个面生愧色。

爱琴海当然主要还是一个画家。他有一个堂吉诃德式的梦想，想在西安的北院门，开一个画店，经营他的画。他目前已凑够了二十多幅，店址也已确定，可望不久即开张吧。他的画，大约会找到买主的，以他给我画的这幅《奥德塞史诗里的野天鹅》而论，据说，有人曾出到一万元，要买，他说这是给朋友画的，不卖。

爱琴海身材矮小，大约一米六吧。夫人却长得雍容华贵，身材高大，一米七还要多些吧！那次在我客厅里，挂这幅画，爱琴海站在一个小凳子上，半天挂不上去。夫人见了，一把推开他，又一脚踢走小凳，然后站在地板上，伸长玉臂，轻轻松松地将画挂好。"高女人与矮丈夫，这是冯骥才小说中的一个题目！"我打趣道。爱琴海听了，使劲地伸长脖子，作小伟人状，婆姨横他一眼说：现在要长，恐怕迟了！

爱琴海已经调来，婆姨还没有调来，我盼望这一对伉俪能早日团聚，亦盼望他的那两个长篇，会给新时期文学增添斑斓之色，并给他带来收益。画店什么时候开张，我也等待着，到时候，为他凑个热闹吧，如果那时手头宽裕，不妨率先买他一张画，给市民们做个榜样！

一件文化衫

1993年4月17日，长安影视制作公司创作中心在西安夏威夷酒家开会，商定成立事宜。共有陕西四位作家、四位剧作家参加。中心成立时，举行了新闻发布会，宣读了《夏威夷公约》。"天维四柱，缺一将倾；八人八脚，螃蟹横出"是公约的主旨。

八人中，陈忠实、贾平凹、王蓬和我是做小说的。剧作家则有张子良这个陕西第一编剧，先生以《黄土地》《一个和八个》享誉新时期。杨争光是双料，小说写得极好，时下又有六七部电影剧本在拍摄或已告竣。竹子是《野山》的编剧。芦苇是《黄河谣》《霸王别姬》的编剧，目前正火爆。这八条关西大汉汇聚夏威夷，成立中心，用意明显，欲与京派的海马，以及海派和粤军，争影视圈一番天下，创一方霸图。能不能做到，还看发展；大话先说出来，吓他们一跳。

4月17日中午，从会议室下来。门厅里，有个南方女孩，在柜台上一边卖文化衫，一边在衫子上写字作画。这个景致极为诱人。

平凹曾在1986年冬止园开会时，为我写过一幅字。字现在就在陋室里挂着。可惜写字时，上顶天，下顶地，没个落款的地方。这次开会，我给贾先生说，什么时候有空了，给我把落款补上。平凹说，他现在的字比过去好多了，找个机会，笔墨伺候，他给另写一幅。

平凹说，有个邻居，经常夸他的字写得好，怎么个夸法呢，你们不妨听听。邻居教导自己的孩子说：你要向你叔学习，他胆大，敢写，一写一个墨疙瘩，也不脸红。平凹的话，博得大家一阵大笑。

张子良先生的字也不错，所以对平凹的字，总有不逊之词，要众人给个说法，大家只打哈哈，不置一词，杨争光先生也瞎掺和，说他的字不错，敢和平凹一比。我说争光的字我不敢恭维，恐怕还不如我吧，贴在墙上有辱没斯文之嫌。我的话说得争光先生大窘。

附带说一句，满堂的少男少女侍者们，蜂蜂拥拥，总是来请贾先生签名留念，令同行的我们，面色上都有些不好看，恨不得从此将这支秃笔扔了。

平凹在南方姑娘的旁边停下来，看她作画。

突然，平凹说，给你汗衫上写个字，行吧！

这当然是一件求之不得的事情了。字在宣纸上，只有客人能看到，若写在衫子上，便可以随着我的走动，它也满世界招摇。

我说，在北京召开《最后一个匈奴》座谈会时，穿上它。

我掏五元钱买了个汗衫，平凹开始在上面写起来。子良、争光、竹子一伙，在旁边起哄。那位被抢了生意的南方女孩，站在一旁抿着嘴笑。

平凹先在文化衫的正面写上"匈奴"二字，并画上图章，写完搁笔后，笔性已起，收刹不住，又央人将衫子翻过来，在背后写上下面一段话：

"癸酉岁四月与建群兄相见于长安。建群创作《最后一个匈奴》完毕，以示恭贺。吾字一幅千元，今送之，后代可世世还其利矣。不写了，因多写也是钱，平凹。"

写到最后，满场肃然，只平凹秃笔在动。

西安人好追名人。至写完时，围观者约半百之众。不时有人跳将出来，问贾先生可否记得他，更有人张罗纸笔，想就此留下墨宝。事因我起，事还得我毕。因此，我吆喝一声：吃饭了！然后将平凹从人群中拖出。

这是这件文化衫产生的经过。

记得当天晚上，有收藏家来访，出价一千，要买这件汗衫。我心里委实想卖，因为正囊中羞涩，有这笔钱，晚上就可以和杨争光以及西影那些背上背个《大红灯笼高高挂》的小伙子们搬一阵方砖了。可是我没卖，主要是平凹当时在场，我面子上下不去。再就是张子良先生也在场，他见平凹的字竟然有人买，心中不悦。老师辈的张先生摇头晃脑地说：都是些墨疙瘩哟，还有人要，不可理喻！不可理喻！

北京座谈会时我没穿这件文化衫，因为天太冷，我怕穿了人家说我有病。9月底要去京签名售书，到时恐怕又穿不成了，因为天又冷了。不过8月8日在西安钟楼签名售书时，我穿了它，因此可以给平凹先生一个交代了。那天签名时，前面的人不算多，脊背后边倒见爬满了人，争看贾先生的字，害得我热得大汗淋漓，差点中暑。

我的樱桃树

——为"文学生涯二十年"而写

我在文坛二十多年,经历过许多坎坷。《米豪生奇遇记》中说,米豪生有一次到森林中打猎,迎面走过来一只梅花鹿,这时他的子弹用光了,于是用一颗樱桃核,装进枪膛里,射了出去。一些年后,米豪生在森林里,又见到了这只鹿。这只鹿的双角之间、脑门顶上,长着一棵美丽的樱桃树。米豪生甚至尝了尝那树上的樱桃。他说那樱桃味道好极了,既有樱桃的味道,又有鹿肉的味道。

我经历过的苦难和坎坷,我被别人当作靶子射进身体里的子弹,后来都长成了樱桃树。我用我的血和肉来滋养。亲爱的读者,当你们欣赏着我的那些带着灿烂的笑容写出的文字时,那正是我的樱桃呀!

但是我今天不想谈这个。在这个命题作文中,我想谈一些高兴的事和温馨的事。或者再直接一些说,谈谈我的几位可敬的朋友们。

《中国作家》杂志的杨志广先生,最近我在西安又见到他了。相对而坐,一股亲情油然而生。志广给我发过许多稿。我的中篇《遥远的白房子》就是志广手里发的。这小说后来出了些事情,怕我有压力,《中国作家》始终瞒着我和保护我,直到没事了,才给我打来电话。为这事，故世的鲍昌老师和健在的张凤珠老师受了不少委屈。这些都是应当永远记住的。回忆过去的事，我常常对我上高中的儿子说，你将来要能考到北京，有个叔叔是我的朋友，他会照顾你，这个叔叔叫杨志广。

作家出版社的朱珩青女士，更是一个我应当永远记住的人物。她是我的《最后一个匈奴》的责任编辑。是她从茫茫人海中，注意到了我的不谙人事的面孔。她主动给我寄来了约稿合同。她说，能写出"白房子"这样的小说的人，他该能写出更好的长篇的。合同签了后，她还专程取道四川，搜寻了周克芹的遗稿后，风尘仆仆地奔到陕西延安，督促我写稿。后来在出版中，她又做了大量的事情。北京《最后一个匈奴》座谈会上，看到她满脸喜气，像一位羞涩的小姑娘一样坐在会议一角时，我站起来说："首先让我向一位高贵的女士致意，她就是我的责编朱珩青老师！"

朱珩青是编辑家，同时又是评论家和作家。她是国内少有的几个路翎研究专家之一。在一个黄昏，我坐在古城西安大明宫旧址旁我家五楼的阳台上，面对着缓缓西坠的红日，读朱珩青的《未完成的天才——路翎传》。看完后已是暮色四合，一种悲怆的感觉填满了我的胸膛。我当即给朱老师打电话说，这本书应当被列为我们的大学教科书，应当成为文科大学生的必读之物。后来我还写文章说，在路翎先生混沌的晚年，假如还有一丝新时期文学的阳光照耀过他的话，这阳光是时代通过朱珩青女士带去的。一个女人用她柔弱的肩膀承担了那么多的社会责任，这是我们这些男人应当羞愧的，包括我。

我还想说一个人，这个人就是作家张敏。由于是邻居，这两年我们来往颇多。（我们两家隔一条大马路，张敏说他查了法学词典，词典上有"隔路不是邻"这句话。那么我就叫它"对门"

吧)张敏20世纪80年代初,曾是陕西文坛上一位令全国瞩目的小说家,过往的诸如王蒙、张贤亮等人物,都专门到他家看过他。陕西作家更是将他家当作沙龙,几乎人人都去过,贾平凹甚至在他家里安锅搭灶,住过半年。平凹说:你们吃什么,我吃什么,嫂子给米汤锅里多加一碗水,就有我吃的了。后来张敏兴趣转移,到西影厂搞起了电影。有个电影《错位》,就是他编的。这人,在家里是个绝对的暴君;在社会上,却是个散淡的、与世无争的人。给他职称,他不要;给他官当,他不要;给他房子,他不要。而今不到退休年龄,就打个报告,退休了,每天在家里,写些长长短短、大大小小的文章,养家糊口。腰里有了几张稿费单,烧得晚上连觉也睡不着,非眼睁睁地将钱花光才安稳。没了钱,佝偻个腰,一副落寞的样子。我常说,较之那些贪占社会的人,你是最干净的,打的的钱、请客吃饭的钱、打麻将的钱(他打麻将基本上从来没有赢过。别人约他打麻将,他说,你们想要我的钱,说就是了)都是自己的。

  我这几年遇到一场文坛官司,为我仗义执言的是张敏。当我像一个溺水者在泥潭里苦苦挣扎的时候,当我"嘤其鸣也,求其友声"的时候,许多人站在旁边抄着手看笑话。我如果陷入灭顶之灾了,他们大约会写悼念文章,我如果能从泥潭中挣扎而出,他们又会打来电话慰问,并称是我最好的朋友。为这事我应当记得张敏。当然还应当记住许多为这事支持过调解过关心过的前辈和朋友们。应当长出一口气的是,如今我已经从泥潭中脱身,射在我身上的子弹变成了樱桃树,百炼成金刚不坏之身。

  我大约不会活很多年了,因此我想趁我活着的时候将这些对别人的一份感激说出。而"文学生涯二十年"这个命题为我提供了说上面这些话的机会。

我的北京知青朋友

陕北的这一代作家，都受到北京知青的重要影响。典型的例子是路遥。有个北京知青叫陶正的，自己下来时背了个油印机，自己写文章自己发表。这令回乡知青的路遥知道了世界上还有一项营生叫"写作"。路遥的初恋是一位北京女知青。《人生》完稿的那一天晚上，路遥曾热泪涟涟地给我讲起他的初恋。路遥后来与另一位北京女知青结婚。

我小这一茬知青两三岁。二十年前那个飘着雪花的日子，三万名北京知青坐着大卡车来到陕北。我当时站在欢迎的人群里。我记忆最深的是这么一件事。一个男知青花八块钱买了一头驴。"这么大的个东西，才八块钱！"知青很惊讶，就把它买下了。接着，男知青牵着驴，女知青一个一个地骑它，像闹秧歌、耍社火一样，在县城的街道上转了半下午。后来，驴高低不走了，任凭知青们喊口号，踢它，就是不走。旁边一个老乡说："这驴是饿了！""驴也会饿？"知青们很惊讶，他们大约只玩过玩具动物的驴。老乡为驴鸣不平起来，他说："你都会饿，驴不会饿！"听了老乡这话，那些漂亮的女孩子们，于是纷纷从自己的黄挎包里，掏出糖果、饼干、面包，往驴的嘴里塞，其状可掬。

我有许多的北京知青朋友。如果将他们一一写出，会是一篇大文章。诗人高红十是我的朋友，我们二十年前在延安市办的创作学习班认识。那时红十已经和她的北京大学同学，写出那首著名的《青春之歌》，人民日报发了一整版，成为知青运动的宣言书，而红十本也成为知青运动的风云人物之一。

1994年秋天在北京，红十大姐请我吃饭。那是一个黄叶翻飞的日子。我们去的地方是张自忠路口的老三届餐厅。类似这样以知青命名的餐厅，北京还有两个：老插餐厅和黑土地餐厅。席间，从第一批知青薛喜梅、邢燕子、侯隽，一直谈到了后来的许多知青，谈到这一代人后来的命运，感慨颇多。而窗外翻飞的黄叶，此刻令人想起俄罗斯天才诗人叶赛宁的两句话：金黄的落叶堆满我心间，我已经不再是青春少年！

——记得当年，我把这诗背给路遥后，这两句诗成为他的口头禅，并好像写进他的《平凡的世界》里了。写出《我的心儿在高原》的诗人梅绍静是我的朋友。她好吗？这位命运多舛的才女、艺术的殉道者。写出《干妈》的诗人叶延滨是我的朋友。还有作家陶正。哦，我这时候想起陶正的一件事。1982年秋，为纪念陶正他们办的那个小报多少周年，陶正回到他插队的那个村子。他上了坡坎，突然老乡放了一个狗来咬他，他吓坏了，连滚带爬跑下坡来。站在坡底，他又喊。他说老乡明明看见他了，就是躲在门后面不出来，这使他很纳闷。后来，见他不走，终于有一个婆姨走出门来，站在窗畔上喊："喂，北京娃，你是不是来要你的知青窑来了！"原来，北京市政府当年给每个知青点上都建有知青窑，陶正走后，这孔窑让这家老乡住了，老乡是担心他来收窑。陶正听了，哭笑不得。

这当然是个别情况。我陪过许多拨北京知青回队，他们对老乡的感情，老乡对他们的感情，双方抱在一起大声痛哭的情景，连在一旁的我都落了泪。有个女知青叫郭林,当年修延安至延长的公路时,她拉的架子车翻了,砸断了两条腿,又到广州重接了一次。我陪她回过队,她一进村子就放声大哭,半天的时间,她把每户人家都走了一遍,给每家放上二百块钱。她搂着房东大娘哭得死去活来,一边哭一边说:"大娘呀,我以为我再见不上你了!"至今我写这短文时,我的眼睛也潮湿起来。

我这时还记起郭林的一件事。郭林先在部队院校教书,后来转业到深圳。1994年,她插队村子的一个男孩在深圳打工,受了工伤,外资老板弃之不管。这男孩头部粉碎性破裂,同村的人走投无路,找到郭姐。郭林先拿出六万块钱(她也是工薪族,并不宽余),送这男孩到医院抢救,接着找到外资企业老板,说道:"你敢欺侮我们村子的人,我跟你没完!我要告你!"北京知青在全国各地(甚至全世界各地)都有势力,外资老板见有人出头了,惹不起,只好付了医疗费。后来男孩出院后,给素不相识的我写了封信,谈这事经过。我将这信,连我的介绍文章,在《延安日报》全文发表了。这是1995年的事。

还有一位北京知青朋友,我是一定要写一写他的。他叫孟祥升,曾在有名的南泥湾担任过公社书记。这是个老大哥式的人物,南泥湾一共分了十八个知青,他是领头的,他在那里,将所有的知青一个一个地送走,有的在国务院,有的在部队,二十年后才记起他自己该怎么办了。他后来好容易联系回去,当了一个在街上拉板车送煤球的工人。他走时我去送他,他的背已经有些驼了,拖着步子,让人想起《三套车》中"你看那可怜的老马"这话。

当年赴陕北插队的三万北京知青,而今留在陕北的,只剩三百人了。这是为了写这篇短文,刚才我打电话问延安的。哦,三百壮士,高原的最后守望者,我想我的笔更有理由向你们致敬。

从知青走来的臧若华

你有没有见到这一种事情，某一次会议上，八方来客，济济一堂，突然，一个女王般的人物出现了。她的声音开始响起来，急急如雨，清脆美丽，于是我们猛然间为自己粗俗的声音而惭愧。女士们开始悄悄地将凳子往远处挪（如果可以挪动的话），她们倒不是因为声音，而是她们的衣冠周正，与女王阁下那种不修边幅相映，令自己突然感到一种俗气。当然，震慑力主要还在于她的惊人的美貌和气质——生活的魔术师为我们打发来怎样的一个角色呀！

我遇到过这种情况，那已经是十多年前的事了。

主角叫臧若华，一个在延安地区插队的北京女知青。这一幕出现在1979年4月，陕西作家协会恢复活动后的第一次创作会上。

那时我刚从中苏边界一个边防站退役不久，一身摘去了标志的"二尺五"穿在身上，我必须承认，当时我被她的出现惊呆了。时至今日，当回想起这一幕时，理智告诉我，这一切里面，也许有我主观的成分，世界并不像我想象的那么美丽无瑕。是的，曾经有五年的时间，我在荒凉的白房子荷枪站岗，我基本上没有见过女人，我对人类的这一半已经陌生到恐惧的地步，所以，我完全有可能将我的五年的想象一股脑儿加给这个女人。

我当时那么卑微、渺小、怯懦，像一只胆小的老鼠一样躲在一个角落，只是偶然用惊恐的目光瞥一下会场，并且在侃侃而谈的她的面孔上停驻片刻。她自我介绍说，她来自延安。这就是说，我们来自同一个地区。

从开会的地方到吃饭的地方，有一千米的街道。我不认识任何一个人，我只独自在街道上孤零零地走着。突然，一只手搭在我的肩上，是她。"我的手很大！"她说。是的，确实很大，记得后来我曾和她比过一次手，结果整整大我半截指关节。

我迈着骑兵的罗圈腿蹒跚地走着。她和我相跟着。我当时的窘态你是可以想见的。我在女性面前总是腼腆，而面对一个美丽的女性简直就像经受一场精神灾难。我的一颗心跳得多么猛烈呀！我既恐惧，又有一种穿透心灵的幸福感。我生怕她突然离我而去，那么我一定会像一个在红绿灯前不知所措的孩子一样突然掉下泪来。

她将她的光辉照亮了我这三天的路程。世界上有的是有情的男人，尤其在作家队伍中。可是，三天来，她总是与我一路同行。你能想象当一街两行的目光向我扫来时，我在那一瞬间的幸福感。女人，我赞美你们，是你们培养了男人，是你们引领这个世界前进！你们的美艳如华、摇曳多姿，点缀着人类的苦难历程，此其一。而作为一个母性来说，记得一位美国学者认为，陶渊明的《桃花源记》，其实表现了人类渴望回归母体的一种心态：当人们在这个世界饱受孤独、饥饿、寒冷等苦楚后，他们回忆，一生中曾经有过无忧无虑的时光吗，有的，那就是还在母体的时候，此其二。这是扯闲，不提。

我和臧若华拉的最多的话题，是写一本关于陕北的书。也许，这就是长篇小说《最后一个匈奴》写作的最初创意。是她先提出来的。

她说到一个剪纸小女孩的故事。故事是这样偶然,我从同事的窗户玻璃上,得到一张陕北民间剪纸,这张剪纸具有毕加索的立体艺术风格。我开始查访这个剪纸小女孩。在一次返回插队的村庄的路上,在一个小吃店里,一个行乞的小女孩向我伸出了手。我用五角钱给她买了碗高粱面要衮羊腥汤(我有肝炎,吃我剩下的不卫生)。好大的一碗呀!当女孩吃完饭,腆着肚子离开时,我注视着她走了很远。"她会被撑死吗?"我问自己。她后来果然撑死了。而她就是那个我千方百计寻找的剪纸艺术家。

20世纪的艺术风格来源于毕加索。然而,在西方文化将绘画艺术从三维空间向四维空间拓展的时候,在东方文化的背景下,有人也走到了这一步。也就是说,在一个偏远的、封闭的陕北山村,有人的艺术思维在某一刻与毕加索达以同步前进。这个大奥秘是怎么一回事,也许得从这块土地本身来寻找原因。

最初的时候,我大约仅仅把它看作是带几分凄清几分美丽的一个悲剧故事。但是随着我继续沿这个思路想下去,从陕北剪纸到陕北民歌,到安塞腰鼓,到像活化石一样依然风行于现在时空的种种大文化现象,到陕北人这种人类类型心理的开掘,我突然明白了,靳若华实际上为我提供了一把打开这座玄机四伏的黄金高原的钥匙。

读者知道,我的《最后一个匈奴》的主旨从大的方面讲,是试图揭示我们这个民族的发生之谜、存在之谜。从小的方面讲,是试图展示革命在这块地域发生、发展的20世纪历程;其中包括1935年10月19日以后的一段时间,历史何以将民族再造、民族再生的任务放在这块轩辕本土上的缘由所在。

评论家朋友说我为这个20世纪革命找到了一个全新的审美视角。我想,这个视角正是靳若华所给予我的。我通过对种种大文化的诠释，对种种大奥秘的破译，将这场革命放在一种深刻的中国式陕北式文化背景下进行。我还让每一个活动着的人物，都作为这种文化特征在某一方面的突出类型而行动。

在北京《最后一个匈奴》座谈会上，蔡葵先生议到"崔位"这个概念。是的，历史的行动轨迹实际上是文化的产物，种种的因素像河床一样框定了历史风能这样走而不能那样走。于一个人而言，也是这样，他被牢固地固定在一个大文化背景下，只能这样而不能那样。一切发生了的都是它应当发生的，如此而已。

现在还有谁在谈这些哲学命题呢？大约只有我们这些傻瓜了。那么说点轻松的吧，对不对？

臧若华在西安会议不久，就匆匆地离开了，偕丈夫定居香港。她的丈夫大约也是一位北京知青，好像还当过团中央候补委员什么的。

我劝她留下来。我说，你的出走也许会是中国文坛的一件损失。她确实有着惊人的才华。她交给我的这把钥匙是她陕北十年插队的千虑之一得。她就要开始自己的辉煌时期了，但是她执意要走。

"我已经耐不住这种寂寞了，我感到自己快要爆炸了，我得走。去香港只是过渡，最终是北京。这个圆是不是转得有些大了？我想。当1997年香港回归的时候，我将以一个香港大亨的身份昂首进入北京！"

我在《后记》中说到了她后来成为小说中的一个人物（在下卷中几乎成为主要人物）。我还需要说的是，书中所引用的那个短篇《最后一支歌》，确是出自她的手笔。那是她在一个内部刊物上发表的作品。在那个时期，能写出这种质量的作品的人大约是不多的。我想说，感谢她的珍贵的手笔使《最后一个匈奴》增色。我尤其惊奇的是，当它一字不动，像一块砖头一样被安置在这座华屋时，竟是那样妥帖。

臧若华后来再也没有消息。我到省作协开会，好几次，瘦瘦的苍老的诗人王果（已故），遇见我，会突然从自己的冥想中惊醒，问我，那个穿着一身牛仔，留个日本小姑娘头，说话机关枪一样"咯咯咯咯"的陕北女作者到哪里去了。还有许多人问起过她。可见那次会上，她给人们的印象之深。

去年高红十回延安南泥湾插队的地方回访，她向我谈到臧若华，从而令我多少知道了这位故人的消息。

据说，她确实现在已经成为（或者说和丈夫一起成为）香港大亨。大到什么程度呢？据说北京亚运会的所有的消防器材，都是这家集团经营的。这正应了她当时说过的话。她实现了自己的人生目标，她是成功者，这个世界到处都为成功者开放着鲜花，因此让我们采一束为她献上。

但是我始终坚定不移地认为，上苍将这样的人物打发到世界上，也许该让她从事文学。这是中国文坛的损失。当然这只是我的狭隘的看法。

她如今居住在香港的一栋花园洋房里。大约还没有孩子。她的肝炎想来已经好了吧。据说，她拔掉了花园里的所有的花草，腾出地面，种满了老玉米和西红柿。她每天唯一的工作，就是搬一个小凳，坐在老玉米和西红柿跟前，看着这些植物生长，并且一边流泪，一边怀念或诅咒自己的插队生涯。

"你看到《最后一个匈奴》了吗？远方的朋友！"容我写完这篇短文后，抽出身来，寄一本样书于你。可是，你的确切的地址在哪里呢？

和张贤亮先生比书法

张贤亮先生是我的老师辈。1991年的庄重文文学奖,我是获奖者,他是评委,名分于是从此确定。去年夏天,我在延安打完官司,宁夏来电话说,我的一个中篇,他们那里要作为中宣部的九五五〇工程,改成电影,这样,我便和作家张敏、石岗一起,取道陕北直抵宁夏。

到宁夏当然得参观影视城。城建在银川郊外一块荒凉的戈壁滩上,系黄土青砖堆成。这是什么年代建造的,我已经忘了,只记得城池上布满沧桑之色,黄土城墙千疮百孔,那青砖也已经水渍风吹,砖不像砖。城池里包着的,就是我们在新时期许多著名电影里看到的那房屋建构,有巩俐坐轿子时走过的那个墙垛,有张艺谋拍完电影后埋旅游鞋的地方,以及那位扮演电视剧中白娘子一角的香港演艺员赵雅芝骑过的毛驴,等等,让人觉得奇异极了,像走进一个童话世界。再加上那小喇叭里在喋喋不休地重复着张贤亮的豪言:"中国电影从这里走向世界。"这种感觉于是更深。

城分两座,成犄角之势,是一对姊妹城。它原来的名字叫镇北堡。第二座城里,还有一些牧羊人居住。贤亮先生说,他做了很多工作,想叫这些牧羊人迁出来,结果无法办到。他们说,当年盛主席(世才)拿着枪,都没有把我们赶走,你张主席一个文弱书生,手无缚鸡之力,其奈我何!这话逗得人大笑。笑罢我说,留这些牧羊人给这古堡增加一处景致,最好!贤亮先生说,你不知道,他们瞅你拍电影的时候,故意捣乱,飘飘忽忽地把羊群赶到你镜头底下,赖着不走。后来他又说,现在好了,影视城中这些讲解员,大部分是这些牧民的姑娘,她们足不出户,就可以就业,牧民们因此很高兴。

既然扯到影视城,就把它扯完吧。影视城里,有一个城中之城,是个大展室,里面以"中国电影从这里走向世界"为主旨,陈列着大量的剧照。电影本来就是一个白日梦,而置身于这个展室里,触目所见,处处美女含嫣,英雄怒目,你更会恍然若梦,连自己是谁都不知道了。大展室中,又有个室中之室,是张贤亮先生个人的展览馆,里面有他用过的笔,写过的手稿,读过的《资本论》,以及劳改时候穿过的毛裤,等等。给人印象最深的,是进门时瞅见的那张美人照。照片真大,占了几乎一面墙壁,照片上的淑女,修长、忧郁,穿一件中国式旗袍,站在一棵夹竹桃前。我脑子里正翻腾着,她是谁,是哪一个电影演员,或是哪一位作家——比如我印象中的张爱玲形象,这时贤亮先生说,这是他的母亲。对着照片,我想起我的黄河花园口决口时逃难出来的母亲,我对贤亮先生说,我现在明白陕西作家为什么大部分是些土佬冒,而宁夏作家,大部分是些公子哥儿的原因了。这是笑谈。

第二天说好比赛书法。这"比赛"二字,其实是话撺话,撺出来的。吃饭期间,我谈到张老师还欠我一幅书法,是1991年那次答应的。贤亮先生说他的书法,比以前更好了。我说这句自负的话,我前不久还听作家贾平凹说过,这次是第二次有人说了。我还说平凹讲过一个笑话,说他家对门,住了一个老者,老者训斥学写毛笔字的孙子说,你要向对门你叔学习,你看你贾叔,一写一个黑疙瘩,也不脸红。这个笑话博得大家一阵大笑。笑罢我说,我的书法也不错的,起码是常常有人来求,张老师你的小说写得比我好,我承认,但是论起书法来,并不一定胜我。双方言语来往一阵后,约好第二天在张贤亮办公室比试。

办公室里很豪华,秘书小姐很漂亮。我往老板桌上一坐,打趣说,光为了这间办公室,我将来也弄个主席当当。贤亮先生说,这不是主席的,这是总经理的。我说那我就把心退了吧,我经不了商。贤亮先生说,算你有自知之明,那经商是容易的吗?我这是遗传,我家三代都是资本家。我说,获得性具有遗传性,我的一个小说里说过。

纸是好纸,笔是好笔,墨是好墨,印泥也是好印泥。纸往老板桌上一铺,秘书小姐一旁侍候,贤亮先生说让我先写。我说不敢,客不压主嘛。于是贤亮先生开始泼墨。写字之初,见桌上摆一幅帖,是今人文化部副部长高占祥先生的书法。贤亮先生问这字如何,我翻了翻说"一般",这是政治家的书法。见贤亮先生临的是高占祥书法,我心中始觉有底,我闲暇时节,临的是魏晋南北朝的《张猛龙碑》。

贤亮先生先给石岗写。字写的是一幅中堂,分上下联,上联是"大漠孤烟去又来",下联是"长河落日自辉煌"。字写得娟秀,才情毕露,富有文化感。而句中的意思,亦流露出这位文坛大家独立荒原、四顾茫然的心境。小兄弟石岗善于抬举人,常说"拍马是为骑马",他嘴又会说,把这幅字夸得像一朵花一样,贤亮先生听了高兴,我听了也高兴。这本来就是一场游戏,甚至整个人生,亦无非是一场游戏而已。

下来给张敏写。张敏是西影厂编剧,与贤亮先生是老朋友,

《黑炮事件》电影,好像张敏就是责编。贤亮先生说张敏身上有一股豪侠之气,他要给写一个"剑"字。这个"剑"字写出,是有些一般化,张敏先生嘴拙,不会说。眼见得有些冷场,我说,再添几句话吧。该添什么,贤亮先生请张敏说。张敏吭哧了半天,说,就写上个"以笔作剑,横扫文坛"。张贤亮见这话有些大,顾虑了半天,不肯下笔。我说这乃是游戏耳,不必当真。贤亮先生于是挽起袖子,将这话写了。刚写毕,张敏高声叫道:以后我谁也不怕了,大作家张贤亮叫我"以笔作剑,横扫文坛"。张敏是高兴得有些太早了,只见贤亮先生在这话后面,又有一行落款小字:"录张敏豪言张贤亮记"。"你狡猾!"张敏吼道。张贤亮答道:"我给你当了一回秘书,不是!"

轮到给我写了,内容原来贤亮先生早已胸有成竹。纸叠成两个条幅,又折成五格,他挥笔写道:"春秋多佳日,西北有高楼。"我见到这几个字,大骇。骇的不是这字本身,而是这话。五年前在西安晚上吃羊肉串,他说他要给我的正是这几字,我现在是想起来了。我说起这事时,他说他早忘掉了,这些字是此刻才想起来的。以我的经验,我相信他此刻说的话。我此刻惊异的是人的大脑或者说作家的大脑的奇怪。将许多的东西,在五年前组合的时候,组合成这个图案,五年后,重新组合,还是这个图案,这大脑不是很可怕吗?当时我对贤亮先生说,"高楼"我不敢当,如果我是高楼,你该是一座山峰了。

说句题外的话,那年年底,我的官司在西安开庭时,我还带了贤亮先生这一幅字出庭。面对几千名旁听者,我将这幅字举起来,我说,贤亮先生说了,我是西北一座高楼,想要摧毁我得几十吨梯恩梯。贤亮先生其实当时并没有说"梯恩梯"这句话,是我气愤不过,加的。同时,那次我还拿出西北另一位大作家周涛给我的信。

念了一遍,那信中说:建群老弟,如果《最后一个匈奴》这一场官司输了,那就没有世事了。并且念了新加坡归侨作家张永和的信,那信说:这不是你一个人的事情,这是对全国所有作家的一次挑战。

贤亮先生写完,该我写了。我路途上饱览塞外的苍凉雄浑,昨日又在影视城做了一回白日梦,此刻正有块垒在胸、不吐不快之感,于是,提笔一挥而就,写成一幅苍老浑厚条幅:"驾长车踏破贺兰山缺。"写罢之后,我解释说,当年气吞万里的赳赳武夫岳飞,站在江南岸,立志要将贺兰山踏破,结果没有踏破,而今江南才子张贤亮,一枝秃笔,雄霸文坛有年,倒是真的把贺兰山踏破了。

我不光话说得好,字也写得不赖,再加上旁边的宁夏作家、陕西作家,都说我写得好,贤亮先生一见,一屁股坐在沙发上,不言语了。"张敏你抽烟!"他是想让张敏说话,谁知张敏嘴拙,不会说。见状,我说,其实陕西作家中,有两人比我写得还好,一是贾平凹,一是程海,至于我,我写得不行,胡乱涂鸦而已,顶多,按中国的中庸之道来说,我和张老师,各有特点。

我们第四日离开宁夏。临走时,我对宁夏的作家朋友们说,爱护张贤亮,理解张贤亮,每一个真正意义上的作家,都有一种自恋情绪,都是一个梦想家,一个现代的堂·吉诃德,他们像小孩子玩积木一样,在自己的封地上一砖一砖地建造着自己的艺术帝国。张贤亮如此,贾平凹如此,周涛如此。他们不光属于一个地域,他们同时也是属于民族的。

但是我对张贤亮先生说,我作为一读者,从读者角度讲,我还是希望他能写小说。我说像你这号总经理,在深圳飞起一块砖头可以碰上几个,但是像你这样的小说家,凤毛麟角。张贤亮先生很同意我的话,他说他的经商,其实也是在为小说创作积累素材。但愿他说的话能够实现。——不过,话又说回来了,如果没有他的经商,我们何以能去领略影视城那一片荒凉!

白世锦的书法

以"白"为姓,总给人一种飘逸感。少时读志异小说,陷空岛有个锦毛鼠白玉堂,好个俏傥少年,风流剑客,令人至今不忘。

当然,我这里说的是今人白世锦了。

这以白为姓并号世锦者,祖籍绥德人氏,白净面皮,适中身材。言谈不凡,衣冠超俗。那投手举足处总透出许多灵气,诙谐语调中常带有处世艰辛。近年来其以格局奇异、用笔险峻的书法艺术,为人所瞩目。呜呼,憔悴陕北,地有灵气不得出,便生得此等白衣秀士,装点这一方简陋河山。

延安的书法世界,巨子如星,我缘何上次只记得个硬笔王志笃,这次又看见了白世锦。只因王白二位,皆有个性。一部书法史,纷纭万状,何以能挤块位置进去,有个性者生,无个性者灭。

世锦书法,师承惠琪。惠乃一个五大三粗的汉子,凭一腔血气之勇,藐视古今,独创一粗犷豪放的路子。惠琪既走,世锦便得以解脱,既承继了师傅的艺术精髓,又可以放开步子,更自由地寻找自己。匆匆三年已过,前些日子惠琪回延,为我赠书一幅。我将其与世锦书法并挂一处,见两人风格已大相径庭。

古人论起书法来,爱说个"气韵在先"。那年,我与世锦同去一个黄土高原农村，吊唁一位亡故者。席间，主人拿出一丈二白帛，又七言古律，央世锦书之，以作凭吊之用。平日灰塌塌一个孱弱书生，沉吟半晌，以目望天，片刻，便倒提一支大笔，圆睁怪眼，只见笔头乱戳，笔杆乱摆，顷刻间一挥而就。遂令满堂客朋，忘却了丧事的悲哀，齐喝一声彩。待揭去白帛那垫底的黑毡，隐约可见字痕，其用笔之力，此处可见了。

艺术讲究一片和谐，能将这和谐打破，铤而走险，执艺术的一个特征，无限拔高，直达顶峰，然后在这峰顶刃尖，重造这和谐，才叫高手。20世纪自有了毕加索，人们方才明白了这个道理。世锦书法的独到之处，正在于敢于打破和谐。一篇文字，细细端详，个个提拳握肘，扬臂拃腿，好像欲从纸上飞奔而出。横不成横，竖不成竖，圆不作圆，方不作方。然后统而观之，姿扬万状，和谐美丽，且露出沉雄的黄土高原气质来。若单个字拆开，单那用笔和造型，也是耐看的，令人悟些道理。

我同世锦的爱人认识得早，那也是个精灵剔透的人。那时我当编辑，她当排字工人。编辑画的版样一般是不能动的，我们却赋予了她这个权力，而她也没有辜负信任。她的散文也写得相当不错，记得陕报文艺部主任来延安组稿，一眼就看中了她发表在延安报上的那篇《南河》。那时我们曾想，什么样的小伙子，才能配上我们这位姑娘呢？后来小白出现了，果然郎才女貌，天造地设的一对。

世锦尚年轻，前途正不可限量，望他珍惜自己的才华，不为流俗所撼。几月前我去京开会，带了一幅世锦书法，结果一经展出，技压群芳，连那些巨擘们也青眼相看。回来后一直没有告诉他，借这个机会，告诉他罢。

怀念路遥（节选）

　　大部分人都不了解路遥。这是一个雄心勃勃的人物，一个堂吉诃德、斯巴达克式的人物。这种性格注定了他在这个时代只能是悲剧。当我们发现我们身边的许多作家只是一些宵小之辈的时候，我们把一个已故人物英雄化，让他成为一个符号。我这里着重想说的是，路遥身上的能量只发挥了极小的一部分，他身上的那种陀思妥耶夫斯基式的文学的潘多拉盒子，并没有完全打开。如果他还活着，如果他继续写作，那么他将具有无限的可能性。

　　他的童年是贫困的，而且这贫苦和屈辱联系在一起。平日过往中，他不大提起他的童年，历练使他把自己包装起来了，以免受伤，以便完成生活摊派给他的这个角色。但是，当他放松自己的时候，当他突然陷入一种善良的感情的时候，他会突然回忆起童年。他曾经给我谈起父亲将他送到伯父家那件事。他们是要着饭从清涧来到延川的。将他交给伯父后，父亲说，让他在这里待一段时间，然后他再来接他。这位苦难的农家孩子含着眼泪将父亲送到村口，看着父亲佝偻的影子走向山路，然后被一段山崖挡住。只有这时，含着的那滴泪才掉出来。继而，他号啕大哭起来，因为他已经明白，父亲把他过继给伯父了，只是，他强使自己在送行时，没有将这一点捅破。

在这种善良的感情下，路遥时常陷入回忆的是他的初恋。我想那大概是扎着两根羊角小辫，穿着一件红衣服，跳跳蹦蹦的爱演个文艺节目之类的北京插队青年。《人生》完成后，他从甘泉回到了延安。我不知从哪里为他弄来了两盒中华烟，接着又弄来了两条。他贪婪地抽起来。那天晚上，延安城铺满了月光。我们两个像梦游者一样，在大街上返来复去地走到半夜。"中国文学界就要发生一件大事！"他说，他指的是那一包《人生》手稿。突然，他谈到了他的初恋。谈到在一个多雪的冬天，文艺队排练完节目后，他怎么陪着她回她的小屋。"踏着吱吱呀呀的积雪，我的手不经意地碰了一下她的手，我有些胆怯，怕她责怪我，谁知，她反而用手，紧紧地抓住了我的手。"路遥说。他还说《惊心动魄的一幕》获奖后，他刚刚回到下榻的房间，突然接到一个陌生女人的电话。"你是谁？你没有事的话，我就挂断电话了！"这时，命运的声音从电话线那头传过来："你真的不记得我了吗？一位熟悉的老朋友！"说话的人穿着一件红风衣，在马路对面的电话亭等他。他扔下电话，疯了一样跑下楼，横穿马路而过。"我奇怪汽车为什么没有压着我！"路遥说。在他们短暂的接触中，这位女士说，她曾经来过西安，曾经围绕着那座住宅楼盘桓了很久，但是没有勇气去问问他住几号，没有勇气去叩响那个门扉。"哪家阳台上没有花草，哪家就是我。""她后来嫁给了一个海军军官！"路遥对我说。

我不知道路遥所说的这个故事中，真实的成分有多大，尤其是后来的相遇部分。但是，他确实有过这么一次初恋，而且，他怀着一种可怕的令人肃然起敬的恋情，恋着她。

1983年期间，他回到了延安。那是一个秋末冬初的日子，大地一片肃杀。一见到我，他就抓住我的手，他面色铁青，他说，这些天来,他脑子里只回旋着一句话,就是:"路遥啊,你的苦难是多么深重呀!"他在延安待了三天,为了安慰他,我在宾馆里陪他住了三天。我说:"作家是永远不会被打败的!充其量是回到延安来吧。我永远是你的朋友。"三天之后,那个有霜的早晨,我又用车将他带到了东关车站,送上长途班车。一些天后,我为他写了一首诗,这首诗先发表在《星星》,后来收入我的诗集的首篇。

你有一位朋友

一个人孤零零地在地球上行走,
有时心中会生出莫名的烦忧。
你想找路人一倾衷肠,
可是,大家都在忙忙碌碌。

呼唤我,呼唤我吧!我会走来,
像一只小鸟落在你的肩头,
我的充满友情的诗歌,
会化作小鸟的鸣啾。
自然,我们的生活无限美好,
歌声总是多于忧愁。
但是,谁能保证说,
我们没有被命运嘲弄的时候。

有一天早晨一觉醒来,
生活突然出现了怪诞的节奏,
你的妻子跟着别人走了,

一瞬间你是多么孤独!
关于工作,关于住房,关于煤气罐,
关于那不唤自来的病疚,
以及一切不惬意的事情,
包括领导对你的毫无理由的掣肘。

有时候你会拔下一根白发,
哀叹生活可悲的短促;
有时候你会望着天边大雁,
渴望它把你一起带走。
相信吧,我会理解你的,
我是你的值得信赖的朋友,
不论你陷进痛苦的深渊,
或者是误入荒丘。

也许你只剩下一个朋友了,
那就是我,我会紧紧握着你的手。
我会给你以慰藉,给你以友情,
给你以忠告,给你以兄弟之助。
我的诗歌就是我的翅膀,
我会彻日彻夜地在你身边漫游,
一旦你呼唤我的时候,
我就踏入你那神秘的国度。
绵绵的人类之爱呀,
就是维系我们的纽带,
真诚的朋友之间,

别担心，谁会欠下谁的人情债。

一个人孤零零地在地球上行走，
有时心中会生出莫名的烦忧。
相信吧，我会走来，
像一只小鸟落在你的肩头。

　　说起诗歌来，附带说一句，《人生》发表在杂志上后，路遥将杂志拿给我，他有些不自然地说，里面用了你的诗，你不会介意吧！我说，我不会介意的，我感到荣幸。"不过，"路遥接着机智地说，"是书中一个叫黄亚萍的人物，偶尔读到你的诗，抄到笔记本上，送给高加林的！你去追究她吧！"说完，我们都哈哈大笑起来。

　　读者读到这里，也许会认为我们是平等的。我想说读者只判断对了一半。是的，在人格上，我们是平等的，尤其是对我来说，我的娘肚子里带来的那种独立不羁的性格，不愿意让任何东西来制约我。但是，在文学这个技术性问题上，我一直视他为导师，他的"对自己要严酷"的名言，一直成为我鞭策自己的一条警鞭。在陕北这块土地上，他永远是第一小提琴手。有几次回延安，他用嘲笑的口吻对我们这一群说："你们都在忙些什么呢？为一些不值得的事情苦恼和愤愤不平。你们不如抛开这些，去写自己的作品，一天写两千字，一个月就是一个中篇了，再用一个月时间修改和抄出来。发过几个中篇后，谁也就奈何你们不得了。"他这些话总给我以教益。

　　路遥本身是一个充满矛盾的人物。也许，他的本身，比他小说中的任何人物都更精彩、更复杂和更具有文学的独特性。可惜，他英年早逝，没有可能再去表现这一切了。这是整个人类的损失！人类整体利益的损失！我曾经多次给路遥说过，我说，如果让你经受一次大的打击，脱离现在的生活轨道，而走向内心自省，一定会有比《人生》和《平凡的世界》更为精彩的大作品出现的。这次，命运为他提供的打击是疾病，可惜，他没有能战胜它。且让我在无限的惋惜哀痛之余诅咒命运。

患病期间，我曾三次去看他。两次是在延安，一次是在西安。第一次看他时，我将洛川县委书记送给我的自己舍不得抽的一条红塔山带给他。妻子说医生肯定不让他抽烟的。我说，只要他是路遥，只要还活着，他就一定要抽烟。果然，他欣喜地接过我的烟，开始抽起来。路遥说的第一句话是，这就是作家的悲剧，我愿意用所有得来换回它（指身体）。他要我一定要珍惜身体，最好去医院全面检查一下。他接着问起我的孩子的情况，他说她该上四年级了吧。他说疾病使他的人生观彻底改变了，他爱天下所有的人，所有的人都是他的朋友，说这话时，他眼里噙着泪水。我坐在床边，紧紧地抓住他的手，他说不要这样，传染。但是我一直固执地抓着，直到离开。看到在床上蜷成一团，瘦得不成人形的他，加上这间充满压抑感的小屋，我想起《红与黑》中的于连·索黑尔在狱中的最后情景。我终于没能抑制住自己的眼泪。"你怎么把自己弄成这个样子了！"我说。第二次，是我陪王巨才同志去看他的。第三次，是在西安，我从北京回来，专门在西安逗留了几天，请远村领路看他。结果没能见到他，医生让留个条子。我在条子上说：路遥兄，所有的朋友都祝你好，你是坚强的人，你一定会迈过这个门槛。我将为你祈祷。

事隔几天，我去省作协开会。前去探望，仍然没能见到他。13号晚上，听到见到他的作协领导说，路遥状况很好，每天能吃四两饭了，大约不会再有什么危险了。后来，观胜来了，说路遥曾谈到我，说："建群是个好人！"这是路遥留给我的最后一句话。谢谢你，亲爱的朋友。我是在15号离开西安的，路经黄陵，在那里讲课，我欣喜地对朋友说，路遥好多了，他终于跨过门槛了。谁知，第三天头上，他竟撒手长去。

路遥在《平凡的世界》接近进入实际创作阶段，曾经就小说的大体轮廓与我有过几次通宵达旦的长谈。他说这种长谈有好处，可以帮助自己完善作品和人物。记得，那时候，他还将小说的总标题定为《走向大世界》，将三部分的标题分别定位《黄土》《黑金》《大世界》。他后来是怎样灵感突来，选定《平凡的世界》这个既有覆盖性，又有深刻内涵的雍容大度的名称的，我不知道，我现在将这些写出来，也许会给文学提供一点史料吧。后来，我又陪同他到黄陵店头煤矿，到矿井里去采访了几天，收集素材，以求达到准确的描绘。

路遥是新时代文学重要的小说家，我想我的这个评价应当是公正的。路遥作为一个有感召力的形象，将不断地刺激这块黄土地上新生一代的梦想，我想这也是确凿无疑的。

陕北，这块焦土，北斗七星照耀下的这块苍凉的北方原野，我始终坚定不移地认为，各种因素，使这里成为产生英雄和史诗的地方。原因之一，是物质的贫困滋生了人们精神上的丰富想象。一个乞丐的梦最富有；一个小学生在读了普希金的《渔夫与金鱼的故事》后，光着脚丫跑到黄河边，等待着这样的金鱼出现；一个中学生饿着肚子站在夜空底下，想象着那颗运行的星上载着加加林少校。这种想象力，是苦难给予陕北人的补偿。我曾经陪一位地委书记下乡，当招待所征求他对伙食的意见时，他释然说，我是要饭出身，这样的伙食，我还有什么弹嫌的！光为了他这句话，我一直对他肃然起敬到今天。原因之二，我认为这是民族交融的缘故，即就路遥而论，他身上明显的有少数民族的特征。我曾经望着他耳朵眼里的一撮毛，说他一定有匈奴的血缘（我的另一位朋友，杰出的散文家刘成章，就直言不讳地承认自己有匈奴的血统）。马克思说过，民族交融有时候是历史前进的一种动力。陕北人性格中那种鲜明的优点和缺点，也许只有用这种民族交融的原因才能解释清楚。第三种原因，我想说是历史对现实生活的影响，追溯到光辉十三年的毛泽东，追溯到刘志丹、谢子长，追溯到斯巴达克式的悲剧英雄，横行天下的李自成，甚至一直远溯到民族蛮荒时期的半人半神人物公孙轩辕。

我在长篇小说《最后一个匈奴》中，试图对这种人类类型心理进行分析。小说曾经有一个题记，看过病危的路遥后，我对命运的这种不公正勃然大怒，换了另外一句话作题记，以志我对命运的蔑视和对死亡的抗议。这句话是："让我像白天鹅歌尽而亡！"我节省下来的这原来的题记，我将它献出来，写到这里。

"在这个地球偏僻的一隅，生活着一些奇特的人们。他们固执，他们天真善良，他们心比天高命比纸薄，他们自命不凡以至目空天下，他们大约有些神经质，他们世世代代做着英雄梦想，并且用自身创造传说。他们是斯巴达克和堂吉诃德性格的奇妙结合，他们是生活在这块高原的最后的骑士，尽管胯下的坐骑已经在两千年前走失。他们把死亡叫作'上山'，把出生叫作'落草'，把生存过程本身叫作'受苦'。"

写到这里，我不能不遗憾地认为，在一切金子般闪闪发光的优点之外，路遥有一个最大的不足，这就是欲望太多。他不明白该放松时要坚决放松。他不明白人生只能干成一件事情。他不明白不要同时去追两只兔子这个道理，结果，兔子没追到，自己倒先病倒了。这样，使他很难与周围的环境达到和谐相处。我想，苦难的童年带给他许多优良品质之外，这也是带给他的缺点。陕北是块"圣人布道此处偏遗漏"的土地，这带给了这人类一群生机勃勃的创造精神和斯巴达克式、堂吉诃德式的两种激情。同时，它让我们少了点中庸之道。大得而小失，如此而已。

我的尊敬的朋友路遥，活着的时候，有一天，他对着这世界说："谁能够评论我呢！"我说："有一天，让我评论吧！"他说："也许，你能够评论的！"那么，现在，我怀着无限的爱心和兄弟之情，怀着一种历史唯物主义的严肃态度，用我的形式评论你和总结你，你能够接受吗？"我为什么不在你活着的时候为你说这些话呢？不管你当时高兴不高兴！"我此刻想。

让我们哭泣吧。如果不会哭泣，那么因为路遥之死，让我们学习哭泣，以使用哭泣作为武器来应付这个苍凉世界。乌讷木诺说："我们必须学会哭泣。也许，这是人类最高智慧。"我们的哭泣当然主要是为了死者，但是，也许一半原因是为了尚且混迹于尘世，被种种琐碎的人生俗务所纠缠我们。我们将在哭泣中暂时忘却了痛苦。继续行走，至于我来说，我希望这篇短文完成以后，我的手捉起笔来不再颤抖。

"先走为神"，这句话是我从街头那些晒太阳的老汉那里逮来的，这句饱含大智大慧的话令我惊讶不已。陕北人那种知生死的达观态度，通过这句话用平静的口吻说出来了。这句话令我的哀痛减弱了许多。那么，这样说，先走的路遥是幸福的，让我们节哀并请所有为路遥之死而痛苦的朋友们节哀。

路遥兄，你的灵魂愿意栖身在这块黄土高原的哪一个山头呢？请唢呐吹奏起来吧，请引魂幡高张起来吧，且让我们扶你上山……

第六章　大地上的故事

感觉西安

　　西安这地方不欺生，操着天南地北各种口音的人，都可以极容易地融入西安的市井之中。通常，一场酒喝下来，彼此就成朋友了。我最近和一个开着一辆"琼"字牌小车的老板喝酒，他是湖北人，在广州发了财，于是将公司搬到西安发展。他过去从未到过西安，现在待了个把月，感慨西安不愧是中国的西京，是中国的礼仪之邦，人都很和善，很容易接近，作为他，丝毫没有客居他乡的感觉。

　　我对他说，西安是十三朝古都，一部中华文明史，一大半就是在西安这地方书写的。历史上，西安就是一座风迎八方的城市。西安东西南北十几座城门，门户洞开，日夜恭迎着八方来客。

　　古老的丝绸之路，它的这一头就在西安，而另一头则在世界各地。或在土耳其的伊斯坦布尔，或在荷兰的鹿特丹，或在欧洲，或在非洲。换言之，在那遥远的年代里，西安的触角是如此夸张地延伸至世界各地，这个与古罗马城并称的位于世界东端的大都市，昔日曾是如此的辉煌。丝绸之路被认为是世界历史中一条横贯亚、欧、非的重要的政治、经济、文化大动脉。

　　丝绸之路上过来的胡商，许多人在西安定居下来，以至在西安北郊形成一个城中之城。

除了胡商之外,这个城中之城还居住着各国的使馆官员。

他们后来都融入了西安,成为西安的一部分。

至后来,还有另外的一个城中之城。元时,大量的阿拉伯人涌入西安,并在这里居住下来,成为西安市民。他们形成了我们民族的一支——回族。他们占据着老西安城的四分之一地面,将居住的地方叫"回坊"。建清真寺,做礼拜。他们顽强地保留着自己的民族传统,给这古城增加了斑斓的色彩。

还有第三个城中之城,这就是1938年黄河花园口决口后,逃难到西安的河南难民。他们逐铁路线而定居,形成河南人的区域。他们反客为主,给西安地区的文化以重要的影响。老一点的西安人都会说河南话,可见这种影响的巨大。有一个电视剧叫《道北人》,就是反映这一批移民生活的。

类似西安这种极具包容性的,富有王者之气的城市,也许只有北京,只有南京能与之媲美。然而北京的文化积淀、南京的文化积淀,较之西安,又逊色许多了。

古人说:"关西大汉,击节而起。"这"关西大汉"就是说的关中人。西安位于八百里秦川的中段,四面四座雄关,将这块渭河冲积而成的平原围定。据传在七千多年前的半坡人的时候,八百里秦川还有一片沼泽地,后来大禹治水,疏通了渭河流入黄河的交汇处,这片沼泽地才变成农耕地。秦的发祥地在甘肃的礼县,后来东迁,建都渭河边上的栎阳。咸阳原的地面高一些,后来随着秦的强盛,乃渡过渭河,在河对面建立象征长治久安的长安城。秦有个巨大的工程叫阿房宫,这阿房宫与长安城大约是有一些干系的。阿房宫东起临潼的骊山,西至咸阳城东的渭河边上,三百多里长,也就是说,一间挨一间的房子,横穿着整个长安城。长安城也许就是这样建立起来的。

沼泽地成为良田沃野，长安城成为一座锦绣繁华的都城，还得益于郑国渠的建设。

没有这一条阴差阳错的郑国渠，就没有八百里秦川沃野，就没有建在秦川沃野上的古都长安，甚至会没有秦统一六国这个故事。那一部中国历史，就得重写了。历史有时候真是一幕谐剧。

前面我谈到西安是中国的礼仪之邦，有人可能会不同意我的话，他们会从古书上翻出另一句古语来反驳这句话。那句话叫"秦地古称虎狼之邦"。

这句反驳的话也是对的。"虎狼之邦""虎狼之秦"这些话，秦二世亡之后，古人也一直说着。持这种说法的或许都是六国的后裔们吧！秦人剽悍，豪迈，性烈如火，看一看秦腔唱腔的慷慨悲凉，你就会知道秦人的性格。那一年上海女作家王安忆到陕西来，她说现在满世界都在寻找男子汉，想不到她在陕西，遇到的都是个顶个的男子汉，原来男子汉都躲到这里来了。

西安是礼仪之邦。西安周围有咸阳、宝鸡、渭南、铜川四座城市，作为它的卫星城。中国的周王朝就发源于宝鸡。我们民族延续到现在的大文化，都是在周朝形成雏形的。那一年评论家阎纲到山东去，山东人讲起先圣孔夫子，津津乐道，有自大状。阎先生说，孔夫子一生都在干一件事情，就是"克己复礼"，孔夫子复的这个"礼"，就是我们陕西那个地方的周制、周仪、周礼、周乐呀！一句话说得四座肃然，山东朋友再也不自大了。

西安这个十三朝古都，自然留下许多的古都情结。虽然曾经辉煌不再。虽然今天的西安在中国经济总格局中，或许成为一个无足轻重的城市。虽然当年在皇城根上溜达的这些遗老遗少们，如今囊中羞涩，已经沦落为同样的无足轻重的人群了。这种深深的失落感存在于许多西安市民的心中。唯一能令他们自尊心和虚荣心得到保护的是那一份祖先的光荣。

江苏南京有个舜天队，陕西西安有个国力队，这两支甲Ｂ球队每一次碰面，无论是在西安，还是在南京，都会生出一些事情。吴亮在文章中说南京人有古都情结，其实西安人也有，而且更重。"老子当年曾经阔过！"这是他们聊以自慰的想法。在社会生活中，在经济大潮中，他们时时有一种被可能驱逐出局的危机感，而反映在足球上，他们明白，一旦输球，就有被驱逐出局，失去玩的权利的危机，所以他们焉能不急！

国力在2001年冲上了甲Ａ，老冤家舜天则还留在了甲Ｂ。陕西方面在开会时，为球迷闹事这件事而头疼。我当时说了一句话，我说我感慨至极，因为这叫胜利者的烦恼，我们终于有到甲Ａ赛场玩一玩的权利了！但愿陕西的经济也能这样。我的话博得满堂喝彩。

西部大开发，西安理所当然地成为龙头，这是历史的原因和地理的原因形成的。上边说了那么多，这里就不多说了。地理的原因，则由于西安是中国的地理中心，西安是大西北五省区的经济文化中心。海平面的高度，珠峰的高度，是以西安北三十公里处泾阳县永乐店这个中国大地原点来测定的。"给我一个支点，我可以撬起地球！"这个支点在西安。而我们常说的北京时间，其实是陕西蒲城的时间。中国社科院国家授时中心就设在蒲城县西郊。最近三五年，我每年都要到西北五省区去转一转，深深感到，大西北的发展必须先激活西安，靠西安作为一个大都市来拉动。

作为一个西安人，我爱西安。这种感情，正如一首浪漫曲所唱到的那样：假如让我重新降生一次，我仍然愿意降生在这块土地上。我爱这座城市的一切，甚至包括它的缺点。我从地上用脚一踢，随便地踢出一块砖，砖上有五个手指印，文物专家告诉我这叫"手印砖"，是唐朝的，那五个手印，是工匠做砖时印上的标记，像现在的商标。我走进饭馆，西安羊肉泡、兰州拉面、新疆拉条子，是我常吃常新的饭食。我走进临潼秦始皇兵马俑，站在那些俑人之中，感到每一个人都像我，大额颅、阔脸庞、虎背熊腰。

要把我对西安的感觉说出来，也许得写一本书，而不是这篇文章所能胜任的。我这里只是东鳞西爪，收罗了首先奔入我面前的一些感觉而已。而且由于身处其间的缘故，溢美之词肯定多一些，这一些都敬请读者辨断。

说说陕人

西安是儒家文化劣根一面保留最多的城市。西安的四堵墙既是人类伟大的功造，又极易令人想起屠格涅夫的"猪栏的理想"这句话。我曾经在一篇文章中说，我在西安的街头转了一圈，发现至少有一半的男人不懂得幽默。因为我看到的，要么是一脸的漠然的逍遥混世者，要么是将自己包得严严实实的谦谦君子，要么是志得意满的庸碌面孔。已故的老诗人玉果，写过一首《唱给西安的情歌》，他说，他不喜欢涂了油彩的钟楼，那钟楼像衰老的贵妇人，他也不喜欢兵马俑，他喜欢街上的少女，高高的脚手架，以及石鲁的画，修军的木刻。

我上面的话，大部分的西安人会不同意。囊中羞涩，让西安人支撑起自己高贵的头颅的，现在唯有一段光荣的昨天可言。"我祖先曾阔过！"这是鲁迅描述国民心态时的一句话。叶兆言描写他的南京，说这六朝帝都的遗老遗少，傲睨四方时，正是以这句话宽解，此时我写我的西安，我觉得西安人亦是这种心态。我什么世事没经过——我就是这样子，你把我看两眼半——正是这种古都遗民的心态。数日前，江苏加佳与陕西国力火并，矿泉水瓶子满天飞扬，感谢足球，让南北两股潮水有个磕碰的机会。

西安人的骄傲也许是对的。因为有个西安，中国人向他们的文明发祥地瞅时，极易找到这个标识，美国总统克林顿踏上中国国土时，鞋底先挨上秦川的尘土。前一向我到银川，宁夏人正在《宁夏日报》上大讨论，讨论的标题叫《宁夏在哪里》。原来，宁夏人有一种普遍的恐慌感，即这块河套绿洲正逐渐被世人遗忘，像一艘大船一样正被无情东逝水搁浅在岸边。我到西宁、青海电视台亦在进行内容差不多的讨论。我当时听了，擦了擦额头的汗说，幸亏我们陕西有这座千古帝都，即使这帝都像罗布泊的楼兰古城一样在荒漠中沉睡两千年，世人也不敢遗忘它。

关于西安，我有太多的话题，那么不说也罢。下面还有一点篇幅，容我扩而大之，从西安人再谈到陕西人。仍然是专拣人们不爱听的话说。因为好听的话大家都在说着，那么这些不好听的话，充其量只是溢美之词之后的"但是"而已。

我同一位上海作家拉陕西人，他说上海的姑娘们一般不愿嫁陕西人，原因是嫌陕西的老少爷儿们懒。说完他还举出几个"懒"的例子。我笑着默认，并说这是传统，这传统与上海男人脑子灵活缜密小脚特勤一样。

我同一位山东来陕西挂职的副县长（鲁陕干部交流）谈他对陕西的印象，并要他直言不讳地指出两省最大的不同时，他说："陕西人把实事当虚事干，把虚事当实事干！"一声"唉"字嘘出，满脸无奈。

十五年前，我参观浙江一个年产值两亿的乡办企业时，陪我们的一位部长说，他将两百万扔给浙江，十年后就是两个亿的企业，他将钱扔给北方，工厂建成之日即倒闭之日。这是十五年前的话了，现在情形已经有了极大的改变。

最后，说一句赞扬我们陕西的话：我最近到陕甘宁青新五省区转了一圈,和五省区的书记们座谈过一遍后,感觉陕西这几年的变化是最快的,陕西正从作茧自缚的怪圈中走出。而且,大西北五省,西安是个门户,它该起一个带动的作用才是。

西安在两千年前是这个中央大国的辉煌都城,上海在两百年前是海边的一个小小渔村,深圳在二十年前是偏远之隅的一个弹丸小镇。时代变化得多快呀,快得有如变魔术,有如中国古代神话中那种"洞中才数月,世上已千年"的感觉。

日暮乡关何处是

1994年年底,作协开年会。会罢,我去拜望李若冰和贺抒玉老师。谈话间,贺老师突然问:"建群,你老说调下来,怎么光打雷不下雨,不见下来?"我说:"我两年前就给刘荣惠副书记谈过了,刘说让宣传部协调解决,怎么个解决,我也不懂,王部长也很着急!"这时,若冰老师说:"愿意到文联来吗?到文联!"我说:"当然愿意,有个栖身之处,让我圪蹴下,就行!"这样,我的手续往省文联办。

世界上有些人,是为专门帮助别人而来到这世上的。这些人是活菩萨,世界因为这些人的存在而有了一些暖意。李若冰和贺抒玉,就是这样的人。

还有一个贾平凹。1993年的时候,一次会上,平凹兄对我说:"建群,你到西安市文联来吧,当《美文》主编。还有四川的魏明伦,我也请他来。你如果不要房子,现在就可以办手续,如要房子,我得给市上领导谈一谈!"

我抽烟过多,引起肺气肿。而我父亲,就是几年前死于肺气肿的。他是临潼人,少年时投奔延安,参加革命,晚年离休后,同事们曾劝他,回到西安去,那里气候好一点。父亲不听,终于不治而去。这事在我心里一直是一个遗憾:他若早到西安,不至于这么快就死的。我所以想回到西安,也是因为我这"肺气肿"的原因,那一次给刘荣惠副书记谈,也是说的这原因。

我的事有了眉目之后,还有老婆娃娃的调动。一天晚上,在延安家中,我拿出一堆名片来,乱翻。所谓的"急病乱投医",我翻到一张"晋稳印"的名片。晋稳印是一个企业家,我那一年给他写过字,记得他当时说,有什么事需要帮忙,给他打电话。

拨通老晋的电话后,老晋十分热情。我说:"是调动,是一件大事!"他说,不大,这类事他办过好多次了,况且你爱人是专业技术人员。后来他说,不过,他人微言轻,得找个大领导,说一句话。

守着孤灯,我又开始想这个可以主宰命运的大领导是谁。想了好久,想起贾治邦副省长。

我和贾省长并不熟,只将我的几本书送过他。那一年的春节,他回延安慰问,在有突出贡献专家座谈会上,他说,他是回来专门给大家拜年来的!他向专家们、向作家问好!说到"作家"这两个字时,他向远处的我点颔致意。

我给贾省长拨通了电话。听到我谈的困难后,贾省长答应全力帮助。他说,他给秘书王智来同志说一下,让他一条龙服务,让你爱人早日到位。他还说,到西安开阔开阔眼界,再写出一些好作品来。

这样,老婆孩子的事,也就有了着落。

接下来的事,就是房子。偌大个西安城,何处可栖?

我在西安有许多朋友,由于几次签名售书,可以说,半个西安城的人都认得我。但是,要找一个能为我找房子的人,我还是颇费踌躇。我是经事经怕了,有些朋友,就像变脸鸡一样,昨天还和你好得像一个人似的，睡一觉起来，就和你翻脸了。所以选择这个为你找房子的人，得慎之又慎。

我想到了作家张敏。我和张敏并不算太熟，但是听王巨才部长说过，这人侠肝义胆，古道热肠，可交。

一天早晨，在延安家中，我正叼着一支烟，想张敏。门"吱哑"一声开了，烟雾缭绕中，张敏伸进一个头来，冲着我笑。我吓了一跳，揉了揉眼睛，问道："你是张敏？"他说："是张敏！"我说："日怪！我正想你，你就来了！"他说，他和张韬、申晓几位，去榆林筹拍一个电视剧，路经延安，来看我。

这是天意。包括上面的一切都似乎是天意，一只无形的、无所不知的手为你在那里安排命运，你只是被动的就范而已。——到西安的第一步，就靠张敏了。

龙 首 塬

龙首塬是西安城北的一个制高点,这里在历史上曾经是一个热闹的去处。东有大明宫,北有未央宫,西有阿房宫,南面则正对着威赫赫的钟楼。龙首塬的最高处,恰好与钟楼的尖儿平行。

据张敏先生说,中国历史上的两大风流案,都发生在这里。对这两段历史,我都不甚了了,只记得史书上说,皇太子李治正在洗脸,珠帘一动,他父亲的一个叫"武媚娘"的小老婆来了。李治见这武媚娘,生得妩媚动人,不由恶从胆边生,遂撩起水来,弹在媚娘的脸上。这情景在今天叫调戏妇女,况且调戏的是自己的小娘,实属罪过。谁知那武媚娘确实是一个奇女子,见状,非但不恼,反而扑哧一笑,吟出两句诗来。这诗叫"未曾锦帐风云会,先施金盆雨露恩",史书上有记载的。这样,唐王朝的后宫,便生出一段风流事来。这事让唐王李世民知道了,于是将武媚娘发配感业寺,直至李世民驾崩,李治继位,武媚娘方才重新入宫,遂成为后来的则天武后。

感业寺也在这龙首塬附近,我专门踏访过那里。好在这个连载尚长,容后从容叙述吧!

另一个风流案是唐明皇和杨贵妃的。影视界已经将这个历史遗骸炒得纷纷扬扬,这里就不多说了。不过,学识所至,我并不记得,这李隆基夺的是儿子的媳妇,还是侄儿的媳妇,影影绰绰,记不甚清。说起来,这一对风流宝贝,却也般配。

张敏先生调侃一句,说李家的这两宗事儿,合在一起,算是扯平了。

如今的龙首塬,当然已非昨日,不见暗香浮动,亦不见玉环叮咚。一幕幕历史大剧演过,原只在旦夕之间。大明宫已成废墟,宫中的那个昔日泛舟的湖,成了一片洼地,洼地中间有一个小土包,人们说那当年是湖心岛。宫中仅存有麟德殿的一些石础,前些年,日本人说要修复这座大殿,终于只是一句话,放在那里。未央宫只纯粹地成了一片庄稼地,那庄稼也长得不甚好,因为文物部门说了,一尺以下的土不准动。至于阿房宫,它只成了旷野上的一个小土包,立在那里,任人凭吊。

如今这里住的,自然也不是武媚娘、杨玉环、李治、李隆基之辈了。是他们的后裔吗?恐怕也不是!三十年风水轮流转,如今这一块地面,像蚂蚁一样劳作和出没的人们,都是些平头百姓。

非但是平头百姓,而且在西安人的眼中,这一带居住的人,似乎更为卑贱一些。这当然是一种偏见,这种偏见这几年已有所改变,但是改变不大。例如,我居住在这一带以后,就有好几个朋友劝我,怎么住在了北郊。我是怎么回答这些朋友的呢?我说,生性散淡、不修边幅的我,混迹于这些引车卖浆者流中,正觉浑身舒服哩!

西安人称陇海线以北的地区为"道北"。龙首塬亦在道北之北。当年黄河花园口决口,河南难民大批地拥入西安,像我们的初民逐水草而居一样,这些河南人逐铁道线而居。不独西安,兰州、乌鲁木齐的情形都是这样。因此这种偏见,更大程度是本地人对外地人侵入的一种本能的不舒服。

我的母亲是河南人。我的许多朋友诸如陈绪万、焦闻频、袁秋乡、刘春生等都是河南人。他们起码都和本地人一样优秀，或者说更优秀。

龙首村往北，有两个村子。未央大道隔开，西边是方新村，东边是二府庄。张敏的家在方新村。

1995年5月23日，家还没有搬来之前，我来西安开会。会毕，我找到张敏，和他商量找房子或买房子的事。

先找到他附近的一家，也就是平凹当年的房东的斜对门。这是一个三轮车工人，二分地大的庄基，五间平板房。继而，又到方新村姑娘楼。继而，又穿过马路，来到二府庄姑娘楼，在这里，租下了一个大学生的两室一厅。我当即先交了一月的房租，然后回延安去了。

何以叫姑娘楼？这一块"都市里的村庄"里的许多事，下节谈。

都市里的村庄

《都市里的村庄》是西影厂一部电影的名字,取材正是类似方新村、二府庄这些地方的事情。这地方城不城、乡不乡,农不农、商不商,在偌大的都市,超脱其外,委实是一个景致。前些年,这些地方在城市边缘;这些年,随着城市膨胀,已被一座又一座高楼,包在城市中心。闹中取静,仿佛一个又一个湖心岛。

这些人身份是农民,但已经没有了土地。要他们去做工,他们又不屑而为之。历届西安市政府都曾下过决心要将这些人农转非,转为城市户口,但都遭到这些人激烈的反对。据说,这一届西安市政府,已形成文,这一次要动真格的,一次大手术,消灭这些都市里的村庄。

不农不桑不工不商,这些人靠什么生存,回答是靠房租。当年卖土地的时候,各户都分得了不少的钱。中国的农民,有了钱后,一般有两个用场,一是盖房,二是娶媳妇。这些都市里的村庄,也不例外。四分地大小的宅院,年年盖房,院子盖满了,就往高处盖,成年累月下来,家家都有大大小小的一堆房,再申请个"私房出租户"的蓝牌子一挂,人人都成了房主了。

以方新村论,当地住户占百分之四十,外来房客占百分之六十。至于我居住的二府庄,房客的比例更大。老村这地方,被规划为西安最大的商场,搬迁在即,因此村子,傍着二府庄小区,盖了三栋楼,人全部搬进去,空出的老房,用以出租。

这些房客,五花八门,来自社会的各个阶层。有毕业分配留城的大学生,有四处跑动做生意的商人,有农村来的黑包工头,还有一些身份不明的男人女人。他们每一个人的身世、经历都是一场人生悲喜剧。将他们的故事串联起来,拍一部电视剧,肯定要胜过《七十二家房客》。

我见方新村、二府庄好些人家,都挂有一幅画。画上一匹被羁的马,欲扬蹄狂奔,又苦于为拴马桩所羁,作苦苦挣扎状。细问,方知道这里前些年,住过一个从河南来的残疾青年。这小伙,白天到附近的陕西国画院自费学画,晚上在街头卖羊肉串。如是三年后,终于学成,如今招聘到深圳一家杂志社去了。

大作家贾平凹,前些年也曾在这一带蛰居,作一普通房客,龙盘虎踞,蓄久成势,终于有今天的一番天下。大画家王有政,腰里有钱,不屑于做房客,于是买下一个宅院,翻修成二层小楼,一只狼狗看家,于右任的"深宅藏灵根,高山养浩气"楹联,分列门楣左右。

类似这类有作为的房客,自然不多,社会本来就是由芸芸众生组成的。

大部分的房客,是做生意的人。今天赔了,哭一场,明天挣了,笑一场,赔赔挣挣,稀松平常。岁月无情,盈亏有数,既不叫这些人大挣,也不叫这些人大赔。不过有个包工头,赔了,赔得个一塌糊涂,于是丢下老婆孩子,猫起身子跑了。欠下了一屁股的房租,房主扣住老婆,一问,才发现这老婆不是包工头的老婆,孩子亦不是他的孩子。房主恼怒,于是站在院子里一声吆喝,叫各位房客,都到这房里来拿东西,看上什么拿什么。待到众人将这房中的东西放了"抢",房主叫这孤儿寡母开路。

有时候,会有个把不检点的孤身女子,在这里租房住下,或做"卡拉妹"或公然领男人回家。对这一类事情,房主是忌讳的,一经发现,立即驱逐。有一女子,说来自西府农村,住下以后,今儿领个男人,明儿领个男人,嘴里胡乱编排,说是她的亲戚。一日,领了个胖乎乎的局长,又说是她的什么人,这次谎没有编好,因为这局长大家都认识,于是房主恼怒,众人响应,将这孤身女子轰走了。

这些顽强地孤立于城市之外的村庄,民风尚且淳朴,人们好恶分明,以上事情可以看到。严格地讲来,房主也罢,房客也罢,其实都是些城市中心的平民百姓而已,我问过一个出租有十多间房(两千多平方米)的房主的收入,他说每月二千元。在今天,这两千多元,维持一家的生计之外,也剩余不下多少。

我是1995年的7月31日,一辆大卡车拉了举家从延安迁入西安的。那时正逢西安大热。离开延安时,是一个细雨蒙蒙的早晨,南关街上,站了半街的人,为我送行。恍惚中,我感到,那像是我葬礼的一次彩排。我热泪盈眶,向这块我生活了四十年的土地告别。而后,便在西安北郊二府庄,一个叫"姑娘楼"的地方居住下来。叶落归根,为了孩子将来能有个好环境,我做了一回西安人;而做西安人,先从这块地方做起,从市井小民做起。

我的大学生邻居

石岗夫妇也住在姑娘楼,膝下有一个小男孩,叫石头。底层的楼房都给姑娘们分了,空下六楼当商品房卖。石岗住在六楼,我租的这套房,是一个大学生的,也在六楼。村上人说,六楼都住了些有钱的!这话不假,光从装修房子,安电话,装空调这些事情看来,就只能承认这一点。

石岗上陕师大时,是学生会主席,毕业后留在一个研究所里。研究所不景气,后来他也就不再去了,蹲在家里当个文化个体户,写一些报告文学,爱人莉莉在一家报社当记者,收入很可观,三位一体的中国式小家庭,过得挺舒服。

石岗初时,住在方新村那种大杂院里。石岗人长得黑,爱人莉莉又特别漂亮,村上人说,你看,又来了一对老少夫妻,肯定是个发了财的大款,领了个姑娘,来这里非法同居的。后来时间长了,大家说,人家是正儿八经的一对,这石岗是越看越小。

莉莉是乾县人,生得细皮嫩肉,面白如雪。我总猜想,这根本不是陕西的土特产。莉莉将乾陵叫"姑婆陵",我猜想,这一带的女子,说不定真和武则天有点什么联系,该不会是些守陵的"陵户"吧!这么说,他们该是昔日这位女皇的本家了。

石岗智商很高，人又活套，我住这里，朝夕相处，从石岗身上，学到了很多优秀的东西。记得，和郑定于老师拉电视剧《死巷》，张敏推荐石岗参与，他说，我和他两个人的智商加在一起，都抵不住石岗。这话当然也有自谦的成分，不是我的智商低，而是比起石岗来，我们都上了点年岁，脑子里有许多画地为牢的框框。

记得前一向，为一场官司，我到延安出庭。出言木讷的我，请石岗做代理人。石岗站在扩音器前，五个小时的一场舌辩，把对方驳得体无完肤。后来，延安的人问我，哪里来的这个后生，这么厉害。我说，人家是大学生，还是大学的学生会主席，对方那三个人，学龄加在一起，也够不上个大学生，哪里会是石岗的对手。当然这事也是由于我在理，有理走遍天下嘛！

我的房东，前面说了，是个大学生。这小伙子大学毕业以后，辞职自己干电脑，几年前一笔生意，挣了些钱，于是买下这套房子。我的左邻右舍，也都是大学生。左边一位，满族人，自己开了个电脑公司，小本生意，做得还红火。右边的一位，不知干什么生意，早出晚归，不常照面。

左边一位，前一向闹离婚，我去调解了一回，不见效果。闹了半天，原来他们并没结婚，仅仅是同居而已。既然是同居，也就没有离婚一说，合则聚，不合则散，潇洒地分手而已。一代人与一代人不同，这令我又增长了许多见识。

右边一位，和妻子的关系却没说的。那妻子却也漂亮，常穿一身牛仔连衣裙，袅袅婷婷地，从街道上过去，令二府庄的姑娘们顿显"家娃"本色。有时，我和这些大学生们相聚，常发些宏论，有一次我说，光看着我们的儿子成长这一景致，就足以使我们热爱生活，我的话激起一片赞叹声，尤其是这位妻子，给人说我有古典骑士风采。

大学生们，不如意的也不少。既然放逐到社会上了，那还看各人的生存能力。方新村有一个老牌的"西军电"学生，至今还租房住，他时常领了自己的农村妻子，过来走走，脸上一脸晦气的样子，让人怜悯。

石岗的儿子叫"石头"，活生生的一块小小顽石。他今年六岁，却常常说出一些惊人之语来。有一次在我家中，他要上厕所。我说上厕所要收费，每次两角。他立即接口说，他要将这厕所承包了，然后收你们的费。还有一次，我在大街上等人，等得烦了，于是扭扭屁股，运运手，让人看出我是在锻炼。这时，石岗摩托上带着石头，过来了，石头说："高伯伯外是咋了，尻蛋子一拧一拧的！"这话惹得路两边的人大笑，我问清了，自己也笑起来。原来这孩子小时候在西府老家长大，不经意地常有乡韵吐出。

吃在西安

说来惭愧,对西安印象最深的事情,竟然是"吃"。我去过许多地方,细细想来,竟然都是为赴饭局而去的。

印象最深的地方有两处,一是半坡旅游度假村,一是南门外杂技场旁边那个"蒙古勒"。

半坡度假村的那个门洞,很有意思。一个硕大的半裸的女性雕塑,横卧在那里,游人要进入度假村,先得从"她"的胯下穿过。这大约是一种象征,表示你已经从人声喧嚣的20世纪,进入遥远的母系社会年代了。度假村里,横七竖八,有着许多的茅草屋,供人们就餐。还有一个大场,似乎是模拟当年的那种部落聚合的场所。记得,那天夜里,就着一堆篝火,我手执麦克风,朗诵了普希金的《致大海》。当朗诵到"有着幸福的地方,早已有人看守,要么是贤者,要么是暴君"时,风吹篝火,繁星满天,四周静寂如同无人,恍惚中我真有一种穿越时间隧道,重归蛮荒的感觉。

几个蒙古族兄弟,在繁华的都市中间,撑起几座蒙古包来。我去过那里两次,一次是一位企业家请我,一次是过圣诞节,新闻界的一群年轻朋友们请我。手抓羊肉、奶茶、浓烈的敕勒川牌烧酒,再加上蒙古族姑娘唱出的那《阿尔斯楞的眼睛》,这一切,都令我们在这死气沉沉的庸俗的生活中，像猛然呼吸了几口新鲜空气一样。这里喝酒用的是一种牛角杯，这种杯子随着成吉思汗的铁蹄所向，如今已经成为欧洲人重要宴会上的饮酒器皿。当我手执牛角杯，上敬天，下敬地，再敬父母，而后，与蒙古族的兄弟们喝交杯酒的时候，我对这个豪迈的民族，生出许多敬意。

说来又是一个惭愧，在我肩膀上扛了个嘴，吃遍大半个西安之后，留给我印象深刻的地方，却不多，而今回忆起来，眼前唯有一片杯盏狼藉而已。

陕西没有自己的菜系，这一直使秦人引以为遗憾。许多有心人都做了努力，比如那个饺子宴。那饺子宴价钱不可谓不高，但是那吃法，简直是一种折磨人的马拉松式吃法，况且那味道也不敢恭维，还有，让一位小姐，站在你的旁边，眼巴巴看着你嘴唇抖动，总让人不怎么舒服。

记忆中的羊肉泡，仿佛不像现在这么难吃。宁夏的羊肉泡，兰州的羊肉泡，延安的羊肉泡，碗里都有大半碗的肉汤，那才是名副其实的"泡"。西安的羊肉泡，我记得先前也是有水的，现在却干巴巴的碗底上有那么一摊，不干不稀，像小孩子拉的屎。既然是羊肉泡，你就该以羊肉味出头，以骨髓熬出的汤的味儿出头，可这西安的羊肉泡，标以优质，里边却放些木耳、黄花、鸡蛋、粉丝之类，组成一个大杂烩。相形之下，倒是那碗大汤宽的水盆羊肉，可以一尝。

陕西的看家饭也许是面食。但是面食的正宗却在山西和甘肃。山西的面食是大俗，汤汤水水的一碗白皮面里竟有半碗醋，活生生是老陈醋里捞面条吃。甘肃的牛肉拉面却是大讲究，那里面只有牛肉和小麦的味道，绝不许异味进入。牛肉拉面视宽窄分为大宽、中宽、柳叶、二细、牛毛等。我那次在兰州城里吃拉面，先要一碗

"大宽"，再要一碗"牛毛"，各取一端，也就等于将所有规格的牛肉拉面吃了。

陕西没有菜系，于是就不断地有外菜侵入。川菜系列几乎风行省内的每一个角落，川菜的麻、辣似乎更适合秦人的肠胃和舌头。麻辣牛肉之类，让吃惯面条的陕西人，也体味一下食肉动物的乐趣。但是对于那些南方的菜类，我却不敢恭维。西安有几家海鲜，我去吃过，一边吃一边感慨一只虾要那么多钱，一只螃蟹要那么多钱，钱是小事，更重要的是，这些东西吃下去以后，肠胃并不见得舒服。

我记起来了，新疆传过来的那个大盘辣子鸡，也确实是一碟好菜。那香，那辣，那占了半个桌面的大盘子，上面再覆盖上新疆拉条子，委实是新疆人的气派。

民以食为天。说来说去，最好的吃食，也许是母亲为我做的那一碗连锅面。

宽松的大环境

我上班的单位是省文联。这里是全省文学艺术界的精华集萃之地，十几个协会，各式各样的人才，名义上都属这里管。衙门不可谓不大，却是清水衙门一个。上边每年财政拨款，仅够人头费而已。当然一些画家、书法家、表演艺术家，还是相当富有的，这叫"穷庙富和尚"。

文联成立十多年了，至今还没有办公地点，一大拨人，栖居在文化厅楼上。这事有些别扭，说起来也有些叫人伤感，好在上上下下都在努力，省长、副省长也都放了话了，叫物色地皮，尽快解决。可望不久后就会解决吧！衡量一个社会文明程度的高低，很重要的一条，就是，看社会对艺术的重视程度。不敢奢想将来的艺术殿堂会如何辉煌庄严，起码，该让这些人有个窝吧！

我对头儿说，下次要钱，你开车来接我去，我学学冯欢，学学柳亚子，我站在省政府门口，大呼一声，"长铗归来乎，居无室"，以期引起重视。这是调侃，不提。

西安是大都市，周秦汉唐气派。古长安这个称谓，和我们这个民族的历史，那么粘地绞在了一起，而翻开全唐诗："长安一片月，万户捣衣声"，"秋风生渭水，落叶满长安"，"地转锦江成渭水,天回玉垒作长安"等句子,又让人漫步在掌故堆集的文明古城时,陡生一种历史感和沧桑感。

亏得有大禹的那一次治水,疏通渭河入黄处,才使这一片泽国,变成八百里沃野,才使这八百里沃野上,站起这座都城。没有这个前提,中国的历史,谁知道又会怎么去写呢!

有一个新词儿叫"宽松",行政上的行话。我居西安一年,感觉最深刻的正是这个词儿。若大个都市,像个蜂箱似的,工蜂、雄蜂、蜂王各司其职,各尽本分,各显其能,互不相扰,一切都以一种和谐的状态存在和滚动着,这正是一个社会大繁荣的前兆。

大家都很忙,大家都很累,大家都有各自生存的艰难,但是,大家都活得很放松,这正是西安人的精神状态。

我想这种精神状态,主要来源于当前的民主政治。"文革"专制的结束,距今天已近二十年,二十年人的精神的发展,一步一步,时至今日,已形成这定势。二则,是市场经济运行机制对"官本位"的冲击。"官本位"是封建的东西,中国特产或者说东方特产,它遏制了社会发展那种蓬勃的生机,使人类精神萎缩,是每个人都以虚为实,不图贡献。

自然,较之北京,较之沿海地方,西安这座内陆城市,还显得守旧一些,但是总在发展,总在开放,这就是希望所在。社会在发展中,是以时间为代价的。

我说大家都生存得很艰难,这话是不是可以翻过来这样说,即"人人都有一种危机感"。这样说似乎更准确一点。做生意的,总在自找苦吃,希望自己的生意做得更大一点。大大小小的文人们,都瞅着象牙之塔的那个顶巅,渴望有好书为社会所接受,为出版社所接受,为书商所接受。当官的,则希望多干些实事,为官一任,富民一方,当然都希望官做得大一些最好,但是欲望似乎并不太强烈,因为可以施展才华的地方很多,并不仅仅是仕途一条。

一言以蔽之,人人都想成为成功者,人人都自己给自己在找苦吃,这真是社会的一大进步。

经济基础决定上层建筑,这话是马克思说的。这话是真理。市场经济体制的运行,是带来人们这些细微心理变化的杠杆。

因为"宽松"这个词儿,我喜欢这座城市,并向它敬礼!我是一个散淡的人,我在给梅绍静写的一篇文章中说过,每一个真正意义上的作家其实都是一个自我中心主义者,是个体劳动的方式决定了他这一点。我大约不是一个好作家,但文人的那些懒毛病,都有。在一个宽松的气氛里写作,我才能写出东西。

做一个普通的西安市民,多好呀!你轻松愉快走在大街上,向你认识和不认识的每一个人微笑,你袋中的钱不必多,够打的就行,你的朋友也不必多,有三五个知己就行。漫步在这古迹四布的城市里,你有责任问自己:我为这文明,再增添点什么!

西安的书商

全国有四个大型图书批发市场，西安算四中之一。西安的东六路，不知从什么时候起，聚集了一大批书商，那些游走不定的书商不计，仅这里有着国家发的营业执照，堂而皇之地有一片铺面的，就有近百家。

涌涌不退的人群，琳琅满目的各样书刊，一家挨一家的铺子，东六路成了西安的一处景致，一处和康复路百货批发市场、韩森寨轻工批发市场同样享有盛誉的西北地区最大的图书集散地。

许多人都说过这话。在商品经济的今天，你要做无本生意，或者一本万利的生意，你就做书商，你只要瞅准一本书，搞它的发行，半年之间，你可以攒到四五十万元。

书商的正常营业是批发书，即将书用五折或六折的价钱从出版社进来，再以六折或七折的价钱批发出去，书商从中赚一折（按书商的行话说叫"十个扣"）。

我认识一个姑娘，是个教师。1994年暑假期间，她批发作家贾平凹的书，一个星期就挣了五六万块钱。她人托人，跑到北京，找到陕西籍作家周明，请周明给出版社写了个条条，这样抢先提到了一批书，书一运到西安，立即批发一空。不独西北五省，就是武汉、广州一带,也来这东六路要书。第一笔生意做成了,刺激了这姑娘的欲望,于是便干脆停薪留职,在东六路租了一家店面,正式成为书商。

书商当然不仅仅经营一本书,铺面铺开,便开始经销许多书。有些书挣钱,有些书赔钱,有些书不赔不挣。有眼光的书商,几年下来,利润就过百万了。不过倒霉者也不少,有许多人是赔的,甚至连老本也会赔上。不过也赔不到哪里去,因为大量的图书,是先进货后付款的,充其量是图书积压而已。

书商要挣大钱,往往采用协作出书的途径。即从作家那里买来稿子,再在出版社弄一个书号,自己印,自己发行。这事这几年一直在若明若暗地进行着。协作出书这事,现在已经受到新闻出版署的严厉制止。这自然是对的,因为书商将他的书,纯粹地视为商品,因此从内文到包装,都有很多事情发生,也使主管部门有失控之顾虑。

有一个河北籍的书商,前几年赔得精光。走投无路,穷困潦倒之际,他抓个好选题。他将高尔基的几部小说,合在一起出版,销路很好。这一笔挣下来,挣了四五十万,他又住高级饭店,大吃大喝,出没于卡拉OK厅了。

习惯上认为书商是些洪水猛兽之类的人物,以前我也这样认为,但这是不公平的,或者说是不公允的。他们中大部分是正正经经的生意人,而且不乏档次较高的优秀者。正是这些书商,在一定程度上,推进了新时期文学的繁荣和图书市场的繁荣。

有一位湖南籍的女书商,丈夫是湖南大学教师,她则是高干家庭出身,父母都曾在新疆和陈潭秋、毛泽民一起坐过盛世才的监狱。

她在北京发展,曾为了约我的稿子,专程到西安。一下火车,打听出我在泾阳县的张家山那里写电视剧，就又租了一辆车赶往张家山。然后丢下一笔钱，说是定金。

我没有收这笔钱，也没有将那部书让这位姓肖的女士出。原因我也说不清。不过不是因为她是书商，我没有那么崇高。书后来是出版社出了，发行量尚好。

不过我到北京出差的时候，曾经到她的家里去转了转。正逢暑假，她的当大学教师的丈夫也在北京给她帮忙，听说也准备辞职。她的母亲，一个白发苍苍的老干部，其时也正好在北京治病，巧得很，她是临潼的新丰镇人，当年在西安上女子中学，瞒着家人，偷着赴延安参加革命的。我们谈得很投机。

这个姓肖的女书商对我说，她的手里，握有全国四万多个大大小小的书店的地址和电话号码，如果一本书每个书店订十本，下来就是四十万册。这真是一个可怕的数字，书商的能量，从这个数目字可见一斑。当然，这个数目可能有夸张的成分。

全国的书商，每年要开四次订货会，春夏秋冬各一次。春天的这次，通常是春节前后在北京进行。

从作家的角度来说，对书商这个怪物的出现，我想应当是抱欢迎态度的。你突然有一天发现你很重要！出版社和新华书店，对你来说已经不是那么特别攸关，因为你还有第二条道路可以选择。

然而，我的下一个长篇，我仍然想叫出版社出。书商出的，给人一种野孩子或私生子的感觉，出版社毕竟正规。况且，自从实行版税制以后，出版社的稿酬，也是可观的了。

阿房宫未央宫大明宫凭吊*

中国历史上三个强盛的王朝秦、汉、唐，都把它们的都城建在西安，而它们的议事大厅，秦是阿房宫，汉是未央宫，唐是大明宫。

阿房宫如今已经荡然无存，只在西安以西二十华里的阿房宫村旁边，留下一座约有五层楼房高的大土包。国务院在那里树碑勒石"国家重点保护文物——阿房宫遗址"字样。几年前我到那里去看过，土包上长满了酸枣树，几个阿房宫村的小姑娘，放学回来在那里摘酸枣。我只见到几位游客，是老年的日本人。

杜牧在《阿房宫赋》中说，阿房宫纵横百余里，这话不是夸张之辞，它确实是这么庞大。阿房宫的一头，在西安东五十华里的骊山秦始皇陵，另一头，则在西安西六十华里渭河边上的咸阳城畔，两个距离相加，这个穿越古长安城的偌大建筑，五步一台，十步一榭，确实绵延了百余里。

阿房宫村旁边的这个土堆，据说是阿房宫当年的门殿。这门殿当年是堆在土堆上的，好让秦始皇鸟瞰四方。后来楚人一炬，阿房

---

* 编者注：作者写此篇文章时，大明宫等遗址公园尚未兴建。

成灰，那些木质建筑没有了，只这个土包留了下来。

当地的人说，阿房宫的本名叫"房宫"，即用无数房子连在一起的宫殿。由于秦王朝是从咸阳逐步向长安搬的，修筑期间，人们站在咸阳城上，向东一指，用陕西话说"（呦）——房宫"！叫着叫着，叫转了音，就叫成"阿房宫"了。

那演出过许多历史大剧的未央宫，如今也像阿房宫一样，从地面上彻底消失。阿房宫还留下一个土包，可以让后人凭吊和唏嘘，未央宫则什么也没有了，它如今成了一片农民的庄稼地。

考古工作者用洛阳铲往地下钻，钻出这未央宫的位置。然后又顺着那想象的围墙，栽了一圈柏树。用此来警告当地农民，地表三尺之下不准动土。

我是在一个黄昏的时候，来这遗址凭吊未央宫的。在靠近道路的这一边，栽的是那种婀娜多姿的垂柳。垂柳蓬松的头发，细而弯曲的腰身，让我想起这宫中曾出过一个叫"赵飞燕"的美人，并生出"岁月更迭，美人成灰，香魂今夜落谁家"的叹喟。

韩信大将军就是在未央宫被吕后杀死的。刘邦找了个托词避开了，于是吕后借樵夫女杀韩信。由于汉刘家当年拜韩信为将时，曾经许下个"天不见血，地不见血，铁器不见血"的承诺，所以吕后杀韩信时，天上盖着瞒天网，地上铺着遮地毡，那捅向韩信的，则是一把木刀。秦腔古老唱本中，有这出戏，"天上""地下"那两句话，是唱本里的词儿。

说起大明宫，我家就在大明宫的遗址上。现在我写这篇文章的时候，从阳台上望去，东边不远的地方就是大明宫的正殿麟德殿。此刻它正沐浴在一片春天的阳光中。

大明宫仅存的遗址，就是这座麟德殿。麟德殿实际上也已经被烧毁，是今人从劫后余灰中，刨出当年用来垫柱子的石础，才令今人想象出当年大殿的规模。这石础如今裸露在地面上。据说日本人要出资修这麟德殿，因为日本人一直固执地认为，光艳千年的肥女人杨贵妃并没有在马嵬坡前自缢，而是乘桴浮于海，东渡日本去了。

大明宫除这个麟德殿外，剩下的地方也都是庄稼地。因为三尺之下不准动土，这地方起不成建筑，所以也只能年年种一料薄收的庄稼而已。

从麟德殿往南，一里路远的地方，有一片低洼地，据说那里就是当年大明宫的太液池，唐明皇与杨贵妃这一对风流宝贝夜夜泛舟的地方，低洼地的中间有一个土包，这是当年的湖心亭了。

武则天和太平公主的电视剧正在热映，这些或真或虚的事情都发生在大明宫里。这里说一句题外的话，武则天戴发修行当尼姑的那个感业寺，在大明宫正西约四十华里处，位于汉长安城的围墙外边。那地方我几年前去的时候是感业寺小学，而今西安市据说已将小学迁出，要重修感业寺。以大明宫与感业寺的距离，当年李治与武媚娘幽会一次，算上来回的路程，算上缠绵的时间，一次恐怕得一天的时间了。

与大明宫为邻，这事总给人一种奇异的感觉。我常常喜欢在日暮黄昏之时，去那块地方转悠，每每恍惚之间，会觉得玉佩叮咚，暗香浮动，光艳了一千多年的杨贵妃，会从某一个石础后边旋风般转出来。当然，这是想象而已。

西安满地是故事

北魏皇族的后人们，现在居住在蓝田县的兀家崖，统治中国北方的草原帝国北魏，最后一位皇帝，是孝武帝元修。元修逃跑到长安时，被守城大将宇文泰毒死在草堂寺。皇族们于是沿着秦岭山根往东跑。追兵在后边要割人头。这些皇族说，我们把自己的头割了吧！于是去掉元字头上那一横，开始姓兀，并建立兀家庄。北魏皇族最初姓拓跋，在拓跋寿的年代改元姓。于此时此地又改兀姓。

从六百年前一直绵延至今。

在长安和蓝田交界的地方，有五个姓赫连的村子，三个在蓝田，两个在长安，这个村子的人告诉我，他们是皇族，是匈奴末代大单于大夏王赫连勃勃的后人。赫连勃勃两下长安城，灞上称帝之后，他的族人就聚集到这里了，也是一千六百多年前绵延至今。

临潼代王镇有个门家村，相传是蔺相如的后人。蔺相如死后，后人们遭官家追杀，扬言要割头剜心，一直追杀到这里。这一族人，于是自己动手，割了头，剜了心，把"蔺"字变成了"门"。在此建门家村，落地生根。

韩城芝川镇，有同姓一族，有冯姓一族，相传是史圣司马迁的后人。司马迁之后，族人们怕受到加害，一部分取了"司"字为姓，一部分取了马字为姓，然后司字旁边多安了一道门，表示关门闭户，远避世事纷争，马字旁多加了两条腿，表示一有不测，就拔脚走人！

过 临 潼 山

临潼这地方很有名。克林顿到中国访问，第一站是西安。行前，人们问他知不知道西安，他说知道，西安有兵马俑，有西部电影。克林顿到西安后，看了兵马俑，又提出到兵马俑旁边的村子去看一看。那村子，如今建了个克林顿度假公寓，开业时我去过。

其实在没有兵马俑之前，临潼就是个有名的所在。比较著名的有临潼山十八王斗宝；有临潼山烽火台周幽王褒姒烽火戏诸侯；唐明皇杨贵妃这一对风流宝贝，更是给华清宫留下了许多的故事。近代，张杨两将军活捉蒋介石，策动西安事变，也是在这里。当然，没有隋唐时期秦琼秦叔宝临潼山救李渊，中国历史就是另一个样子了。

兵马俑的被发现，是1973年的事。其实，这地下有兵马俑，临潼人早就知道。比如我吧，我是临潼人，我就知道。1969年，我在新丰中学上学。到县城常从那片地面经过。那时这块地上，长了些白色的营草，零七八落地栽着一些柿子树。当地的同学对我说，这块土地不长庄稼，我说那可以打井浇水啊！他们说打过井，挖到一丈左右的时候，就挖出些"窑爷"来，村上人吓坏了，赶快把井埋了。

这窑爷就是兵马俑,只是当时的人们不知道。这个"窑",就是烧砖瓦用的窑,这窑爷,就是管砖瓦窑的神。兵马俑正是用砖瓦窑烧成的陶俑,这个说法,已经离兵马俑很近了。

还有人把那不叫"窑爷",而叫"太岁"。太岁是民间传说中的一种邪恶和凶险的东西,有一句话就叫"敢在太岁头上动土"。据说,太岁会在地底下行走,挖到它时,看见了的人就会遭殃。所以老百姓们挖到兵马俑,想也不想,就把它埋了。

新丰镇也是个有名的地方。它距临潼城五十华里,兵马俑则在临潼与新丰的中间位置。王维诗"新丰美酒斗十千,咸阳游侠多少年。相逢意气为君饮,系马高楼垂柳边",其中的新丰,说的就是这地方。

新丰原来的地名叫鸿门,正是楚汉相争时,西楚霸王项羽设鸿门宴的地方。新丰镇的镇址就在如今的鸿门村。

新丰镇的得名,亦是来源于一件历史故事。

汉高祖刘邦是江苏丰县人。历史上"丰沛不分家",因此说他是沛县人也对。起事之初,刘邦是丰县的一个混混无赖,在丰县混不下去了,于是跑到沛县。他在沛县起事,所以世称"沛公"。不过,他的老父亲和家人,都还在丰县居住。

刘邦在长安城坐了江山以后,把老父亲接来居住。老父亲住不惯,想回丰县老家去。皇帝到底是皇帝,他想了一个办法,即令人将丰县老家的那个村子,举村迁到鸿门这地方来。不但将人迁来,就是猪羊狗牛一应家畜,也都一同迁来。而村子的布局,房屋的结构,邻里之间的关系,也都按老村子的模样。据说,家畜们天黑以后回家时也都能认得主家的门,可见这仿造的逼真。

尔后,挑一个夜晚,刘邦将老父亲送到这村子来,哄他说这就是老家那村子。而父亲居住下来后,竟然也深信不疑。于是在这块环境中度过晚年。

这地方因此被叫成新丰镇。

临潼这地方，每一片秦砖汉瓦也许都能搜出一段历史传奇来。所以不敢铺开来讲。今日只说两件作罢。他日有了余兴，再侃不迟。

榆林城记

榆林城建于明初。明以前这里大约是小村庄、驿站，或者是骆驼帮们歇脚打尖的地方。明时，军事上的需要，需要给这黄土高原与鄂尔多斯高原接壤处，修一座城堡，于是乃有天下九座边关重镇之一的"榆林卫"的出现。经年经月，兴兴衰衰，榆林城终于形成眼下这陕北名城的规模。我曾两次取道榆林，一次是去内蒙古，一次是去宁夏。两次出塞，沿途烽火台旧址，古长城残骸，触目可见，遂明白了选定榆林这个咽喉之地设州造府的缘由。据说榆林城最初建城时，不设北门，只在北城墙以外的远处，建一高高的瞭望台，号镇北台。镇北台如今仍巍然耸立，依山踞险，居高临下，控南北咽喉，锁长城要口，成为该地一大名胜。

榆林城傍山临水。山称驼峰山，其实是个大一些的沙丘而已。我曾越城而登临山顶，山顶上筑有城墙，城墙之外，就是天苍苍野茫茫万顷黄沙如血残阳的辽阔北方。水称榆溪河，据说是明时的一个榆林知守，取无定河水凿成的一条渠而已。水边陡峭的河岸上有许多洞穴与石刻，记录下历史的痕迹。勒字的岩石呈红色，因此此处叫"红石峡"。我们曾慕名而匆匆一顾这里，见一群纺织女工，正在河对岸的沙滩上，做着击鼓传话的游戏，欢乐的笑声充填了整个青青河谷。

榆林城半边在山上，半边在临河的平川里。大的街道有两条，一条新街，一条旧街。榆林城的建筑，楼房尚不算多，平房和一种简易的楼房似乎多些。最显赫的建筑是居于主要街道上的三座古楼。中间规模大的一座叫星明楼，两头两座叫古楼和万佛楼，据说都是明代的建筑。楼阁的建筑风格与宁夏银川城的几座楼阁风格相似，只是规模小些。熙熙攘攘的人流与车辆从楼阁的门洞下边穿过，门洞似乎显得小了点。榆林城的民房建筑，据说有别于陕北别处的以石砌窑洞和土窑为主的建筑，而以平房组成的四合院为主。这期间缘由，当然是与房屋主人的身世有关，而骤然之间，要在这旷野里筑一座城市，居民的来源在那里，就给后来者如我们以想象的余地。

榆林城最初的市民，基本成分当然是那些陕北土著，飘忽不定的牧人和死死厮守着黄土地的农人。此外还有那戍边的没有变成无定河边骨的士兵。士兵们集体复员，脱下号衣，便成为城市居民了。如果需要一点罗曼蒂克的联想，我们想到，或许京中钦犯，发配充边，这新建的榆林卫自然是最好的去处，第一代的脸上虽刺有金字，第二代的脸上便光光堂堂，与别的居民混淆不清了。他们迅速地忘记了自己屈辱的过去，在这里安身立命，打发日月。或许有朝廷命官，为皇室所不悦，为时俗所不容，于是被谪贬此处，顺便再赐上一句"子孙后世永不许还乡"的律条。他们的这一加入，无疑给这荒凉城市点缀了一丝富贵气息和锦绣景象。或许有南方商门大贾，财势日盛，危及社稷，于是为扼制新兴资产阶级在沿海的发展，国家机器立个名目，寻个借口，将其财产充公，合家迁居此地。关于榆林建城初期居民的成分，我曾请教过几位榆林名士，诸说不一，不过所罗列者，不外乎以上种种。

榆林人男性身材魁伟，相貌俊美，高鼻梁，浓眉毛，高颧骨，长腮帮，明显地受民族交融的影响。走在榆林街上，见一位男子，不必抬眼去瞧他的眉眼，便直呼"美男子"，保管没有错。貌美的副产品是多情。那年我在省作协读书会，与一位榆林诗人同学，读书会有位女士，打饭提水，穿堂入室，皆由这榆林诗人代劳或服侍。不过这一切仅仅出于尊重异性的缘故，别无他图，因为这女士挺着个老大的肚子，而且没等读书会结业，就回安康临盆去了。榆林人的这种美德，委实是一种文明和有教养的表现。榆林的女性，更是以貌美而闻名远近。举止高贵，面若桃花，待人接物，绝非小家子气。说起话来，声音清脆而甜蜜。我曾经与一位榆林姑娘逗趣，说后悔自己当初没有找一个榆林人，这样每天可以听百灵鸟在耳边鸣啭。补救的方法倒有一个，就是录一盘磁带回来。可我终究没这样做，原因是怕妻子多心。说起面若桃花来，这里需要提及山腰的那眼普惠泉。可以说当初榆林城的选定城址，就是因了这普惠泉的缘故；还可以说因了这普惠泉的赐予，才有这一城男似吕布女似貂蝉的好男好女。如今全城饮水，据说就靠这个泉子的供给，而榆林城姑娘的面如桃花，正是长期饮用泉水的缘故，所以普惠泉又称"桃花水"。

榆林城在明代，因为军事的缘故，为朝廷所倚重。据说明武宗曾来榆，在榆及左近地区羁留二月有余。康熙微服私访，也曾驾幸此处。据说康熙是在一个黑天来到榆林城下的。康熙见城门已关，扬声叫门。守门的是一位老兵，坚辞不开。老兵说，吃皇粮，受皇恩，便要为皇家担事，这城门上峰有令，黑天是不能开的。康熙爷问：皇帝来了也不能开吗？老兵答：皇帝来了也不能开。康熙爷于是只好作罢。康熙耐着性子，站在城外与老兵攀谈，借以熬过这漫漫长夜。攀谈中，康熙问这老兵是何职务，老兵答曰：士兵。康熙又问，管士兵的叫什么。老兵答，叫班长。又问，管班长的叫什么。老兵答，是连长。就这样一直问下去,问到团长。老兵有些不耐烦了,答道:我自当我的兵,团长自当他的团长,问这何干?康熙爷于是闭了金口。第二日城门开时,康熙昂然入城,不问边情民情,不问军事政事,先提出要见那个昨夜守城的老兵,然后便封这个老兵为自己的警卫团团长。这个康熙与老兵的故事,是我的邻居、一个做碗钅它小吃的老头讲给我的。这是个祖籍榆林的人。讲完这个典故后,他遗憾地说,可惜这老兵没有将话答完,要不,官还可以当得再大一些的。我想清时军队的建制,大约不会像这样吧,因此这个细节的不真实破坏了整个故事的可信程度。但是我没有打断老者的话,因为我从他的眼神中,看出了他对祖籍的向往和热爱之情。后来我两次路经榆林,榆林的朋友们也都给我讲过这个典故,看来似乎有几分真实。康熙确实到过榆林,有其为榆林城所题"两守孤城千秋忠魂"墨迹为证。

榆林境内,多名山灵水,无定河、大理河、秃尾河、窟野河、乌兰木伦河等。这些河在经历自己的行程后,都统一归属到我们民族的母亲河——黄河中去了。黄河自内蒙古、宁夏河套地区浩荡而来,在这里绕一个圈子,过晋陕峡谷,然后东奔中原。关于河流,可以说,每一条河流都是一部流动的历史。"可怜无定河边骨,犹是春闺梦里人"一句,每每令我们临河而兴叹。这无定河尚属榆林南部的一条河流,秃尾河、窟野河、乌兰木伦河,更在其北长城以远辽远的土地上。既然无定河作为古战场,由来已久,那上述几条河流,更该是古战场了。从这一点上,我们也可以想见榆林在古代的战略地位。曾经镇守延州的范仲淹,诗云:"千嶂里,长河落日孤城闭。"何处为长河,何处为孤城,延安学者考证为延河与延安城,榆林学者考证为窟野河与神木城(古麟州城),双方争执不一。其实,陕北每条河流,每座城池,与诗中所言风景,何其相似尔。因此彼此都不妨平心静气,说一句泛指陕北境内各条河流各座城池，落个大家喜欢作罢。

榆林境内，多历史陈迹，蒙恬墓，扶苏陵，赫连勃勃统万城，已为世人所津津乐道。李自成闯王行宫，也令游人登临造访而顿生英雄豪气。还有大漠中的神木城，乃为杨老令公出生并杨门发端的地方。近年来榆林在米脂境内，辟一新的旅游点黑龙潭，取民间传说，兴土木而成。需要特别提及的，是距榆林城不远的一个去处，佳县白云山。白云山号称陕北灵根，三教合一，道教为主，兴起这饱经沧桑的道教圣地。白云山道观古建筑群，建于白云山顶，无数楼阁庙宇覆盖整个山顶，蔚为壮观。白云山临黄河而远眺内蒙古、山西，其山巍伟，其所供奉者真武祖师的灵魂，陕北地面，有口皆传。传说昔日毛泽东主席转战陕北，兵困白云山，此时天降大雨，遍地生蝎。国民党刘戡将军见状，急令大军后撤三十里扎营。半小时后开始放晴，蝎虫消失，待刘戡军重新合拢，搜索白云山时，毛泽东已于雨中脱身。据说1949年中央人民政府成立之日，白云山收到一桩布施，童子见布施上得过于隆重，来得又有些蹊跷，于是面露疑惑之色。道长答曰：有人欠我一笔人情，今天正是还愿的时辰。这自然是一桩传说而已，其间却包含了人民对领袖的崇敬以至神化，也包含了对白云山的敬畏与笃信之意。

我曾两次去榆林。两次都是路经，行色匆匆而已。然而我对榆林却留下了极为美好的印象。我喜欢这座屹立在旷野上的城市，我喜欢这人类中散淡、豪爽和自得其乐的一群。我总觉得这座塞外名城有一种难以言传的异域情调。榆林城那散淡的自然环境和城中人们那散淡的心境，令我这个倦于应酬生活的人感到了生存的自在。我常常想这世界如此之大，何处是我心灵游堕与精神驰马的地方，我现在找到一个去处了。我曾经答应过朋友，我还要到那里去的，愿我能早日成行才是。

陕北的黄土地

北方有一块高原，汹涌的黄河将其割裂为二。靠南边的一块，习惯上被称为陕北高原。在此之前，黄河是青色或者灰色的，它的百分之七十的泥沙来自这里。黄河因此而被称为黄河，被作为我们这个黄皮肤民族的象征出现在故事中、传说中、浪漫诗人的吟唱中和悲壮歌曲中。黄河那激情的水流从这里奔突而下，将它黄色的染色体染向所有路经的地方，以及达到遥远的海洋和海浪拍击着的他洲的堤岸。

黄土固积，形成这黄色高原。天雨割裂，造就这破碎泥土。死死生生，悲悲欢欢，人类在陕北高原这块不平整的土地上，业已耕种和行走了许多年。贫困和闭塞，派生出这刁蛮、勇敢和行侠好义的一群人。米脂李自成的胆识，延安张献忠的好勇，宜川罗汝才的诡秘，保安刘志丹的深明大义，安定谢子长的拔刀相向，皆为中国这部喧喧嚣嚣的历史增加了奇异的几笔亮色。而星星点点散播于高原上的历史陈迹，黄帝陵、扶苏陵、蒙恬陵、隋炀帝美水泉、廊州羌村、赫连台、镇北台，诸如此等，又每每令今日的行旅者，驻足长叹，唏嘘不已。

陕北这个地域概念的形成，大约在宋。宋时，延安的最高军事行政长官范仲淹,尚称此处为"塞下",并发出"塞下秋来风景异"的感慨。在此之前,时人的心目中,九燕山以北,今天的大半个陕北,以至朔方,以至内蒙古鄂尔多斯高原,极目远舒的地方,还是一片混淆不清的疆土,一片散发着羊膻味的骚动不安的土地。尽管秦皇的帝王之辇,曾从秦直道上辚辚驶过,尽管汉武的金戈铁马,曾踩得贺兰山的积雪吱吱作响,尽管昭君墓、扶苏陵、蒙恬陵作为一个历史的标志,生根似地长驻此处。但是人们记忆最深的,也许是那飘忽不定、骁勇好战的匈奴骑射,是站在统万城头,口出狂言、目空天下的大夏王赫连勃勃,是踩着积雪,顺着宁塞川滚滚而来的西夏方阵。每有朝中命官,为皇室所不悦,或是文臣武将,为时俗所不容,便被发配到这里,对着无定河弹起思乡曲。高原名城榆林,相传就是为一群发配到这里的官吏与囚犯所筑,现今榆林城中,尚有许多四合院,或许可为他们的祖籍找到一点端倪。

翻翻史书,到了明代,陕北这个地域概念便愈来愈多地为人应用。尤其是斯巴达克式的悲剧英雄李自成,纵横中原,使陕北这块焦土蒙上一层叛逆者与抗争者的奇异色彩。目下的陕北,东与山西隔黄河相望,西接古朔方,北抵鄂尔多斯高原,南连关中。无定河与延河,构成流经陕北境内的两大水系。延安与榆林,成为这块闭塞土地上的两个中心。数百万高原人逐水而居,过着清心寡欲的日月。

陕北人以女子多有丽质为骄傲。吃酸白菜,喝小米汤,养得一个个雍容华贵;穿大襟袄,扎红腰带,出脱得却貌似出水芙蓉。美貌便美貌罢,陕北人却说,这是传统,每有人会以惆怅的口吻,拉出昔日的貂蝉,今日的兰花花、李香香,来证明这久远的美貌传统。有人却又作琐碎考证,说这是民族交融的结果,当年匈奴所掳来的南方美人,囤积"吴儿堡",与粗犷的北方大汉结合,便繁衍下这优异的一支。联想到陕北的种种历史变迁，这话似乎不无道理。

　　骄傲者女子之外，尚有男人。貂蝉故里在米脂，吕布故里在绥德，所以陕北有"米脂婆姨绥德汉"之说。高颧骨，直鼻梁，浓眉毛，长腮帮，形成陕北男子汉的特点。在如此苦焦的地方，靠双肩承担起生活的重负，陕北的男人们可谓坚强矣。然而这用力却不表现在脸上。在中国的土地上，我还没有见过如此逍遥和自在的人类之群。盘腿坐在驴车上，车里装满神府或者瓦窑堡石炭，顺着无定河川道缓缓而下，嘴里哼着酸曲，让心闲着，却不让嘴闲着。满脸黑灰的行乞者，不知今餐食在何处，不知今夜宿在那方，却脖子上挂一杆唢呐，一路吹吹打打而来。行乞在陕北某些地方成为一种积习，即便家里大囤满小囤流，秋庄稼一旦登场，还是要辞别家小，走趟南路。或有好事者问其缘故，答之曰："不出去转转，心里闷得慌！"也许，是那游牧民族的血液还在身上澎湃，虽然已经没有金戈铁马为伴了，但在那一年一度的无羁的行旅中，在唢呐的狂想曲中，心灵得到了某种满足。

　　男人之外，骄傲者还有小孩。陕北地面，以九燕山为界，分成南北两部分。北部风俗，正如笔者前文所述，南部风俗，却酷似关中。女人穿花棉袄，男人着黑裤褂，乡村学究言谈必引经据典，红男绿女成亲必媒妁之言。吃饭以面食为主，说话是以秦腔为主。殷实人家，也许有个唐宋时期的瓦罐；贫寒人家，或可有件明清年间的旧铁。老者多为头戴瓜皮帽的一生足不出地界的遗老遗少，少者多为精细乖巧之至的村野能工巧匠。正是在这块地面，生出个叫甘罗的孩童，十二岁时为秦之宰相，其墓葬据说还在洛川县境。惹得洛川的乡人们，每每思古，唱出几句"甘罗十二为秦相"的走了调的秦腔来。

小孩之外，让陕北人骄傲者，还有老者。煌煌陕北大地，笔者靠了工作之便，到过许多去处，见过许多奇事。最奇者，莫过于在一个荒山野村，突遇一位奇人。老红军、老八路、老革命、老功臣，或因伤，或因病，或因感觉了田园的将芜，于是解甲归里，藏龙虎之身于草莽之间。延水关渡口，当年李自成东渡黄河一夜头白处，笔者曾遇一老者，动问前朝古事，老者无有不知。

靠一种盲目的自信，靠一种莫名其妙的骄傲感，陕北人撑起这一片贫瘠而昏黄的天，并且随时准备为他人遮风挡雨。谁能理解陕北人那种心理的隐秘部分呢？如果现在还有行乞者，那么，他腹中空空地站在一家门口时，他一件事是伸手求乞，第二件事是伸长耳朵睁大眼睛，听听看看收音机或电视里有些什么，布什和杜布基斯的竞选、布托夫人和阿基诺夫的风度，这些话题也许将出现在他漫长道路的思考中，出现在他家的热炕头上。

从远古走来，没有颓唐，没有怨尤，在这块贫瘠的土地上，深深扎根，顽强生长。一窝窝地生，一群一群地死，健壮者活了下来，孱弱者拿去肥土。毛驴的每一次披红挂绿就是向残酷的大自然的一次无声挑战，窑洞的每一次明灭都在重复着生命的故事，父亲六十岁生日那天，必定要领着儿子，踏上马茹子花盛开的通往祖坟的道路，让头皮叩着地皮，声响传给三尺地表下的家族的昨日。孩子出生那天，干大必定要送给他一件石锁，以便将他牢牢地拴在这块生身热土上。

悠悠万事，在陕北，唯以生殖与生存为第一要旨。尽管这生存不啻是一种悲哀和一场痛苦，但是仍旧代代相续而生生不息。人类辉煌的业绩之一，恐怕就在于没有令自己在流连颠沛中泯灭。陕北的大文化，有人称之为"性文化"，有人名之为"宗教文化"，这些当然都对。但以笔者管见，性文化也好，宗教文化也好，落根都在这"生存文化"上。那一年，我陪中央电视台某摄制组去民歌之乡、腰鼓之乡、剪纸之乡、农民画之乡的安塞，造访一位叫白凤兰的剪纸艺术家。拍摄途中，她拿出一幅画，令四座惊骇不已。

如果有一天，这世界因为天灾人祸，只剩下一男一女了，况且这一男一女是兄妹。那么，他们应该怎么办？"他们应该结婚！"这位农村老太婆，郑重其事地这样告诉我们。在她眼里，一切人类的理性思考和煞费苦心经营起来的道德秩序，在非常时期，都必须让位于生存。生存才是第一位的。她拿出她画的一幅画。世界只剩下兄妹二人了。一种超自然的力量对他们说："结婚吧，为了让世界上继续有人类！"他们很害羞，不愿意这样做。于是，这个超自然的力量说，既然如此，让你们听从天意吧！请你们将阴阳两块砣扇，向山下滚去，如果砣扇重合，你们可以结婚，如果砣扇没有重合，那就是人类当灭了。两块砣扇向山下滚去，滚到山脚后，令人惊诧地合在了一起。于是，世界上人类存在了下来，歌声和鲜花存在了下来。老太婆讲得很认真，很神圣，她的眼中，放出一种女巫和孩童的目光混合在一起的奇异色彩。老人的这幅画将出现在中央电视台新近拍摄的一部叫《中国人》的电视片中。老人居住在一处山坡上，整面山坡居住的都是她的家族，沟底是一条时断时续的小溪。记得，当时，望着这面山坡。我直疑心，石砣子就是从这坡上滚下来的。

西北风像一个阴沉着脸的陕北汉子，正在猛烈地、凶狠地冲击着艺术领域，或音乐，或影视，或绘画，或文学。我的笔在经过许久的迂回之后，才接触这个题目，这令我惭愧。篇幅的原因，容我找另外的机会，专辟一篇《陕北艺术论》吧。哦，陕北，这化外之地，这"圣人布道此处偏遗漏"的穷乡僻壤，也许，你将会给板结和孱弱的艺术以一场大惊异，也许，你将会给我们这受儒教浸染数千年的古老民族,一点离经叛道、勇天下之先的精神。当我从秦直道上经过,注视着秦皇两千年前那远去的背影时,当我怀着诚实,走入陕北山乡每一位父老的心灵时,当我看着安塞腰鼓以不可一世的姿态踢踏黄土时,当我来到黄河延水关汹涌的渡口,虔诚地为多灾多难的民族祈祷时,我想起我的一位艺术家朋友的话,他说,我们这个民族的发生之谜、生存之谜、存在之谜、发展之谜,也许就隐藏在这陕北高原的层层皱折中。

是这样吗,高原母亲?我在问你,你为何不答。

高建群小传

高建群，男，汉族，1953年12月出生，祖籍陕西省西安市临潼区。国家一级作家，著名小说家、散文家、画家、文化学者，"陕军东征"现象代表人物，被誉为当代文坛难得的具有崇高感和理想主义的写作者，浪漫派文学"最后的骑士"。历任陕西省文联第四届、第五届副主席，陕西省作家协会第四届、第五届、第六届副主席，陕西文化交流协会名誉会长，西安交通大学、西北大学客座教授，西安航空学院人文学院院长，大秦印社名誉社长等。享受国务院政府特殊津贴。被《中国作家》杂志社授予当代最具影响力的作家，陕西省委省政府授予"终身艺术成就奖"等。

其代表作有《最后一个匈奴》《大平原》《统万城》《遥远的白房子》《伊犁马》《我的菩提树》《大刈镰》等。长篇小说《最后一个匈奴》在北京研讨会上引发中国文坛"陕军东征"现象。据此改编的35集电视连续剧《盘龙卧虎高山顶》在央视播出。《大平原》获中宣部"五个一工程奖"，名列长篇小说榜首；《统万城》获国家新闻出版广电总局"优秀图书奖"，名列长篇小说榜首，其英文版获加拿大"大雅风文学奖"。高建群也是第一个在凤凰卫视《世纪大讲堂》演讲的内地作家。

高建群履历

1976年，以组诗《边防线上》踏入文坛。

1987年，以中篇小说《遥远的白房子》引起文坛强烈轰动。

1989年，担任延安地区文联（代）主席兼《延安文学》主编。

1993年，当选为陕西省作家协会副主席。

1993年，长篇小说《最后一个匈奴》出版，被誉为中国式的《百年孤独》，陕北高原史诗。

1993年至1995年，挂职黄陵县委副书记，专职创作，其代表作《最后一个匈奴》即为挂职期间所作。

1997年，参与央视十频道开播策划，并与周涛、毕淑敏共同担纲央视纪录片《中国大西北》总撰稿。该片荣获中宣部"五个一工程奖"。

2002年，当选为陕西省文联副主席。

2005年至2007年，挂职西安高新区党工委委员、管委会副主任。长篇小说《大平原》即在此期间酝酿成型。

2013年7月，被聘为西安航空学院文学院首任院长。

2017年9月，被聘为西北大学丝绸之路研究院研究员。

2020年5月，被聘为大秦印社名誉社长。

2020年7月，西安高新区文联成立，当选为第一届主席。

高建群创作年表

《边防线上》（组诗）：发表于《解放军文艺》1976年8月号，责任编辑：李瑛、纪鹏、韩瑞亭、雷抒雁。

《0.01——血液与红泥》（诗歌）：发表于《延河》1979年2月号，责任编辑：汪炎。

《将军山》（诗歌）：发表于《延河》1979年8月号，责任编辑：闻频。

《杜梨花》（短篇小说）：发表于《延河》1980年2月号，责任编辑：杨明春。

《很久以前的一堆篝火》（散文）：发表于《延安日报》1984秋，责任编辑：杨葆铭。

《人生百味》（诗歌）：发表于《星星》诗刊1985年，责任编辑：叶延滨。

《五月的哀歌》（叙事诗）：发表于《叙事诗丛刊》1985年，责任编辑：潘万提。

《现代生活启示录》（系列散文）：发表于《文学家》1985年，责任编辑：陈泽顺。

《新千字散文》（散文集）：1987年，陕西人民教育出版社出版,约稿编辑:陈续万,责任编辑:赵常安。

《遥远的白房子》(中篇小说):发表于《中国作家》1987年第5期,约稿编辑:朱小羊,责任编辑:陈卡。《中篇小说选刊》《小说选刊》《小说月报》《新华文摘》《解放军文艺》等进行了转载。2013年,台湾风云时代公司出版繁体单行本。2014年,陕西师范大学出版总社出版简体单行本。

《给妈妈》(诗歌):发表于日本《福井新闻》1988年3月17日,责任编辑:前川幸雄。

《骑驴婆姨赶驴汉》(中篇小说):发表于《中国作家》1988年第6期,责任编辑:杨志广。

《伊犁马》(中篇小说):发表于《开拓文学》1989年第3、4期合刊,责任编辑:叶梅珂。2007年,四川文艺出版社出版单行本。

《老兵的母亲》(中篇小说):发表于《中国作家》1989年第5期,责任编辑:杨志广。

《雕像》(中篇小说):发表于《中国作家》1991年第4期,责任编辑:杨志广。

《为了第一个猴子开始的事业》(创作谈):发表于《解放军文艺》1991年第8期,约稿编辑:周政保,责任编辑:丁临一。

《东方金蔷薇》(散文集):1991年,陕西人民教育出版社出版,责任编辑:田和平。

《陕北论》(散文):发表于《人民文学》1991年,责任编辑:韩作荣,《散文选刊》转载。

《你们与延安杨家岭同在》(散文):发表于《人民文学》1992年第6期,约稿编辑:崔道怡。

《史诗与二十世纪》(创作谈):发表于《文学报》1992年5月,责任编辑:李俊玉。

《达摩克利斯之剑》（短篇小说）：发表于《青年文学》1992年第10期，责任编辑：康洪伟。

《最后一个匈奴》（长篇小说）：1992年，作家出版社出版，责任编辑：朱珩青。

1994年，香港天地图书公司、台湾汉湘文化发展公司分别于香港、台湾出版繁体版。2001年，中国青年出版社出版。2006年，北京十月文艺出版社出版，2016年再版。2012年，长江文艺出版社出版，2014年再版。2012年，台湾风云时代公司再版繁体版。2013年，太白文艺出版社出版。2014年，陕西师范大学出版总社出版《最后一个匈奴》（手稿版）。2014年，陕西人民出版社出版《高建群图画最后一个匈奴》。

《我从白房子走来》（文学自传）：发表于《陕西日报》1993年6月，责任编辑：刘春生。

《出国的诱惑》（中篇小说）：发表于《延安文学》1993年第2期。

《我如何个死法》（散文）：发表于《美文》1993年第7期，责任编辑：刘亚丽。

《一个梦的三种诠释形式》（中篇小说）：发表于《飞天》1993年第5期，约稿编辑：孟丁山，责任编辑：刘岸。

《家族故事》（中篇小说）：发表于《漓江》1993年，约稿编辑：王蓬。

《祭奠美丽瞬间》（散文）：发表于《文友》1993年，责任编辑：王琪玖。

《茶摊》（中篇小说）：发表于《延河》1993年第7期，约稿编辑：陈忠实，责任编辑：张艳茜。

《白房子人物》（系列散文）：发表于《西北军事文学》1994年第2期，约稿编辑：王久辛，责任编辑：张春燕。

《匈奴与匈奴以外》（创作谈）：1994年，陕西人民教育出版社出版，策划编辑：张继华，责任编辑：刘孟泽。

《张家山幽默》（短篇小说系列）：发表于《延河》1994年第4期、第9期，责任编辑：张艳茜。

《陕北剪纸女》（散文）：发表于《美文》1994年第9期，责任编辑：刘亚丽。

《女人是巫》（散文）：发表于《女友》1994年第8期，责任编辑：孙琪。

《大顺店》（中篇小说）：1994年，陕西人民出版社出版。1995年，发表于《小说家》第1期，约稿编辑：闻树国。1995年，改编为同名电影，北京电影制片厂出品。

《六六镇》（长篇小说）：1994年，陕西人民出版社出版。2007年重新修订，易名《最后的民间》由文汇出版社出版。

《丹华的故事》（系列散文）：发表于《深圳风采》1994年第10、11期，约稿编辑：吴重龙。

《马镫革》（中篇小说）：发表于《小说家》1995年第2期，约稿编辑：闻树国。

《女人的要塞》（散文）：发表于《女友》1995年第2期，责任编辑：孙琪。

《古道天机》（长篇小说）：1998年，中国文联出版社出版，责任编辑：叶梅珂。2007年重新修订，易名《最后的远行》由华龄出版社出版。2011年，陕西人民出版社再版。

《愁容骑士》（长篇小说）：1998年，中国文联出版公司出版。2000年，广州出版社再版。2000年，台湾逗点公司出版繁体版。

《我在北方收割思想》（散文集）：2000年，四川文艺出版社出版，责任编辑：林文询。

《穿越绝地——罗布泊腹地神秘探险之旅》（散文集）：2000年，湖南文艺出版社出版，责任编辑：龚湘海。2014年，修订后易名《罗布泊档案：罗布泊腹地探险之旅揭秘》由陕西师范大学出版总社再版。

《白房子》（小说集）：2002年，陕西师范大学出版社出版。

《西地平线》（散文集）：2002年，上海人民出版社出版。

《惊鸿一瞥》（散文集）：2002年，群众出版社出版。

《胡马北风大漠传》（散文集）：2003年，上海东方出版社出版。2008年，在台湾地区发行繁体版。

《刺客行》（小说集）：2004年，太白文艺出版社出版，责任编辑：韩霁虹。

《狼之独步：高建群散文选粹》（散文集）：2008年，东方出版中心出版。

《大平原》（长篇小说）：2009年，北京十月文艺出版社出版。2016年该出版社再版。2012年，台湾风云时代公司出版《大平原》（繁体版）。2014年，陕西师范大学出版总社出版《大平原》（手稿版）。

《统万城》（长篇小说）：2013年，太白文艺出版社出版，责任编辑：韩霁虹，2016年该社再版。2013年，台湾风云时代公司出版《统万城》（繁体版），责任编辑：陈晓琳。2014年，陕西师范大学出版总社出版《统万城》（手稿版）。

《独步天下》（书画集）：2013年，陕西人民出版社出版。

《生我之门》（散文集）：2016年，未来出版社出版。

《我的菩提树》（长篇小说）：2016年，北京十月文艺出版社出版。

《相忘于江湖》（散文集）：2017年，北京时代华文书局出版。

《大刈镰》（长篇小说）：2018年，三秦出版社出版。

《我的黑走马——游牧者简史》（长篇小说）：2019年，陕西师范大学出版总社出版。

《来自东方的船》（散文集）：2020年，陕西旅游出版社出版。

《丝绸之路千问千答》（文化读本）：2021年，西北大学出版社出版。

《中国文化密码（图文集）》：即将由陕西师范大学出版总社出版。

社会评价

我劝大家注意,高建群是一个很大的谜,一个很大的未知数。

——著名作家 路遥

我一直想找机会请教一下高先生,匈奴这个强悍的骁勇的游牧民族,怎么说消失就从人类历史进程中消失得无影无踪了。

——著名作家 金庸

大家说高建群骄傲、自负、目空天下。我这里想说的是,中国这么大,有这么多人口,如果没有几个像高建群这样自信心极强的作家,那才是不正常的。

——中国社会科学院文学研究所研究员 蔡葵

春秋多佳日,西北有高楼。

——著名作家 张贤亮

高建群是一位从陕北高原向我们走来的略带忧郁色彩的行吟诗人,一位周旋于历史与现实两大空间且从容自如的舞者,一个善于讲庄严"谎话"的人。

——中国作家协会副主席　高洪波

高建群的创作，具有古典精神和史诗风格，是中国文坛罕见的一位具有崇高感和理想主义色彩的写作者。《大平原》把家族史兜个底掉，看后让我很感动，也很心痛，唤起我对故乡、对农村的情感，唤起我强烈的根的意识。我没想到高建群在"潜伏"多年之后突然拿出如此有分量的作品。

——中国作家协会副主席　高洪波

《大平原》有内在的惊心动魄，写家族的尊严、生存的繁衍史，实际上是写我们民族强韧的生命力。这部长篇淋漓尽致地发挥了书写"命运"的优势，不是写一个人的命运，而是写了三代人的命运，厚重感非常强。

——著名评论家　胡平

高建群对《大平原》中的女性人物都满怀敬意和温情。为了家族立足，高安氏骂街骂了半年，成为一道风景。用这种方式起到的威慑作用，来捍卫高家人生存的权利。顾兰子是书中的灵魂式人物，也是这部书苍凉的体现。

——著名评论家　雷达

《大平原》基于高安氏、顾兰子等乡村女人的坚韧形象，这部新"乡土女性小说"中女人比男人强，乡土文明决定了女性在乡土生活里面所具有的支配性。

——著名评论家　孟繁华

《最后一个匈奴》进京的盛况如在目前。27年了，它远远跳过速朽期！27年了，它的风采依旧！27年了，人们——特别是陕西读者没有忘记它，了不起啊！

——著名文艺评论家　阎纲

作为延安的一位文艺战线上的老战士，听到介绍，《最后一个匈奴》这部长篇小说写了大革命时期以来的三代人的命运，直到现在的改革开放时期，这还是过去没有人写过的重要题材，我很高兴！我祝贺这部作品出版，并获得成功！

——原文化部副部长、中国文联党组副书记　陈荒煤

27年前，《最后一个匈奴》在北京引发轰动一时的"陕军东征"，至今在文学界仍是一个历史性的重要话题，一段难忘的记忆。

——《人民文学》杂志原常务副主编　周明

高建群的《遥远的白房子》，给我们许多启示，它也许预兆了小说艺术未来发展的某些趋势——难道，小说艺术在经过了几百年的艰难探索，它又回到讲故事这个始发点上了吗？

——北京师范大学教授、中国当代文学研究会理事　蒋原伦

如果不把《最后一个匈奴》这部中国当代文学的红色经典，变成一部电视剧，那是我们影视人的羞愧。

——央视著名制片人　李功达

《大平原》能拍一部大电影。我把中国的导演，脑子里过了一遍，最合适的这个导演叫吴天明。《大平原》中描写的那些事情，我全经历过。我父亲是解放后第一任三原县委书记，我自小就是在那一片土地上长大的。

——著名导演　吴天明